地标的文明踪迹

西欧行

陈为人 著

海天出版社（中国·深圳）

图书在版编目（CIP）数据

地标的文明踪迹：西欧行 / 陈为人著. —深圳：
海天出版社，2017.4
　ISBN 978-7-5507-1878-4

　Ⅰ.①地… Ⅱ.①陈… Ⅲ.①游记—作品集—中国—
当代 Ⅳ.①I267.4

中国版本图书馆CIP数据核字(2017)第018912号

地标的文明踪迹：西欧行
DIBIAO DE WENMING ZONGJI：XIOUXING

出 品 人	聂雄前
责任编辑	韩海彬　张小娟
责任技编	蔡梅琴
封面设计	李松璋

出版发行	海天出版社
地　　址	深圳市彩田南路海天综合大厦　（518033）
网　　址	www.htph.com.cn
订购电话	0755-83460293(邮购)　83460397(批发)
设计制作	深圳市龙墨文化传播有限公司　（0755-83461000）
印　　刷	深圳市新联美术印刷有限公司
开　　本	889mm×1194mm　1/16
印　　张	9
字　　数	193千
版　　次	2017年4月第1版
印　　次	2017年4月第1次
定　　价	36.00元

在阅读中寻找文艺复兴的脉络，到现场去感受人文精神的真谛。

——智效民

古代读书人，崇尚读万卷书，行万里路。这些年，我越发觉得此境界的确高远。在欧洲六国行走，我与陈为人先生为伍。他读过的大量西方文史经典，会在此时此刻得到景物的印证与思考的碰撞。带着心中的联想，反思，他一路走来，问题越走越多，于是陈先生用笔也用脚写成了这本书。

——邢小群

好些中国人缺乏"世界的目光"，因而患上了"要么妄自尊大，要么妄自菲薄"的精神侏儒症。到世界走走，有利于获得"世界的目光"，洗去自身的傲慢与偏见、自卑与怯懦，狭隘与浅陋。匆匆的行旅中，我感觉为人兄的目光变得阔大、清澈、深邃了许多。一定意义上说，伟大是一种视野与胸襟、发现与穿透力。

——王东成

这本游记超越了过去余秋雨、林达文化游记的范畴与模式。是一部作者对西方人物、历史、文化、思想、观念的研究，是耗费作者心血的一部研究论著，只是借了文化游记的形式，只是从所游景点引发，这部书的意蕴远远大于所列题目，这部书的价值要大于读者的预想，不去读它，显然是我们的损失。

——张红萍

序

丁东

近些年，陈为人先生涉猎的领域十分广阔，从当代作家传记，到诺贝尔文学奖背后的文坛风云，从克里姆林官的血雨腥风，到先秦诸子和古代改革家的回顾，从到黄河岸边的文化遗迹，到太行山麓的历史沧桑，他都有著述。说到他的游记写作，周宗奇曾经感慨：前两年山西作家采风团相继两次集体采风，先是走黄河，后是走太行，历时近两个月。三四十号一标人马，一水儿都是多情善感的熟男熟女，哗啦啦开进大自然的怀抱，那秋山秋水秋风雨，那鸟儿花儿虫儿草儿，那言语儿交流之间，那魂灵儿磕碰之处，得生出多少美诗妙文呢？可结果真有点意外，出了单篇诗文倒也不少，但绝对算不得丰硕，一年多来也未能编得一本像样的大书。不料这于无声处，却起了一声响亮。但见陈为人先是推出大著《走马黄河之河图晋书》，接着推出其姐妹篇《太行山记忆》。大家都在黄河与太行之间行走，钟其灵而毓其秀，感受地声天籁，沐浴日月精华，可唯独陈为人却捕捉到了最靓丽的闪电。因而，周宗奇称他为"捕捉闪电一石秀"。

周宗奇的感受，我领教了一次。2012年10月下旬，我和陈为人一起参加旅行团,到欧洲六国旅游。连来带回,共11天。

我对此行的逐日记载,合计只有3000多字。旅程结束后,写过一两篇短文,涉及此行的收获。为人兄与我走的是一样的行程,却收获一部20万字的书稿。对他笔耕的勤奋和思维的活跃,我不能不表示惊叹。

在路上,我就目睹他拿着录音笔,随走,随听,随记。他每天三四点钟起床,在国外也是如此。记得有一天,我们住在距威尼斯不远的一处旅馆,3点多钟就醒来,在月光下散步,畅谈感受。更重要的是,他结束旅程后,用了一年多的时间,对此次旅行细加反刍,才形成这样一本书。

在陈为人笔下,参观的景点只是一个切入口,背后曾经发生的历史事件和人物掌故,以及由此生发的感想和心得,才是他文章的重点所在。他这样的文章,不是通常意义上的游记。而是游记与读书笔记的结合。他的角色介乎于作家和学者之间,比起专写学术论文或教科书的学者教授,他自觉地把非专业的读者纳入交流的对象,可读性较强。比起专写小说的作家,他又相对自律,不做主观随意的虚构想象,笔下的人和事都有文献所本。河北《社会科学论坛》是一个锐意求新的刊物,希望摆脱学术期刊的刻板面孔,所以对陈为人的文章格外青睐,为他的行走系列辟出专栏连载。

20多年来,中国公民出国旅游的规模越来越大。旅游的动机各不相同,有人关注风光,有人关注美食,有人关注古迹,有人重在购物,有人为了探险。我和陈为人都属于思考型的人,走异邦，思故乡，是为了在中外对比中思考中国的过去和未来。从康有为、梁启超以来，就有这样的传统。当今如林达的游记，更是风行一时。

陈为人此书有两个重点，一是意大利的文艺复兴，二是法国大革命。为人兄生于1950年，长我一岁，我们是同代人。在接触欧洲历史文化方面，经历了大致相似的精神史。"文革"前，我们从小学读到中学，通过书籍和电影，对欧洲历史上的文学艺术，有初步接触，雨果、巴尔扎克，"文革"前是公开出版发行，青年学生可以阅读的。"文革"开始后，中国古代文明和西方近现代文明，都被当作"封资修"加以否定。当时唯一宗奉的只有毛泽东思想。九届二中全会以后，开始提倡读马列，马克思、恩格斯的著作中不免要提到欧洲的历史人物和事件，于是相应地也要开放少量的相关出版物。这也成为我们这一代人重新接触欧洲历史文化的契机。

陈为人当时在太原钢铁公司当工人，结识了在反右运动中不幸落马而被"发配"到这里接受"监督劳动"的文学评论家唐达成，成为忘年交。1973年马迪厄的《法国革命史》由商务印书馆推出新版上市，成为当时可以买到的极少数西方史学著作之一。唐达成早就读过此书。经历"文革"风暴，对"文化大革命"与法国大革命某些方面惊人的相似自有会心，从吉伦特派、雅各宾派以及此后崛起的拿破仑身上，可以看到中国现实政治的许多倒影。唐达成向陈为人推荐此书，虽然只是说，书要自己去读，背后却有深意存焉。马迪厄是法国著名史学家，毕生从事法国革命史的研究，被称为"法国历史研究的革新者"。《法国革命史》叙述了1789年—1793年法国革命的整个过程：从革命爆发，经王朝倾覆后君主立宪派、吉伦特派、雅各宾派当政，直至热月党人的反革命政变。当年译者说明中虽然强调此书的局限："马迪厄是个资产阶级激进派。他曾为十月革命欢呼，一度加入法国共产党。由于他的资产阶级立场未变，不久就退出了法共，晚年甚至反对无产阶级专政。""唯心史观使马迪厄不能全面地理解个人在历史中的作用。他对罗伯斯庇尔极端崇拜。罗伯斯庇尔固然是一个激进的资产阶级革命家，是法国革命后半期的中心人物；而马迪厄却把他推崇到很不合理的高度。他认为：罗伯斯庇尔的人格无可非议，他的议论和政策是正确的；他有社会改革的蓝图，想把革命引导到社会革命；如果罗伯斯庇尔不被推倒，他就会实行土地改革、肃清贪污腐化，等等。""法国革命既然是一个资产阶级革命，农民就是革命的动力，农民运动就是一个主要的方面。马迪厄对于革命前夕的农民运动根本没有提，就是对革命进程中的农民运动也写得很少"。对于经历了"文革"洗礼的陈为人来说，已经学会了"正文反读"。此书引发了他对革命的血腥、个人在革命中所起的作用等一系列问题的追问。马拉、丹东、罗伯斯庇尔从倡导民主的领袖，最后落入独裁专制的历程，更引起刻骨铭心的反思。马迪厄的史观，毕竟与当时的主流宣传有较大差别。此书长久地搅动了陈为人的思绪。在此后几十年的阅读中，反思法国大革命，成为他绕不开的心结。如今终于来到凡尔赛宫、协和广场、凯旋门这些与法国大革命相关的历史现场，不能不勾起无限的联想。

唐达成在70年代末向陈为人推荐的另一本书是雅各布·布克哈特的《意大利文艺复兴时期的文化》。文艺复兴在"文革"中被江青当作批判的靶子，林彪却以古希腊罗马文化、欧洲文艺复兴、马克思主义诞生等历史，来衬托毛泽东发动"文革"的意义。何为文艺复兴，成为我们这一代人极想了解的问题。1979年商务印书馆出版布克哈特此书，正值中国迎来了"文学艺术的春天"。意大利的文艺复兴再次进入中国读书人关心的视野。布克哈特此书，对于"十四世纪的暴君专制""十五世纪的暴君专制""小暴君""大王朝""暴君专制的反对者"的论述，更能引起陈为人对故国的联想。尤其书的后半部分，对"暴君和他的臣民"的剖析，揭示出"意大利文艺复兴运动更为重要的成就是对'人性的发现'"，"粉碎了中世纪的精神枷锁之后，意大利人不但发现了世界，还发现了自己"，从中世纪神权的阴影中走向人文主义倡导的新世界观。这对于刚刚从造神运动的阴影下挣脱出来的中国青年知识分子来说，又是何等的心灵冲击。来到象征意大利文艺复兴发轫的但丁故居，代表意大利文艺复兴巅峰的米开朗琪罗广场，以及与佛罗伦萨形成鲜明对比的威尼斯，唤起了萦怀半生的记忆。当历史的记忆与现实的感受一旦形成叠影，便激发出表达的冲动。

我们这一代人，是年过半百之后，才逐步奠定了从全球史的角度考察问题、反观自身的自觉。醒悟到不但要站在中国看世界，更需要站在世界看中国。而欧洲文明，就是我们反观自身的重要参照。我与为人兄共同的短板是外语不行，我们也不是专门从事欧洲历史文化研究的人文学者，不能直接阅读外国原始文献，也不能与外国的专家和公众直接对话交流。可以搜集到的相关信息，不论是文艺作品、史学著作还是人物传记，都在中文译著的范围之内。走马观花、蜻蜓点水式的旅游，不可能深入了解异国的历史文化。有些复杂的问题，往往只知其一，不知其二，只知其二，不知其三。在专业上补课，我们此生已经没有机会。而不论文艺复兴，还是法国大革命，在欧洲早已是显学，前人的研究成果汗牛充栋。已经译介为中文的不过是冰山一角。有人戏言，无知者无畏。不是专业圈里的人，反而没有精神负担，形成些许想法就敢于下笔，说出自己的心得和理解。长居欧洲者面对这些古迹，可能因司空见惯而麻木；初到此地的外乡人，蓦然闯入陌生之地，新鲜感与好奇心却能激发出诉说的欲望。此书得耶失耶，就留待读者品评吧！

目录

目录

地标的文明踪迹 · 西欧行

目录

但丁故居：

梦幻文学是生存境遇的倒影

走近佛罗伦萨但丁故居

2012 年 10 月 25 日，告别罗马，驱车四小时赶赴佛罗伦萨。佛罗伦萨是意大利中部的一个城市，是托斯卡纳区首府，位于亚平宁山脉中段西麓盆地中。最早认识佛罗伦萨是因了诗人徐志摩的长诗《翡冷翠的一夜》。"翡冷翠"在意大利语中为"鲜花之城"，傅雷在罗曼·罗兰的《巨人三传》[1]一书

陈为人在但丁故居门前

【1】 [法]罗曼·罗兰著，傅雷译：《巨人三传》，安徽文艺出版社，1989 年 12 月。

的译文中，也采用了"翡冷翠"这个名字，它显然远比现今所通译的"佛罗伦萨"来得更富诗意。

佛罗伦萨与雅典、耶路撒冷一样，是享誉世界的文化古城。历史上有许多世界级的政治文化名人，诸如诗人但丁、画家达·芬奇、雕塑家米开朗琪罗、政治理论家马基亚维利、大文豪雨果等或诞生或活动于此地，地灵人杰群星灿烂文化荟萃。佛罗伦萨真是一块"鲜花盛开的地方"。

我们一行匆匆忙忙从旅行大巴下来，就由当地导游引领行进在一条石板路铺陈的古朴狭窄街巷。街巷两旁耸立着一栋栋富有文艺复兴特征的建筑。这种起源于意大利佛罗伦萨的建筑风格，以文艺复兴的人文思潮为基础，在造型上排斥象征神权至上的哥特建筑风格，提倡复兴古罗马时期的建筑形式。一大批由石匠工程师脱颖而出的建筑大师们，既似曾相识又别开生面地把建筑提升到艺术的高度：古罗马柱式的支撑、半圆形拱券的穹顶、各种浮雕的墙饰，赋予一栋栋建筑灵动与个性。佛罗伦萨大教堂及其右侧乔托设计的大钟楼、佛罗伦萨的育婴院、佛罗伦萨的美第奇府邸、佛罗伦萨的鲁奇兰府邸等，都是富有这一建筑风格特征的代表作。

特定的建筑风格营造着特定的时代氛围。行进在古城的小路上，我们就像流行小说中描绘的"穿越"，时光倒流800年，一下子置身于中世纪末的意大利，有了某种设身处地身临其境的感觉。导游是来自中国哈尔滨的一位女士，她向我们介绍说："我们刚才走过的这条小路，当年一定留下过但丁的许多足迹。但丁有一句名言，'走自己的路，让别人说去吧'。人们为了纪念但丁，把这条小路就叫作'但丁路'。"

穿行一段，走到街巷中间的一个拐角处，导游指着眼前一座砖石结构的三层小楼说："大家注意看，这栋房子就是著名诗人但丁的故居。"这是一座再普通不过的条石砌筑的三层连体小楼，因风雨剥蚀而显得有些破旧，墙面裸露着凹凸不平的砖石，两扇拱形的棋格木门上钉着一块意大利文的标识。

但丁

侧面墙上挂有一幅半米见方的旗子，下面是一尊半米左右的但丁石刻头像。

我们一阵惊喜又伴随着一丝失望：这就是我们仰慕已久的但丁故居？但丁是欧洲文艺复兴运动的先驱，人文主义思潮最早的代表，与彼特拉克、薄伽丘并称为文艺复兴早期的"文学三杰"。但丁作为一个承前启后式的人物，被恩格斯赞誉为"中世纪最后一位诗人，同时也是新时代最初一位伟大的诗人"。山不在高，有仙则名；水不在深，有龙则灵。这座位于佛罗伦萨古城中心圣玛格丽塔路1号的不起眼的房子，因了但丁的名声，而成为世界各地人们纷至沓来的瞻仰圣地。1911年意大利政府把这栋故居开辟为博物馆以纪念这位伟大诗人。故居内还原了当年但丁家族的生活习俗情景。故居内有一室专门陈列着但丁家族成员的画像，及但丁数百年来在世界各地出版的书籍和有关研究文献。

许多国际性的但丁研讨会、纪念会都会在这里举行。

但丁在《神曲·天堂》第 15 篇讲述，他的远祖卡恰圭迪（Cacciaguida）是一位骑士，于 1090 年起就居住在佛罗伦萨，死于 1147 年十字军之役。据此推算，栉风沐雨的但丁故居是一座有着 800 年历史的老宅子。

就在我们目不暇接地四处观望之际，导游提醒我们："你们注意到没有？看，这面墙上是但丁的一尊头像，这块地上的砖石很特别，也有一个但丁的头像。这块石头上洒了水，是为了让大家看得更清楚：这是个侧面像，尖尖的鼻子，这是但丁的显著特点。为什么地上有这么个像？就是为了让游人们在看地上这个像的时候，仿佛是在向墙上的但丁像鞠躬致意。"天上一个太阳，地下一个月亮，这大概象征了但丁生前和身后命运的巨大反差。这个头像是 1901 年被发现的，是谁独具匠心地构想出这么个场景？也许是家乡父老为了表达对但丁的一份歉疚之情。在佛罗伦萨的许多教堂、墓地，都有但丁墓，但这都是空冢。当年但丁被佛罗伦萨统治者判处终身流放，他的尸体始终没有能回到这个城市，就安葬在流放地——拉文纳，这成为佛罗伦萨人无法弥补的一个最大遗憾。

那个意大利文艺复兴文学三杰之一，写出举世闻名巨作《十日谈》的薄伽丘，以自己能与但丁同为佛罗伦萨的公民而自豪；同时，为佛罗伦萨流放了但丁而且至死也没能让但丁"荣归故里"而感到耻辱。薄伽丘以自己"善于讲故事"的天才，为宣扬但丁四处奔波演讲鼓动，他在学院和研究机构开设但丁的讲座，在各种场合富有情感地高声朗诵但丁的经典诗句，打破了"文人相轻"的陋习，颇有"逢人说项"的高风亮节。薄伽丘还怀着无比敬仰的心情，撰写了《但丁传》。

薄伽丘在《但丁传》中，高度评价但丁："但丁一个人的成就几乎相当于整整的一代人。在但丁之前，未曾有过这样一个堪称上帝赐物的划时代的诗人。"此外，他还评论说："但丁成为这个时代的梦想，成为引发色彩斑斓的文艺复兴运动的导线。"

欧洲文艺复兴发生在 14—16 世纪并非偶然，恩格斯指出："欧洲文艺复兴的时代是以封建制度普遍解体和城市兴起为基础的。"[1] 而欧洲文艺复兴运动最先从意大利开始，也有着其政治和经济方面的根源。马克思指出："在 14 和 15 世纪，地中海沿岸的某些城市已经稀疏出现了资本主义生产的萌芽。"[2]文艺复兴运动正是反映资产阶级与封建地主阶级在意识形态领域中的尖锐斗争。雅各布·布克哈特在《意大利文艺复兴时期的文化》一书中，对产生但丁这样一批文化巨人的时代背景做了这样的阐述："意大利的统治者最早打破了封建传统，实行新型的统治方法。这种新的政治制度，对意大利人的'早熟'起了决定性作用。"他指出："在中世纪时期，人们的视野，无论在观察客观世界，或在认识自己时，都被一层纱幕遮住了。这层纱布是由宗教信仰、毫无根据的幻想和先入为主的成见织成。意大利人最早把这层障眼的纱布撕去了，因而认识了客观世界，并且认识了自己。"他进一步指出但丁是"时势造英雄"的产物："新的世界观在但丁的《神曲》中已经表现出来，而这样的作品在正被经院哲学笼罩下的其他欧洲国家是绝不会出现

【1】 见恩格斯《德国农民战争》。

【2】 见马克思《所谓原始积累》，《马克思恩格斯选集》，第二卷，第 222 页。

的。因此，这位诗人正是新时代的传令官。"

蜿蜒曲折的历史大河奔涌向前，每当面临大动荡大转型之际，"家国不幸诗人幸"，总会迎来一个文化史上的大突破大进展的机遇。对现实生存境遇的思考和表达，成就了一批传世之作。但丁正是时代的产物。

周施廷在翻译薄伽丘《但丁传》的导言中，对但丁做了这样的评价：

> 在记忆的海洋里，那个人倾泻出来的光芒变得越来越强烈，他的那种颤动着奇特的纯情，在不经意间已经变成了一种对人心灵控制的力量，让人身不由己地想要接近他、了解他，想去看看那个一次感情迸发就能够炸开所有生命激情的人，那个因为内心深处铮铮作响的自由而变得连神也要对他赋予特别礼遇的人。

> 他有着独立不羁的勇敢，全力捍卫自己的信念，在天地人神广阔的舞台上对人类进行裁判，为人类赢得一种道德的生存；他揭示人类感情的卓越功绩，把人类精神生活推进到极限；他用一种纯洁而清醒的智慧，向世人呼唤一种理性的秩序。他的奇思怪想层出不穷，使世界一下子震荡不宁，爆发了连续三百年的思想革命。他的《神曲》《新生》《飨宴》是历史性的宣言，作为纪念碑，凸起在人类知识永恒的地平线上。他的思想已被融入到现代文化中，成为一块不言而喻的基石：七个世纪的人们从他那里感受到了智性的呼唤，七个世纪的人们从他的身上汲取了营养。他已经不朽：他的身体被泥土吸收，思想被文化吸收，精神被宇宙吸收。

薄伽丘在《但丁传》中，还记述了但丁《神曲》出版后在社会上引起强烈反响的一个细节：

> 那时他的作品非常有名，声名鹊起，特别是《神曲》中的

《地狱篇》，更会令他被男男女女青睐。当他走过一条坐满了妇女的街廊时，一个妇女悄声地和她的同伴说："你有没有看见那边那个人？他可以走进地狱，然后又可以随心所欲地返回人间，将地下的消息带回人间。"她的那个同伴天真地回答："你毫无疑问说的是真的，你没有看见由于地狱的火焰和烟雾，他的胡子都是波浪形的，整个人的皮肤发黑吗？……"

久久地凝望着那面斑驳墙上但丁的浮雕像，一个头发卷曲，鼻子尖尖，面色黝黑的但丁活生生向我们走来……

梦把生活的碎片拼凑成生存图景

还在奔赴佛罗伦萨的大巴车上，从北京一直随团的导游孙先生（以下称孙导）就向大家如数家珍地谈起但丁和他的《神曲》："世界上的名城多着呢，为什么偏偏佛罗伦萨那么著名？论经济，它没那么多钱，论军事，它也没那么大实力。靠什么？靠文艺，靠复兴古希腊罗马的盛世。但丁的《神曲》在欧洲文学史、世界文学史上，那是被奉为经典的。欧洲有专门研究《神曲》的，就像我们国家的'红学'专门研究《红楼梦》。14世纪的意大利是一个以天主教为国教的国家。天主教有许多不好的东西，但是人们都不敢说。《神曲》在欧洲的特殊地位，就是它在大家都不敢说天主教坏话的时候，它对天主教进行了猛烈的抨击。《神曲》就是用一种折光反射的形式来揭露天主教，看起来一些荒诞不经的梦幻情景，其实都是对现实的讽喻。"

孙导还介绍说："《神曲》由地狱、炼狱和天堂三部分组成。

通过但丁的自我叙述，描述了他在 1300 年复活节前的一个星期五凌晨，在一座黑暗的森林里迷了路。黎明时分，他来到一座洒满阳光的小山脚下。他正要登山，却被三只张牙舞爪的野兽豹、狮、狼——象征着淫欲、强暴、贪婪，拦住了去路，情势十分危急。这时，古罗马时代的伟大诗人维吉尔出现了。维吉尔，一个在但丁之前已经死了大几百年的古典诗人。打个比方，在我们人生的行进路途，突然遇到了危险，这时出现了一个人，谁？李白出现了。李白死多少年了？就像是一个梦。但丁灵魂出窍，跟随着维吉尔，逛了一回地狱、炼狱、天堂……"

孙导的讲述，把但丁的《神曲》与我国的《红楼梦》相提并论。警幻仙子对贾宝玉的启示是一场幻梦，但丁的《神曲》则是一场"文艺复兴的先声之梦"。

大概面对难以言说的现实，作家们都会"英雄所见略同"地采用这种海市蜃楼式的梦幻手法。无独有偶，在苏维埃文学中，诗人特瓦尔多夫斯基也写出《焦尔金游地府》的长诗。苏联卫国战争时期，特瓦尔多夫斯基作为随军记者走上战场，创作了长诗《瓦西里·焦尔金》，塑造了一个幽默风趣、勇敢机智的苏军战士形象，给他带来了巨大声誉。1963 年，特瓦尔多夫斯基发表了《瓦西里·焦尔金》的续篇《焦尔金游地府》，描写焦尔金负伤后无意中来到阴曹地府，遇到种种奇怪的可怕现象，不堪忍受，终于想方设法返回了人间。诗人借用讽刺揶揄、诙谐戏谑的手法抨击了斯大林时代苏联社会中的各种恶习。

但丁在《神曲·炼狱》第 18 首中，写有这样的字句："当这些鬼魂离我们过远时，我们再也无法看见他们，我内心又有一个新的想法产生，从这个想法中又衍生出更多的其他种种思想；我从一种思想到另一种思想不住游动，这就使我的双眼因头脑迷糊而闭拢，我终于把思维变成梦境。"[1]

但丁的《神曲·炼狱》中，在第9篇、第19篇、第27篇，记录了作者的三个梦。长梦中套着短梦，倾吐着作者的梦呓。

《神曲·炼狱》第9篇：

> 我这时在梦中似乎看见，
> 一只有金色羽毛的鹰翱翔在蓝天，
> 它张开翅膀，准备下降……
> 我不由心中暗想："也许这只鹰
> 只是出于习惯，才扑向这里，
> 也许它不屑于从别处用利爪把猎物抓起。"
> 接着，我觉得，它似乎略作盘旋，
> 便像一道闪电似的直劈下来，令人胆战心惊，
> 它把我掳到空中，一直抓到火球层。
> 在那里，它和我仿佛都在燃烧；
> 幻想中的烈火竟烧得如此凶凶……

传说鹰至老年，飞入火球，焚去羽毛，盲目，坠入清泉，化为雏鹰而出。在欧洲中古时代的作品中，多有此类叙述。但丁显然取材于荷维帝之《变形记》。此传说类似于神鸟菲尼克司，到500年自焚而死，再由灰烬中转世新生。

人类的思维有时是超越疆域的，这一传说与中国的"凤凰涅槃"如出一辙。

郭沫若在他的著名长诗《凤凰涅槃》中写道："天方国有神

【1】 文章中《神曲》的译文，取自黄文捷译但丁《神曲》，译林出版社2011年1月版。译文也参阅了王维克译《神曲》，人民文学出版社1954年3月北京第1版，1980年湖北第4次印刷。下同。

鸟，名'菲尼克司'[1]，满五百岁后，集香木自焚，复从死灰中更生，鲜美异常，不再死。"郭沫若并以高亢的歌喉，吟诵着《凤凰更生歌》的诗句。

陈寅恪在1949年夏天写道："玉石昆冈同一烬，劫灰遗恨话当时。"也讲述了火凤凰的劫后重生。凤凰，投身熊熊烈焰，烧毁的只是污浊的凡胎俗骨，得到的却是涅槃后的崭新生命。

《神曲·炼狱》第19篇摘句大意如下[2]：

> 在这个时辰，白昼的热气
> 被大地所吸收，有时也被木星所战胜，
> 不再能温暖月亮散发的寒冷……
> 恰恰就在这个时辰，
> 一个口齿结巴的婆娘来到我的梦中，
> 她双目斜视，双脚上方身弯腿曲，
> 双手无指，面如白纸。
> ……把她那无色的脸蛋染上色彩。
> 既然她讲话能如此灵巧，
> 她便开始唱歌起来，
> 那歌声如此婉转，竟令我难以把我的注意力从她身上移开。
> 她唱道："我是甜美的海妖，
> 我能使航行海上的水手神魂颠倒……
> 维吉尔走过去，
> 双眼注视着那位尊贵的妇人。
> 他一手抓住另一个，撕破她的衣衫，
> 把她暴露在我们面前，
> 让我看到那肚腹：它里面冒出一股臭气，惊破我的梦幻。

【1】 英语为 Phoenix。

【2】 本篇引用的《神曲》均为缩写大意，非原文。——编辑注

但丁在第二个梦中所见到的茜冷娜（serena）为海上之女妖，专门以自己的歌声迷惑航海者，暗示三种贪欲：贪财、贪食、贪色对人形成的迷惑，是引导但丁前行的古诗人维吉尔为他揭穿真相指点迷津。

《神曲·炼狱》第 27 篇摘句大意如下：

> 这时，我昏沉入梦乡；而这睡梦往往
> 在事实发生之前，就知道新的事物即将出现……
> 我仿佛在梦中看见一位贵妇在一片平川上走着，
> 她既年轻又美丽，采摘着鲜花朵朵；
> 她一边唱歌，一边在说：
> "不论是谁，若想问我的名字，
> 都该知道：我就是利亚，我要把我美丽的双手向周围移转，
> 我要为自己扎成一个花环。
> 为了揽镜自照，令我自己欢喜，我才在这里修饰装扮；
> 但是，我的妹妹拉结，却总是寸步不离她的那幅明镜，
> 整日价坐在一边。
> 她只想观赏她那双美丽的眼睛，
> 正如我只想用双手把自己打扮一番；
> 我满足于动，她满足于看。"

《旧约·创世纪》第 29 章载："拉班有两个女儿，大的名叫利亚，小的名叫拉结。利亚的眼睛没有神气，而拉结却生得美貌俊秀。雅各爱拉结。"后来，两姐妹都嫁给了雅各。姐妹俩处于两极：一个是"力行生活"，而另一个只会"默想生活"。

梦幻文学是生存境遇的倒影。总与现实若隐若现地存在着某种对应关系。"日有所思，夜有所梦"，是白天挥之不去的思绪化作梦萦缠绕梦寐以求；梦又像是一种谶言，我们会恍惚觉得现实

中刚刚发生的一幕，似乎在重复着某个梦境。那反复出现的梦境，是心灵中不断吟唱的旋律。那时断时续若隐若现的呓语，是不愿沉睡的生命发出的强音。睡眠是对黑暗的屈从，梦呓是生命本能对沉默的反抗。睡眠是对遗忘的本能接纳，梦境是对记忆的顽强讲述。所谓"魂萦梦绕"，那些反复闯入梦境的，必定是生命体验中的刻骨铭心。

精神分析学派的创始人弗洛伊德，把文学创作称作"白昼梦"。他在《诗人同白昼梦的关系》一文中说了这样一番话："我们在夜间所做的梦，不是别的，正是幻觉。我们可以通过释梦来说清楚这一点。语言以其无可匹敌的智慧，早就给这种创造出来的虚无缥缈的幻觉赋予了'白昼梦'的名称。"弗洛伊德还说："想象力强的作家与做白昼梦的人，诗人的作品与白昼梦，如果说我们对这两者所做的比较有价值的话，这种比较会在某点上显示出成效。我们可以先尝试着仔细考察一下作家的作品，审视幻觉同贯穿其中的愿望的关系，然后在这种关系的帮助下，再来研究作家的生平同他的作品之间的联系。"

维特根斯坦说过这样一句经典之言："梦境是不是一种思考？"

但丁在《神曲》中有一节"释梦"，对自己的"白昼梦"做了这样的阐绎：

> 我的导师开始向我说道：
> "你为何总是往地上观瞧？"
> 这时，我们两人登上的地方比天使略高。
> 我于是说道："那纠缠住我的新的幻觉
> 使我怀着：如此沉重的疑虑行走，
> 这令我无法让自己不去思忧。"

他说道："你所见的那个古老的妖妇，

如今正在我们的上方独自受刑痛哭；

你可以看出：人是如何摆脱她的束缚。

到此为止吧，你快把双脚踏上实地：

你该把双眼朝那永恒的王转动的

与巨轮一道盘旋的诱鹰物望去。"

如同猎鹰先注视自己的双足，

一闻呼叫便掉转身躯，猛力冲去，

要把在那边引诱的猎物攫取；

我此刻也正是这样急速迅猛；

只要那岩石开裂到容人向上攀登，

我也便如此径直走到那可以环行的一层。

但丁在《神曲·炼狱》第 10 篇中还说了这样一句："而我们却仍未走出那针眼"，表达了骆驼穿过针眼之难！

那个写过许多"如梦如幻"小说的现代派大师卡夫卡，认为真实的生活只是作家梦幻的反照，梦中所展现的是记忆中的赛璐珞碎片，一切闯入梦中的场景，不是有头有尾的故事，而总是掐头去尾拦腰截取的生活碎片，梦把种种空间经历凝聚成一个超人的时间幻觉，犹如三维图画中的"赛璐珞碎片"，为做梦的人拼凑成一幅"真作假时假亦真"的惨不忍睹的生存图景。

匈牙利作曲家李斯特于 1856 年创作完成的《但丁交响曲》，更是以丰富变化的旋律，为听众插上了想象的翅膀，在音乐的世界里展开了地狱、炼狱、天堂的景象。

母亲的梦境是对但丁人生的预言

薄伽丘在《但丁传》里，对但丁母亲在临产前的一个梦做了记述：

> 在梦境里，看见自己躺在一棵高大的月桂树下，身下是绿油油的草地，旁边有一湾清澈的泉水，在那里，她感觉到自己生下了一个男孩。当这个男孩吃下月桂树上掉下来的浆果和喝了那清澈的泉水后，她恍惚看见他在转眼之间变成了一个高大的牧羊人。接着，这个牧羊人用力想要摘取那棵长有浆果的月桂树的叶子。在他奋力向上跳，想要摘取叶子的时候，他摔倒了。当牧羊人重新爬起来的时候，她看见牧羊人不再是一个成年男子，而变成了一只孔雀。

这个梦后不久，但丁的母亲就生下了但丁。

但丁于 1265 年 5 月出生在佛罗伦萨。父母给新诞生的孩子取名但丁，名字取自拉丁文 Daphne，隐喻着古希腊神话中的一个故事：河神的女儿达芙妮（Daphne）在林间打猎的时候，太阳神阿波罗因为轻慢了爱神丘比特，被她报复的"爱之箭"射中，于是疯狂地爱上了达芙妮。达芙妮躲避不及只好向河神求救，河神在阿波罗就要追赶上达芙妮时，将她变成了一棵月桂树。失去了追逐目标的阿波罗，只得将月桂树的枝叶编织成一顶桂冠戴在头上，以表达对达芙妮的永久追求。太阳神阿波罗与河神的女儿达芙妮的爱情故事，成为西方众多绘画作品中表现的题材。

在西方文人看来，月桂树有象征高贵的三点特质：它葱翠碧绿的叶子生机盎然，寓意着"创作之树常青"；它不像向日葵那样受光照影响而转动自己的头颅，有着独立的意志；它拥有恒久的香味，"零落成泥碾作尘，只有香如故"。正是由于月桂树以上的特质，人们认为它是赠予诗人的最好桂冠。

但丁母亲的这个梦被后人广为流传。当时的人，包括但丁母亲自己，都不明白梦境究竟是什么寓意。

从东方文化的"周公解梦"，到西方文化的弗洛伊德的"梦的解析"，几千年来人类对神秘的梦境充满好奇，并进行着孜孜不倦的探究。我无意考据但丁母亲的梦究竟是后世粉丝们的穿凿附会，还是当年确有其事的神奇巧合，我只是感受到，从后人对但丁母亲之梦的诠释中，一窥当年人们的社会集体潜意识。

薄伽丘在《但丁传》里，对但丁母亲的梦做了如是阐释：

当自然界要在人间制造一些奇怪事情时，无所不知的上帝可以预见一切事情的结果。上帝常常通过一些方式提醒我们，像是一些征兆或者梦境，又或者其他一些方式……

关于浆果被小男孩拿来当食物这件事，据我的理解，这些浆果代表的是诗篇作品和它们里面包含的教导，因为但丁吃下了这些浆果，所以我们的但丁受它的滋养最深，更确切地说，但丁是在诗的教导下长大的。梦里的男孩似乎喝下了泉水，我认为，这些清澈的泉水，除了意味着伦理学和自然哲学丰富的教导外，没有其他的含义。……借助清澈的泉水，也就是借助哲学，但丁把所有的知识消化吸收。

但丁突然转变为牧羊人的情况，说明了他的优秀才华。……我们的诗人，在很短的时间内，就直接成为了这种牧羊人[1]。

但丁奋力摘取月桂树的叶子，它的果实喂养给他没有别的，只有他对桂冠的热烈渴望……但丁的母亲说，当但丁努力想要摘下月桂树叶的时候，她看见他从树上摔下……但丁正是在他最渴

【1】 "牧羊人"在《圣经》中是指代理上帝在人间的管理者。

但丁的这种矛盾心理，在《神曲·炼狱》第4篇中有鲜明的表达：

> 山巅高耸入云，视力也无法望见，
> 坡度又是那样斜，
> 大大超过从半个九十度弧到圆心画出的线。
> 我感到疲惫不堪……
>
> 想象那西云山与此山同处于地球之上，
> 两地都共有一个地平线，
> 而它们所处的两个半球却不一样；
> ……太阳在一地必须运行在这一边，
> 而在另一地则必须运行在另一厢，
> 只要你的智力足以使你十分清楚地理解这个景象。
> ………………
> 我很想知道，
> 我们还须走多少路；
> 因为那山峰太高，超过我的眼力所能达到的高度。
> 他于是对我说："这山岭就是这样：
> 从山下开始攀登，总是感到吃力难行，
> 愈是往上行走，就愈是感到轻松。
> 因此，等到你觉得山势十分平缓，
> 向上攀登也使你感到轻便，
> 犹如乘舟顺流而下一般，
> 那时节，你就将抵达这条山路的终点。

薄伽丘在致文友皮津加的信中，也有关于"由于希望名垂不朽"而成为人生的束缚的诗句：

> 他们在重负之下向前走动，

犹如那些有时梦见重物压身的人。

他们身受的苦处大小不同，

却都在疲惫不堪地沿着第一道框架环绕而行，

并把那在人间蒙受的烟尘涤清。

…… ……

请你们指点从哪一边

可以更快地走向阶梯；

若不止有一条通道，就请告诉我们不甚陡峭的那一条；

因为与我同行的这个人，

还身带亚当肉体的负荷，

在登山时，与意愿相反，迈步只能缓慢。

　　印度诗人泰戈尔对于荣誉说过这样一句哲理名言："你追求着她，所以她羞辱了你。"欲望是陷阱，身体也是牢房。对荣誉地位的追求，往往使人"误入迷途"。

　　薄伽丘在阐绎梦中孔雀时，还表达了这样的观念：这是一种"美丽羽毛"和"丑陋爪子"的混合体，人都有孔雀一般的梦去飞翔，但又无法摆脱"脚踏实地"的"万有引力"。薄伽丘还进一步阐述："人注意到孔雀的声音非常可怕、令人讨厌。这点与我们的诗人完全一致。看第一眼时，但丁的文字甜美惹人喜欢，但是如果我们仔细品尝作品的精髓时，便会发现事实并非如此。有谁比但丁的呐喊更加令人恐怖？在悲苦的小说中，他责备活着的人犯过错误，惩罚那些已经死去的人，还有谁会这么做吗？当然没有。透过他的刻画，他同时使善良的人警惕，使邪恶的人感到沮丧。因此，就这一点来说，我们真可以说：但丁有一副可怕的嗓音。"

　　西方人也有把炼狱称之为"净界"的，大概都是殊途同归地表达了对人生欲望的修炼与净化的观念。

但丁在《神曲·地狱》第6篇中还写道："一见我们从他面前走过，就迅速直起身来，对我说：'认一认我吧……'我随即对他讲：'……我似乎从未见过你的形影。不过，请告诉我你是何人？'"但丁在地狱里所见的堕落灵魂，纷纷恳求他使现世的人们保持住对他们的记忆。而在炼狱里的反省灵魂，却只是恳求但丁和世间的人们为解脱他们而祈祷。

但丁同时代的诗人阿尔伯蒂·莫莎图，是一个善于对现实高唱赞歌的"百灵"，很受当权者的青睐，在帕多瓦被主教和教区长加冕为诗人。他所享有的荣誉几乎达到了神化的地步。每逢圣诞节日，城市学院的学生排成整齐的队列，吹着喇叭点燃蜡烛，来到诗人的住宅向他献花和馈赠礼品。可是时过境迁，现在还有谁人知道他的名字？"尔曹身与名俱灭，不废江河万古流。"

不妨把但丁在《神曲·天堂》第6篇中的诗句，作为诗人通过地狱的震撼和炼狱的反省，完成了精神境界的超越：

> 我如今看得如此清晰：
> 任何矛盾都是一面是伪，一面是真。
> 他们生前曾力图进取，
> 以求随之而来的是声名和荣誉；
> 既然这些欲望是立足凡界，
> 这就使他们走上歧途，那真爱的光辉
> 也就必然不会强烈地朝上照耀。
> 但是，我们享有的那部分欢欣，
> 正在于使我们所得赏赐要与功德相应，
> ……强烈的正义充分缓和我们胸中的感情，
> 以致它永不会扭曲……

也许，这就是但丁母亲梦中，但丁由上帝的"牧羊人"升华为"孔雀"的象征意味。

雅各布·布克哈特在《意大利文艺复兴时期的文化》一书中，对但丁诗歌形式的变化做了这样的介绍和评价：

> 但丁的老师布鲁纳托·拉蒂尼在他的"短歌"里边采取了"抒情诗人"的惯常写法；第一首著名的"无韵诗"，或者说十一音节的无韵诗是他写的。这种诗虽然不注重形式，但却于无意中表现了一种真实的感情。……对于一个非常重视诗歌的人为形式的时代来说，布鲁纳托的这些诗标志着一个新纪元的开始。
>
> 但丁在他早期的《新生》一书中，将其老师布鲁纳托的创新发扬光大。

但丁的论述短歌和十四行诗的著作《论俗语》，给后人留下一个内心生活体验的宝库。即使没有《神曲》，但丁也会以这些青年时代的诗篇划出中古精神和近代精神的界限。人类精神在向意识到它自己的内在生活方面迈进了一大步。

雅各布·布克哈特在《意大利文艺复兴时期的文化》一书中，对但丁的创作说了这样一番话：

> 但丁使我们亲眼看到，在他的精神世界里所发生的一切以前，他应该已经以极大的兴趣全神贯注地观察了多少人情世态啊。……因为如果没有对于人生的细密的和不断的观察，就不能有用外部姿态来表现灵魂深处的艺术。

一个作家存在的特殊价值，并不取决于其知识积累的程度和作品的多寡，而是主要地取决于他对时代的独特贡献。而这种贡献，就在于他对他的时代的某种潜精神的洞见，并通过文学手段对其时代所做的预言性的、启示性的表达。

柏拉图式恋爱的"梦中情人"

　　弗兰切斯科·罗塞里创作的巨型木刻画，为我们展示了1470—1480年间佛罗伦萨的全景。阿尔诺河像一条玉带，把一座古城分为两部分；河上多座造型各异的古桥，又把两部分古城联为一体。几乎每座古桥都记录着一个昔日的传说。其中最为著名的是位于三圣桥下的旧桥[1]，它是阿尔诺河上唯一的廊桥，像一条"空中走廊"，把乌飞齐美术馆和比蒂宫连成一体。这座饱经沧桑的老桥建于古罗马时期，1177年和1333年曾两次受到洪水侵袭，只剩下两个大理石桥墩。现在游客所看到的这座造型典雅的三拱廊桥，系1345年在原有的桥墩上重建而成。桥面过道两侧坐落着三层错落有致的楼房，桥面的中段两侧留有约20米宽的空间作为观景台。就是在这座古老的廊桥上，但丁与贝雅特丽齐[2]上演了一出"廊桥遗梦"。

　　这是与我国《白蛇传》中白娘子与许仙"断桥相会"类似的一个传说。在一个春光明媚的上午，阳光洒在阿尔诺河上，闪耀着金鳞般的波光。古老的廊桥在湖面划出一道优美的弧线。就是在这样一幅如诗如画的山水长卷中，开始了一段如梦如幻的爱情故事。著名画家亨利·豪里达在他的油画《但丁与贝雅特丽齐邂逅》中，把两人在廊桥邂逅的瞬间，凝固为传诸后世的永恒画面。

　　据薄伽丘《但丁传》记载：但丁9岁时，随父亲去参加一个

【1】 英语为 Ponte Vecchio。

【2】 英语为 Beatrice，又或译作比雅翠丝。

宴会，遇到了富人波尔蒂纳的女儿。薄伽丘描绘道："贝雅特丽齐当时可能是 8 岁，相对她的年龄来说，贝雅特丽齐的谈吐非常优雅有礼和讨人喜欢。她的言行举止比她的年龄成熟和端庄。五官小巧，比例完美，除了美丽面容之外，还充满了纯洁的魅力，许多人觉得她就是一位小天使。"但丁从 1274 年与贝雅特丽齐初遇，到 1290 年贝雅特丽齐猝死，其间 16 年，但丁一直"暗恋"着贝雅特丽齐。诗人把爱慕她赞美她的诗整理成一本诗集《新生》，表达着自己炽热的爱情和对恋爱的幻想。但丁在《新生》第 26 节中写道："她好像本来是住在天上的一位仙人，降落到凡间，为要把奇迹显给人们。"但丁在《新生》第 26 节第一句写道："那淑女溶溶眼波中荡漾着爱的情影"，那双勾魂摄魄的眼睛，使但丁对贝雅特丽齐一见钟情。

薄伽丘在《但丁传》中描绘道："不要以为这只是少年时代的一场偶遇。随着岁月的流逝，爱情的火焰燃烧得越发炽热，甚至到了这样的程度：除了贝雅特丽齐的身影，再没有其他事物可以给但丁快乐、安慰，或者是平静的心情。""他极度思念贝雅特丽齐，追随着她到任何他认为可以看见她的地方。"但丁在《新生》第 2 节中写下这样坦诚的表白："在那一瞬间，潜藏在我心脏最深处的生命之精灵，开始剧烈地震颤，就连很微弱的脉搏里也可怕地悸动起来，它抖抖索索地说了这些话：比我更强有力的神来主宰我了。"

从此，贝雅特丽齐的音容笑貌就定格在"花季少女"，成为但丁心目中的偶像。

这种"柏拉图式的精神爱恋"持续着，一直到 9 年后——就是在廊桥上的那次邂逅 9 年后，但丁又见到贝雅特丽齐，这时的她已嫁给了一个银行家。但是此后几年，"美丽的贝雅特丽齐在她快要过完 25 岁生日的时候，便离开了这世上所有的苦难"，"她的离开，使但丁陷入无边的悲痛、忧伤和泪水之中"。"由于不断的哭泣和内心沉重的悲痛，加上对自己缺乏照料，但丁外表看起来，几乎就像一个原始人：形销骨立，满面须髯，似乎完全变了一个人。"

薄伽丘在《但丁传》第 3 章《但丁对贝雅特丽齐的爱慕和他的婚姻》中，有这样的记载：

> 他的亲戚看到这种状况，决定给但丁娶一个妻子，或许这样可以把但丁从哀痛中完全解脱出来，让他重新变得快乐。……在僵持了一段时间后，但丁结婚了。
>
> 但丁的亲戚和朋友给了但丁一个妻子，以为这样他就不会再为贝雅特丽齐哭泣。这样做的结果是：但丁的眼泪停止了，但爱情的火焰也熄灭了。
>
> 我不知道他们夫妻之间发生过什么事情。且不管这些事情是不是就但丁离开妻子的原因，我们可以肯定的是，但丁离开过他的妻子一段时间。他从此再也没有回到她的身边，尽管他是她的几个孩子的父亲，但是她也没有去找过但丁。

这段刻骨铭心的"初恋"，既促成了但丁的诸多锦绣诗篇，也使但丁的婚姻和家庭始终笼罩在暗淡和阴影之下。

薄伽丘在《但丁传》第 12 章《但丁的品质和局限》中，这样描述了这段"暗恋"对但丁的命运所形成的阴影：

> 从他高尚的美德和勤奋的学习里，我们看到的只是这位天才诗人的一小部分，而放荡不羁的生活占了他的绝大部分时间。这些事情不仅发生在他的青年时代，同时也发生在他的成年时代。虽然不道德的行为对于当时的男子来说，是自然、正常的表现，

从某个方面来说，更是必需的生理需要。但我们无法表扬这样的行为，更不能寻找借口，为但丁正当地开脱罪名。但是，谁又可以做一个公正的审判员，对但丁进行谴责呢？肯定不是我。噢，薄弱的意志力啊！噢，男人野兽般的情欲啊！如果妇女们愿意的话，她们对我们的影响力无所不在。自古以来我们就注意到，妇女们拥有魅力、美丽、天然的情欲以及其他在男人心头发生作用的各种特质。

当薄伽丘写下但丁这些人生的局限时，心中充满诚惶诚恐，他说道："我对于揭露但丁的缺点，败坏他的名声感到羞愧。但我所从事的写作工作要求我必须这么做。因为如果我对他那些不值得赞赏的行为一字不提，那他们也将不相信我对但丁的褒奖之词。为此，我恳求但丁的原谅。如果我不诚实写作的话，但丁可能从天堂某个最高的地方，用他充满不屑的眼睛俯视我。"

但丁在《神曲·地狱》篇的开头，也写下这段不堪回首的人生回忆：

> 我走过我们人生的一半旅程，
> 却又步入一片幽暗的森林，
> 这是因为我迷失了正确的路径。
> 啊！这森林是多么荒野，多么险恶，多么举步维艰！
> 道出这景象又是多么困难！
> 现在想起也仍会毛骨悚然，
> 尽管这痛苦的煎熬不如丧命那么悲惨。

《神曲·地狱》的第2篇中，但丁通过露齐亚之口，发出了痛彻肺腑的生命呼唤：

> 贝雅特丽齐，上帝真正赞美的女神！
> 你为何不去搭救你如此心爱的人？

他曾为你脱离了世上庸俗的人群。

难道你不曾听见他痛苦的哭泣？

难道你不曾看见威胁着他的死神？

　　但丁通过痛定思痛幡然悔悟：他不能继续这样消沉堕落下去，沉迷于对贝雅特丽齐的悲哀之中。这是和他对贝雅特丽齐的爱不相称的。他感到要振作起来，决定开始认真写作。他要从感情的世界跳跃到哲学的世界，他要去探索人性完善的道路，去探索意大利在政治上、道德上复兴的道路。他要把自己创作的成果作为礼物奉献给他钟爱的贝雅特丽齐。于是，但丁开始了浩瀚巨制的《神曲》写作。

　　贝雅特丽齐的形象在刻骨铭心的回忆中不断升华，在但丁的《新生》中，可以看出这种变化：第 2 节中有："她穿着红色的衣裳，合身而且动人"；第 3 节中有："她这次穿着雪白的服装，走在比她年纪稍大的女士中间。"但丁笔下的红白绿三色，具有强烈的象征意味：是信仰、希望和慈爱。《新生》第 39 节中写道："有一天，我眼前忽又起了一个幻觉。……我在这幻觉中看见了我高贵的贝雅特丽齐。……我回想到了与她有关的种种，我的心便变成了理性的信仰者。……于是那罪恶的欲念便离开了我，我的思想全部都回到了高贵的贝雅特丽齐的身上。"

　　贝雅特丽齐的形象最终在《神曲》中，升华为指引但丁游历天堂的"圣女"。

　　《神曲·炼狱》第 29 篇，描绘了但丁与贝雅特丽齐在炼狱顶端的地上乐园的相会：她先在一个庄严的屏帏之中，那时有一游行队列从树林中经过，卫护着一辆凯旋的车子，这车子表示教堂。在车子的四周，是象征着《旧约》《新约》的各种形象。拉车子的是一只半鹰半狮的怪兽，以此象征耶稣。在众天使的歌唱声中，贝雅特丽齐随着缤纷天花而降。贝雅特丽齐仍旧隐藏在面纱之下，有着神圣不可侵犯的架势，但丁不禁望而生畏。贝雅特丽齐责备他没有操守，迷误在罪恶的森林；直到但丁反省其过错并忏悔，她才露出美丽的眼睛对但丁莞尔一笑。仅此一笑，"回眸一笑百媚生"，10年前的爱情之火被重新煽起。在《神曲·炼狱》第30篇中，但丁这样描绘：

> 一片花的云海当中，
> 一位贵妇在我面前出现，
> 她头缠橄榄枝叶，罩在洁白的面纱上边，
> 在绿色的披风下面，身着的衣衫颜色宛如鲜红的火焰。
> 尽管那么多的时间已经过去，
> 一旦见到她，我的精神仍只是惊愕不已，
> 我浑身颤抖，四肢无力，
> 我不再是用眼睛把她认出，
> 而是由于她身上散发的神秘魅力，
> 我才感到旧情的巨大威力。

"梦中情人"升华为爱神维纳斯，成为引领但丁精神境界步步升高的推动力。

政治情结化为人生噩梦

周施廷翻译了薄伽丘的《但丁传》，也翻译了布鲁尼撰写的《但丁传》。周施廷在导言中这样阐述了自己的翻译初衷：

> 但丁是佛罗伦萨城邦的自由守护神，可惜只注重描写微不足

道小事的薄伽丘却把这个重要事实忽略了。布鲁尼开始重新撰写《但丁传》，他剖析但丁，与其说是要发动一场文化运动，毋宁说是要把文化运动转变成社会运动。

在布鲁尼的《但丁传》里，一切的一切都是历史，都是现实的、理性的和群体的历史。当庄严的史诗中所有的诙谐成分被剔出后，诗就变成了历史，同时道德变成了法律，天才变成了公民。于是，以最真挚的爱国情感为自由佛罗伦萨城邦献身的但丁形象便站了起来。

捍卫佛罗伦萨的自由，这个具有历史意义的命题从布鲁尼开始。

但丁所处的时代，整个意大利半岛分裂成几百个小王国，各种政治势力割据，烽烟四起战乱不止。

亚里士多德有一句名言："人天生是政治的动物。"任何一个杰出文学家，必然不会是书斋型的人物，必然有着"天将降大任于斯人"的政治情结。从但丁的专著《君主论》及他的书信中，我们可以看出但丁最早是以政论家的姿态出现，并且也许是以这种形式发表政论的第一个诗人。但丁在贝雅特丽齐死后，曾写过一本关于佛罗伦萨的小册子《给世界上的伟大人物》。而从他被放逐时起，在以后许多年公开发表的言论中，不乏给皇帝、君主或主教的谏言和建议。在这些书信和他的《俗语论》中，经常萦回着一种希望参政议政而不得的极端痛苦的表白。

《神曲·炼狱》第6篇的结尾部分，但丁痛苦地写下"对意大利和佛罗伦萨的哀叹"：

> 啊，沦为奴婢的意大利，你是痛苦的藏身之地，
> 是狂风暴雨中无人掌舵的舟楫，
> 你不是各省的主妇，而是卖身之娼妓！

佛罗伦萨标志

而如今在你那里，你的那些活着的人则战乱不停，

那些被一堵城墙和一条壕沟围起的人

也都在相互啃啮拼命。

……是否在你的国土上还有某块地方可享太平？

……意大利的城市全都充斥着暴君。

在人们可以记忆的时间，

你曾有多少次把法律、币制、公职和习俗改变，

又有多少次更新成员！

倘若你还记得清，看得明，

你就会看到你好像一个卧床不起的病人，

他在柔软的床垫上睡卧不稳，

翻来复去，想把他的疼痛减轻……

　　卡夫卡认为：纷繁庞杂的世界是一个病态的存在。他说："疾病是世界的隐喻。"

老子有言："知不知上，不知知病。夫唯病病，是以不病。圣人不病，以其病病。夫唯病病，是以不病。"

契诃夫写过《第六病室》；

索尔仁尼琴写过《癌病房》；

美国的夏利·哈利森写过《病房》；

美国的阿尔弗雷德也写过《病房的病人》；

获诺贝尔奖的德国作家托马斯·曼的名著《魔山》，通篇描述了主人公汉斯去瑞士阿尔卑斯山一所疗养院看望患肺结核病的表兄，没料想一住就是 7 年。病房成为哲学和社会学的载体，成为一座"魔山"，你如同在病床上进行着一次漫长的死亡阅读。

还有阿瑟·黑利剖析疗治和拯救的《烈药》；

还有反映另一种"病人"生涯的美国电影《飞越疯人院》；

卡夫卡说过这样一句话："罪恶是任何一种疾病的根。这是死亡的原因。"

但丁的《神曲》正是痛心疾首地发出对疾病疗救的呼唤！

雅各布·布克哈特在《意大利文艺复兴时期的文化》一书中，这样评价在这一历史背景下的但丁：

> 任何其他意大利城市的党派之争也不像此地这样激烈和起源之早，待续之久。……这些斗争的一个最大牺牲者，在家乡和流放生活中成长起来的阿利基里·但丁，是一个多么伟大的政治家啊。他以坚定的诗句表露了他对故乡政治上的不断的变化和实验的轻蔑。

> 这些诗句只要有同样的政治事件反复出现，就将永远为人们所传诵。他以一种既蔑视又思慕的足以打动同乡人心弦的语言对他的故乡讲话。然而他的思想远及于意大利和整个世界；如果说他对于帝国所抱的热情不过是一种幻影，但我们还是必须承认像

他那种新生的政治理想的青春幻梦并不是没有诗的华美壮观的。他以首先走这条道路的人而骄傲。[1]

危机之时也是机遇之际。最高尚的政治思想和人类变化最多的发展形式在佛罗伦萨的历史上结合起来了。佛罗伦萨成为政治理论和政治学说的策源地，政治实践和激烈改革的策源地，而且盖世无双地成为具有近代意义的历史写作的策源地。

爱情上的失意和家庭的烦恼，使得但丁把自己的全副精力都投身于公共事务中。1300年，但丁当选为佛罗伦萨的六位执政官之一，不过时间只有6月15日到8月15日短短的两个月。然而，就是这么短暂的几十天，却决定了但丁一生命运的走向。

佛罗伦萨有两个势均力敌的派别：一派叫归尔甫（Guelfi），是效忠于教皇的；一派叫吉拜尔（Ghibellini，又或译作吉伯特），是效忠于日耳曼皇帝的。两派争斗不已，直到1266年，归尔甫派取得了绝对优势，把吉拜尔派赶出了佛罗伦萨。但丁的祖先就曾经因为是归尔甫派，先后两次被吉拜尔派流放。但丁就是作为归尔甫的首领而被选为六执政之一的。但是，归尔甫派在一统佛罗伦萨之后，由于利益分配问题，很快又分裂为两党。一方是以多拿提家族为首的白党，成员以破落贵族为主；一方是以切尔契家族为首的黑党，成员以新兴贵族为主。但丁执政期间，两党冲突愈演愈烈，加之教皇卜尼法斯八世的插足干涉，终成水火不容之势。

但丁在《神曲·炼狱》第33篇的《贝雅特丽齐的预言和训教》一节中写道："我愿你今后能把畏惧和羞愧的束缚挣脱，不

【1】 商务印书馆，1979年7月版，第73页。

再像一个人在梦中那样述说。你该知道，那条蛇所破坏的那个器皿过去存在，如今则不复存在。"但丁借用《启示录》中"你所看见的兽，先前有，如今没有"这句话，来表达"权力场之腐败"，已经是病入膏肓"积重难返"。

但丁哀叹："教堂趋向腐败，帝权受到削弱，教座迁于亚未农，最后来了一个救世主，才恢复了秩序与和平。"但丁理想中的君王应该是能够把一盘散沙凝聚成一个强大帝国的铁腕铁血人物，是一个公平慈悲的法官，只依存于上帝，是自然、正义和上帝意志所批准的罗马世界帝国的继承人。但丁心目中的英明君王是亨利七世。但丁也正是因为拥戴亨利七世失败而遭到佛罗伦萨政府的终身流放。

薄伽丘在《但丁传》中，这样讲述了但丁的被放逐：

> 两个党派轮流执政，有时是黑党，有时是白党。每次政权交替，失败的一方都会感到十分不悦。因此，但丁希望可以把共和国团结起来。于是，他把所有杰出的政治家、艺术家和知识分子召集在一起，借此唤醒智慧的市民。……可惜后来但丁发现，他的听众们的脑筋非常顽固、闭塞，一切努力最终都白费了。但丁相信这是上帝的旨意，一开始，他打算放下所有的公众事务，去过自己的日子。后来，他再度被荣誉的甜美吸引，被重要人物的一些毫无意义的说辞所打动。再加上，但丁相信，如果再给他一次机会，只要他把自己的全部精力都集中用来处理公众事务，他一定可以为他的城市作出伟大的贡献。

> 但丁决定去追求那瞬间即逝的虚荣，还有政治职务带给他的毫无意义的光环。开始的时候，他希望建立一个第三党派来支持自己的计划，制止黑白两党的不当行为。但是当他看到这个第三党派无法建立，他想建立一个团结的共和国的愿望落空了。于

是，但丁同自认为比较正直和理性、对国家和市民贡献较多的白党结盟（1301年，黑党与教皇卜尼法斯八世勾结，请求教皇干涉佛罗伦萨的内政。但丁不得不与白党站到了一条战线）。这样一来，仇恨和敌人开始涌现，对但丁的不满与日俱增。……之后，胜利者按照自己的意愿，重组了这个城市。以共和国的名义，处以敌方的所有领导者永久的流放。与他们在一起的但丁，因为是派里地位最重要的领导者，也遭到了永久的流放。失败者所有的财产都被没收，或者归到了胜利者的名下。

1301年10月，但丁被派往罗马教廷与教皇卜尼法斯八世交涉时，黑党在法国国王查理斯的帮助下，夺取了政权，对但丁和敌对党成员进行报复、迫害。但丁当时滞留在罗马，因此无法出席1302年1月27日的审讯。但丁被起诉"贪污公款"和"反对教皇"的罪名，判决他流放两年，同时被开除公职。1302年3月10日，黑党又改判但丁为终身流放。

但丁为自己的政治情结付出了代价。

梦幻使人获得"另一双眼睛"

在结束但丁故居的讲解之前，导游总结性地遗憾地说："直到临终，但丁也再没能回到自己的这座故居。1321年，《神曲》的《天堂》篇刚刚完稿，但丁就于这年的9月14日，在流放地拉韦纳因病逝世。几百年后，佛罗伦萨想起了自己国家的诗人，想从拉韦纳迁回伟大诗人的遗骨。拉韦纳人决然回绝道：'活着的时候拒之门外，死后却要保留他的遗骨！'岂能答应这样的无理要求？"但丁的遗骨至今仍在拉韦纳。

薄伽丘在《但丁传》中记载：

> 有一次，一个朋友向佛罗伦萨政府恳求，让但丁返回佛罗伦萨，而这正是诗人最渴望实现的愿望。可是，那些掌握政权的官员们却认为，但丁应该在监狱里过上一段时间，然后在重要的教堂里举行公开仪式，向公众宣布赦免但丁的罪行，以达到把赦免但丁作为展现自己仁慈的工具的目的。只有这样，但丁方可重新获得自由，撤销以前加诸其身的判决。但是，这一切在但丁看来，只是一种可怜他的通融程序。因此，尽管非常渴望重新回到佛罗伦萨，他还是选择了继续过流放生活，而不是以这样的方式返回他的故乡。

1315 年，佛罗伦萨还曾放话：但丁等一批流亡者，只要肯付一笔罚金，再头上顶灰，颈下挂刀，游街示众一周，就可以赦免他们的流放。但丁闻言后气愤至极，在给朋友的信中写道："这种方法不是我返国的途径，要是损害我但丁的名誉，那么，我决计不再踏上佛罗伦萨的土地。难道我在别处就不能享受日月星辰的光明吗？难道我不向佛罗伦萨市民躬身屈节，我便不能亲近宝贵的真理吗？"但丁宁折不屈，维护了一个诗人的尊严。

薄伽丘在《但丁传》第 7 章专门写下"对佛罗伦萨人的谴责"：

> 噢，忘恩负义的祖国！当你们不合情理地、残忍地逼迫你们最杰出的市民、最善良的行政官、最高贵的诗人仓皇逃离佛罗伦萨的时候，你们是多么的愚蠢和不顾后果啊！从此之后你们还拥有什么呢？倘若你们一时原谅了自己，将一切罪恶归于时代的错，那么，当你们愤怒停歇、心灵平静、悔悟以往行为的时候，为什么没有召回但丁的遗体呢？……接受我正义愤怒的话语吧。我希望你们改过自新，并且要求你们接受惩罚。

佛罗伦萨的教堂广场

但丁在《神曲·炼狱》第15篇中，有一节写了"但丁的苏醒"：

这时，我的灵魂从外界

返回它身外的真实情景，

我才发现我的错觉并非虚情。

我的导师见我这般光景，

竟像是一个人脱离梦境，

便说道："你怎么了？竟站立不稳，

正如一个人酩酊大醉或是睡意犹浓。"

我说，"当我的腿脚如此不听使用时，我究竟见了什么。"

他于是又说："即使你在脸上戴上一百个面具，

你的心思对我也将隐瞒不了，

……当一个人的肉体倒下去神志不清时

究竟是由于他做了什么事所致，

况且他只是用肉眼看事物，对事物又是视而不见；

……他们一旦恢复神志，却迟迟不肯善用他们的苏醒条件。"

这时，有烟雾一片

渐渐朝向我们飘来，犹如黑夜一般；

无处可以把它躲闪：

　　这烟雾夺去了我们的清新空气，也夺去了我们的双眼。

　　俄罗斯的宗教哲学家列夫·舍斯托夫引用过欧里庇得斯的一句话："或许谁都知道：生就是死，而死就是生。"欧里庇得斯敢讲这句话，柏拉图又敢向世界重复这句话，这不是偶然的。这取决于看问题的角度，用列夫·舍斯托夫的话来说，"取决于天然的视力和非天然的视力"。列夫·舍斯托夫辩证地阐述了两者的含义："从天然的视力来看，从普通人的有佐证的知来看，生就是生，死就是死，把生与死和把死与生混淆起来就是发疯；但从非天然的视力来看，从未被承认的、没有证词的知来看，情况就完全不同了。"列夫·舍斯托夫认为：俄罗斯作家陀思妥耶夫斯基是具有双重视力的人。他在被推上断头台宣判死刑时，使他超越人世间的天然视力，而获得了"另一双眼睛"。

　　我久久凝眸但丁故居上那尊浮雕头像，心中蓦然涌起某种感悟：但丁的《神曲》是否使我们获得了另一双观察世态百相的"眼睛"？

米开朗琪罗广场：

凝固的雕像诉说流逝的生命

雕像对城市的象征意义

到佛罗伦萨有两个看点，一个是但丁故居，它象征了意大利文艺复兴的发轫；再一个就是米开朗琪罗广场，它代表着意大利文艺复兴的巅峰。

16世纪意大利文艺复兴巅峰时期，产生了三位伟大的艺术家：达·芬奇、拉斐尔和米开朗琪罗。米开朗琪罗在建筑、雕刻、绘画、诗歌等方面都留下许多不朽杰作。如为罗马梵蒂冈西斯廷礼拜堂等创作的巨幅屋顶壁画《创世纪》《最后的审判》《复活》《创造亚当》等。米开朗琪罗尤其在雕塑方面，更是达到"前不见古人，后不见来者"的出神入化境地。他的《大卫》《摩西》《彼得》《哀悼基督》和《被缚的奴隶》《垂死的奴隶》等，成为流芳千古的稀世珍宝。罗曼·罗兰在《巨人三传》书中这样评价米开朗琪罗："他是文艺复兴的代表人物，整个世纪的光荣都体现在他身上。对意大利而言，他是天才的化

米开朗琪罗广场东侧的雕塑

身。不仅艺术家将他视为超人，王公们在他的权威面前，也得礼让三分。"把佛罗伦萨的著名景点命名为"米开朗琪罗广场"，足见意大利人对一代大师的尊崇之情。

米开朗琪罗广场由朱塞佩·波吉设计，始建于 1868 年。米开朗琪罗广场建成时，广场中心摆放了米开朗琪罗的经典代表作——大卫雕像。这是用一块巨型白色大理石雕琢而成的。据说，佛罗伦萨大教堂曾委托阿格斯蒂诺·迪·杜乔雕刻一座先知像，这块被称为"都奇奥圆柱石"的巨型大理石，曾做了初步加工，原计划分别雕刻成两个人物，所以中间有了一条锯痕。然而，工作刚开了个头，就"被遗弃"在了大教堂堆石场。1501 年春，米开朗琪罗回到佛罗伦萨，沉睡多年的"都奇奥圆柱石"终于"见了天日"。米开朗琪罗就是在这块"无缘补天"的废石料上，"化腐朽为神奇"，鬼斧神工地开凿出了这块"都奇奥圆柱石"的灵魂。米开朗琪罗用了 4 年时间，完成了这尊雕像高 2.5 米，连基座高 5.5 米的《大卫》雄姿。我过去曾从无数的画册和图片上，一睹这尊被认为是西方美术史上最值得夸耀的男性人体雕像。且抛开它的思想蕴含不说，仅就视觉效果而言，其所展现的男性形体的健美和力度，就让人叹为观止。乔治·瓦萨里在《意大利著名的画家、雕刻家和建筑师列传》一书中写道："这座雕像的优雅气度和从容姿态达到了后无来者的高度……可以肯定，一旦看过了米开朗琪罗的《大卫》，你就不再需要去看其他任何雕塑家——不管是在世的还是已故的——任何作品。""曾经沧海难为水"，"泰山归来不看岳"，当时年方29岁的米开朗琪罗，仅凭一尊大卫像，就确立了世界级伟大雕塑家的地位。

米开朗琪罗广场位于佛罗伦萨城东南方向的小山上，这里是城市的制高点。米开朗琪罗的大卫雕像雄踞此处，"会当凌绝顶"，"一任群芳妒"。从这里眺望：圣母百花大教堂形同双层帽盖的巨大拱形圆顶；白色八角形罗马式建筑的圣乔凡尼洗礼堂；红、白、绿三色大理石镶嵌，耸立云端的乔托钟塔；玉带般的阿尔诺河以及飞架其上各具特色的古典式桥梁……整个佛罗伦萨尽收眼底。米开朗琪罗的大卫雕像成为佛罗伦萨的象征。

1873年，佛罗伦萨市政府从保护文物的角度考虑，把大卫雕像移进了佛罗伦萨美术学院美术馆。在我们原本的行程安排上，是要一睹这件举世珍品的，但不巧的是由于一个国际性重要会议正在召开，我们只能退而求其次，参观陈列在佛罗伦萨市议政厅广场的大卫雕像的复制品。告别但丁故居，我们步行直奔佛罗伦萨市议政厅。

佛罗伦萨市议政厅原为美第奇家族的私家皇宫。美

佛罗伦萨市议政厅

米开朗琪罗广场东侧的雕塑

第奇（Medici）家族是佛罗伦萨13世纪至17世纪时期在欧洲拥有强大势力的名门望族。在历史著作或文学著作里有着多种译法，如梅第奇家族、梅迪奇家族、梅迪契家族，等等。美第奇家族第一位成名的先祖大概是位药剂师，其姓氏"美第奇"即隐含其意[1]。在佛罗伦萨市议政厅广场入口处，就耸立着美第奇家族的创始人科西莫一世大公的骑马铜像。

据马基雅维利在《佛罗伦萨史》一书中描绘：美第奇家族在城邦贵族和平民的纷争中，因为站在平民一方而受到拥戴。他们富可敌国而乐善好施，身居高位却谦恭有礼，不善辞令却见解明达。据雅各布·布克哈特《意大利文艺复兴时期的文化》记载：从1434年到1471年，美第奇家族资助慈善事业、公共建筑和文化艺术所捐赠的款项，不低于663755块金币（当时金币的价值：一年16块金币的收入可以养活九口之家）。游客们今天所看到的《意大利文艺复兴展》上琳琅满目令人目不暇接的展品，其最主要的来源就是这个家族的收藏——佛罗伦萨乌飞齐[2]美术馆。

乔治·瓦萨里的《意大利著名的画家、雕刻家和建筑师列

【1】 医生在意大利语中是 medico。

【2】 或译作乌菲兹，又或译作乌菲齐。

传》，是研究意大利文艺复兴艺术史必读的著作。书中所列举的诸如马萨乔、多那太罗、波提切利、达·芬奇、拉斐尔、提香、曼坦尼亚等一长列如雷贯耳的名单中，群星灿烂的背后无不闪现着美第奇家族的身影。以至导游说："我们不能说，没有美第奇家族就没有意大利文艺复兴，但是，假如没有美第奇家族，意大利文艺复兴肯定不是今天我们所看到的面貌。"

美第奇家族在意大利文艺复兴时期显赫一时权势炙手，家族曾出了三个教皇：乔凡尼·德·美第奇，即教皇利奥十世；朱利奥·德·美第奇，即教皇克莱门特七世；亚历山德罗·奥塔维亚诺·德·美第奇，即教皇利奥十一世。该家族有两个皇后：凯瑟琳·德·美第奇，法国亨利二世的王后，查理九世登基后由其"垂帘听政"；玛丽·德·美第奇，法国亨利四世的王后，路易十三继位后由其"垂帘听政"。

米开朗琪罗与美第奇家族，更是有着剪不断理还乱的纠葛。

米开朗琪罗幼年时，曾拜画家基尔兰达约[1]为师。但学艺仅仅一年，米开朗琪罗所显露出的卓越天赋，竟让那个小肚鸡肠的老师也心怀嫉妒，终至分道扬镳。米开朗琪罗离开基尔兰达约画室后，转入洛伦佐·德·美第奇在圣马可花园的雕刻学校。

学校里收藏着大量精美的古典雕刻艺术品。主持雕刻学校的是贝托多，是意大利著名雕刻大师多那太罗的嫡传弟子。美第奇雕刻学校每天都有形形色色的模特儿出现，有戴着十字架的修道士，也有作丘比特的孩童，有衣冠楚楚的绅士，还有脸像秋天枯叶的农民……这为米开朗琪罗提供了仔细观察各种人

【1】 多梅尼哥·基尔兰达约（Domenico Ghirlandajo，1449—1494）。

米开朗琪罗广场：凝固的雕像诉说流逝的生命　　041

米开朗琪罗建造的尤利乌斯二世陵墓

物的舞台。

米开朗琪罗在美第奇雕刻学校还结识了对他以后人生产生决定性影响的意大利著名诗人、语言学家安琪罗·波利齐亚诺。这位前辈善于从维吉尔、奥维德、但丁、薄伽丘、彼特拉克等人的优秀作品中寻觅写作灵感，曾被聘为美第奇家族的家庭教师，讲授希腊语、拉丁语修辞课程。正是这位语言大师的文学修养，潜移默化地影响了米开朗琪罗，赋予他以无言的石头表现自己思想的雕刻语言。

我们来到佛罗伦萨市议政厅广场，犹如置身于一个琳琅满目的雕塑珍品画廊。我们看到了许多"似曾相识"的艺术珍品，诸如阿曼纳蒂雕塑的海神战车喷泉、海马和佛罗伦萨人称其为"白巨人"的白色大理石巨人雕像……当然，最受瞩目的当属米开朗琪罗的《大卫》像。虽然是一件复制品，但复制得足以"以假乱真"，尽显真品的神韵。

既相互吸引又相互排斥的两座星球

米开朗琪罗最初受委托是把大卫像放于佛罗伦萨大教堂。雕像竣工后，为了让更多的人能看到自己的得意之作，米开朗琪罗提议把大卫雕像放置在市政议会广场。这意味着违背了都奇奥生前的遗愿，因而引发了很大争议。

早已功成名就且比米开朗琪罗年长20多岁的前辈达·芬奇，也参加了把大卫雕像安置于何处的研讨会。达·芬奇对于声名鹊起势头咄咄逼人的天才晚辈，心中充满着难以言说的酸涩滋味。他面对人们对大卫雕像的满堂喝彩，不冷不热地讲了一句："我的意见是，一门艺术离开手工愈远，便愈完美。"达·芬奇的言外之意是，米开朗琪罗的大卫像，仅仅是一个石匠的雕虫小技，根本称不上雕塑家。

米开朗琪罗自称是"雕塑家"而非"画家"。他在 1508 年 3 月 10 日的日记中写道："今天，我雕塑家米开朗琪罗开始西斯廷教堂的绘画。这全然不是我的事业。……我毫无益处地耗费掉我的时间。"米开朗琪罗 6 岁丧母，父亲把他寄养在塞蒂雅诺一个石匠家。后来，米开朗琪罗打趣说："我就是因为吃了石匠妻子的奶，才有了雕塑家的遗传基因。"米开朗琪罗自认为他一生中绘制最多的宗教壁画，充斥的是虚与委蛇和疲于应付，而只有在雕塑中才真正寄寓了自己的思想表达。

而达·芬奇的长项显然是绘画。他的主要成就都表现在绘画上，诸如他的传世名作《蒙娜丽莎》《最后的晚餐》等。达·芬奇曾把绘画与雕刻做了这样的比照：

"这两门艺术的主要差别，就在于绘画需要更多的精力，雕刻则需要更多的体力。

"雕刻者工作时，全身出汗同苦工一样，汗水中夹杂了灰尘，肮脏得很；他的脸上出现了污汗，又蒙上了大理石白粉，好像面包师傅；他的衣服沾满了石屑，好像沾满了雪片，他的家里充塞了石头和灰尘。

"画家工作时，就可以很舒适地坐着，听着音乐，穿着漂亮服装，用的是轻松的画笔和悦目的颜色。他的家里明亮而清洁，没有锤子声或其他难听的声音骚扰……"

达·芬奇与米开朗琪罗这种貌合神离面和心不和，"一山容不得二虎"的情形，在当年的意大利民间有着许多传言。

达·芬奇30岁离开佛罗伦萨时，米开朗琪罗刚刚7岁。达·芬奇"在人类所有的绘画中最崇高的作品"——《最后的晚餐》出现在米兰圣玛利亚·德拉格拉齐耶修道院饭厅时，米开朗琪罗陈列于梵蒂冈的惊世杰作《哀悼基督》还正在雕刻制作之中。他俩是同乡，在师承流派上又同是多那太罗大师的嫡传弟子。达·芬奇15岁时在韦罗基奥画室当学徒，以后兼作韦罗基奥的助手。米开朗琪罗的第一位老师基尔兰达约还是达·芬奇的大师兄，他也是师出韦罗基奥画室。韦罗基奥与米开朗琪罗的雕刻老师贝托多都是多那太罗大师的学生。令人不解的是他俩似乎都没有公开承认他们是"师兄师弟"的关系。

罗曼·罗兰在《巨人三传》[1]一书中，对于米开朗琪罗与达·芬奇之间的交往，有这样一段描述：

> 1504年，翡冷翠底诸侯把弥盖朗琪罗[2]和莱渥那·特·文西[3]放在敌对的立场上。
>
> 两人原不相契。他们都是孤独的，在这一点上，他们应该互相接近了。但他们觉得离开一般的人群固然很远，他们两人却离得更远。两人中更孤独的是莱渥那。他那时是五十二岁，长弥盖朗琪罗二十多岁。从三十岁起，他离开了翡冷翠，那里的狂乱与热情使他不耐；他的天性是细腻精密的，微微有些胆怯，他的清明宁静与带着怀疑色彩的智慧，和翡冷翠人底性格都是不相契的。……1503年，他回到翡冷翠，他的讥讽微笑正和阴沉狂热的弥盖朗琪罗相遇，而他正在激怒他。弥盖朗琪罗，整个地投入他

【1】［法］罗曼·罗兰著，傅雷译：《巨人三传》，安徽文艺出版社，1989年12月。

【2】弥盖朗琪罗即米开朗琪罗。

【3】莱渥那·特·文西即达·芬奇。

的热情与信仰之中的人，痛恨他的热情和信仰底一切敌人，而他尤其痛恨毫无信仰的人。莱渥那愈伟大，弥盖朗琪罗对他愈怀着敌意；他亦绝不放过表示敌意的机会。

莱渥那面貌生得非常秀美，举止温文尔雅。有一天他和一个朋友在翡冷翠街上闲步……几个中产者在谈话，他们辩论着但丁的一首诗。他们招呼莱渥那，请他替他们辨明其中的意义。这时候弥盖朗琪罗在旁走过。莱渥那说："弥盖朗琪罗会解释你们所说的那段诗。"弥盖朗琪罗以为是有意嘲弄他，冷酷地答道："你自己解释罢，你这曾做过一座铜马底模塑（指达·芬奇曾没有完成的一个大公雕像），不会铸成铜马而你居然不觉羞耻地就此中止了的人"——说完，他旋转身走了。莱渥那站着，脸红了。弥盖朗琪罗还以为未足，满怀着要中伤他的念头，喊道："而那些混账的米兰人竟会相信你做得了这样的工作！"

两个极有个性的大师级人物，大概就像是既相互吸引又相互排斥的两座星球。

佛罗伦萨教堂的这块"都奇奥圆柱石"，最初也曾请达·芬奇来雕刻，但他面对这件高达 5 米多的石料，迟疑了好长时间，最终还是"没有金刚钻，不揽瓷器活"。当米开朗琪罗"初生牛犊不怕虎"抑或是"艺高人胆大"地承揽下这件活时，达·芬奇抱着"看好看"的心理去观望。这就是当米开朗琪罗完成大卫像而受到一致好评时，达·芬奇说出上述那段话的心理潜台词。

据说，当拉斐尔看到西斯廷的天顶画后，说：有幸适逢米开朗琪罗时代。拉斐尔说这句话不是在赞扬他们的时代，是在赞叹在他的时代出现了米开朗琪罗。

嫉妒心使达·芬奇忽视了一颗正在冉冉升起的新星。

征服者被血腥所征服

斯塔夫里阿诺斯在《全球通史》中说过这样一番话："文艺复兴的精神在艺术中得到了最深刻的体现。虽然宗教主题仍频繁出现，但在达·芬奇、米开朗琪罗、拉斐尔和提香等大师的作品中，其创作重点已越来越转向揭示灵魂深层的奥秘。"欧洲文艺复兴之前的中世纪是一个黑暗的宗教时代，艺术是宗教的婢女，我们看到的美术作品与雕塑作品，几乎清一色地表现着宗教——神的主题。米开朗琪罗的大卫像，虽然仍是取材于《圣经》故事，但我们从中读出的却是米开朗琪罗对《圣经》人物灵魂的一种全新诠释。

据《圣经》记载：大卫是伯利恒城祭司那西的小儿子。大卫生活的年代，以色列人与非力士人正在频繁发生战争以争夺耶路撒冷的控制权。以色列王扫罗由于战事不利，心情郁闷。医生建议扫罗应该多听音乐，以调节心情排遣郁闷缓解病情。大卫是因弹着一手好琴而被介绍给以色列王扫罗的。

《圣经》中这样记载了大卫的一战成名：

> 双方开战的第一天，非力士阵营里走出来一个人，他的样子让以色列人吓了一跳，只见他虎背熊腰，满脸横肉，胳膊比普通人的大腿还粗，脚踩在地上，大地都跟着晃悠。他叫戈利亚，是非力士人中的第一勇士。
>
> 他威风凛凛地走到场中，大声叫骂，对以色列人大肆侮辱。以色列人虽然气得火冒三丈，但戈利亚的样子实在让人望而生畏，谁都不敢上阵应战。一连四十天，戈利亚的气焰越来越嚣张……

这一天，大卫来到军营，他是来看望自己的三个哥哥，他们都在军营中。他听到戈利亚在营地外大放厥词，愤怒至极，请战说："我要杀了这个狂妄的人！"他的哥哥们觉得大卫是以卵击石，就劝弟弟不要去送死。大卫对自己很有信心，他在放羊的时候，常常与熊、狮子搏斗，从来没失过手。难道这个没有受过割礼的非力士人比熊和狮子还难对付？大卫冲到战场上，仍旧穿着自己放羊的衣服，取出随身带着的弹弓，捡了几个石子做武器。

戈利亚一看等了四十多天，才等到一个孩子，就嘲讽说："以色列人真是吓破了胆，整天像乌龟一样缩在壳子里，没人敢上阵，让一个孩子来送死。"根本没把大卫放在心上。大卫不慌不忙，拿起手中的弹弓，把石头压在弓弦上，等到戈利亚快到跟前时，瞄准戈利亚的额头，一弹打穿了戈利亚的脑门。

戈利亚轰然倒地，大卫抢步上前，从戈利亚手中夺过刀，砍下了他的脑袋瓜子。[1]

大卫一夜之间成为以色列的民族英雄。

世人表现大卫题材的作品很多，但多为展示大卫的英雄形象。比如现收藏于马德里普拉多美术馆由卡拉瓦乔创作的《大卫战胜戈利亚》，画面上就是大卫气宇轩昂地脚踏戈利亚的头颅，一副胜利者的姿势。贝贝尼所雕塑的大卫像，表现的也是大卫"要压倒一切敌人，却不被任何敌人所压服"的英雄气概。即使多那太罗大师的大卫雕像，也是忠实于《圣经》上的描绘，大卫只是一个十五六岁的少年，踩在巨人戈利亚的硕大头颅上，以胜利者的姿态，露出少年老成的智慧笑容。

米开朗琪罗并未沿袭前人的思路，大胆改变以往雕塑所表

【1】 译文取自［法］让·米歇尔著《圣经的智慧》，韩凌编译，长江文艺出版社，2005年3月。

现的情景，将胜利者的大卫转变为残酷激战之前的出征大卫。米开朗琪罗斧凿下的《大卫》，并不是一如同时代人所塑造的"英雄形象"，雕像虽然也表现了健与力的形体，但面部表情却是眉头紧锁眼神迷惘，流露出内心深刻的矛盾和痛苦，全然没有"胜利者"的得意和风光。

著名的《胜利者》雕像

有两位解剖学教授，对米开朗琪罗的大卫雕像从解剖学角度予以阐述：认为这一雕像对人体结构和全身的筋肉都表现得极为精确到位。虽然对手的关节和大腿进行了夸张加长，但完全符合少年成长期的特点。对于雕塑上"大卫的鼻孔扩张了，前额和鼻子上方的肌肉也收缩了起来"，认为是传神地描绘出了大卫在即将与巨人生死相搏时肌肉的生理紧张状态；而对普遍质疑的"大卫雕像上的男性生殖器小得不成比例"，则解释为"这正好体现了男性在紧张状态下的身体特征，从解剖学上说来是合理的。"

大卫神情复杂的面部表情，几个世纪以来，引出诸多见仁见智的争议和评说。

戏剧大师布莱希特曾意味深长地说："一个呼唤英雄的时代是不幸的时代。"

也许，米开朗琪罗后来雕塑的《胜利者》，可以作为解读《大卫》的一个注脚。

《胜利者》也是一尊大理石雕像：这是一个壮硕雄健的裸体青年，铁疙瘩似的肌肉是征服力的象征。他豪气十足地右腿站立，左腿膝盖压在弯着腰的俘虏背上。俘虏是一个长发长须的老人，扭曲的身子被迫蜷缩着。他那不甘屈服的头颈向前伸直，流露着怨恨、羞愧交集的目光。他健壮的全身肌肉仿佛在痛苦地抖动，剧烈起伏的结实胸膛似乎随时都会爆发出巨大的反抗力量。作为胜利者的英俊青年，低低的前额上覆盖着卷曲的头发，露出的不是得意忘形的表情，却是一脸的迷惘。那姿势分明是正要手起刀落之际，他犹疑了，住手了。手臂弯向肩膀，身子后仰……动作凝固在此一瞬间。

罗曼·罗兰在《巨人三传》中，这样评说这尊雕塑："他胜利了，可是他不想胜利，这不是他的愿望"；"他不再需要胜利，胜利让他恶心。他虽是征服者，而他自身也被面对的血腥征服了"；"有英雄的天才，却没有英雄的意志，有强烈的激情，却没有这样的愿望，这是多么令人痛心的矛盾！"

《孙子兵法》有云："不战而屈人之兵，善之善者也！"

成都武侯祠有副对联，上联也表达了类似的观念："能攻心则反侧自消，自古知兵非好战。"

我国几千年的儒教文化，一贯宣扬的都是"和为贵"的"中庸之道"，与"仁者爱人"相对应的还有一个词"仁者无敌"。过去，我一直将此理解为"仁者之师则无敌于天下"。当我们经历过一个世纪的腥风血雨之后，换了一个思维角度，认为儒家的原意恐怕是：真正的"仁者"，根本就不会去树立敌对面。

罗曼·罗兰在《巨人三传》一书中，这样评价米开朗琪罗的创作理念："我们永远不会说因为一个人太伟大，世界上的所有人都应该成为成就他伟大的祭坛上的羔羊。征服欲并不是伟大的标志。甚至在伟大人物身上，如果个人与群体之间，生命与生命法则之间缺乏和谐，则难以成就其伟大，反而是其弱点。——为什么要竭力掩盖这种弱点呢？软弱的人难道就不值得爱吗？——其实他们更值得爱，因为他更需要爱。绝不要把英雄抬到高不可攀的高度。我讨厌怯懦的理想主义者，他们不敢正视人生的苦难和心灵的弱点。应该告诉太容易被响亮的词句和幻想蒙骗的民众，唱高调的谎言不过是怯懦的表现。世界上只有一种英雄主义，那就是按世界的本来面目去看待它、热爱它。"细思之，一个呼唤英雄的时代必定是悲剧的时代。

《胜利者》这幅"英雄惶惑像"，一定倾注了米开朗琪罗的全部心血和"上穷碧落下黄泉"的苦苦思索，所以，米开朗琪罗对它情有独钟。这是米开朗琪罗的全部作品中，唯一至死也留在他佛罗伦萨画室里的作品。米开朗琪罗死后，他最亲密无间的朋友达涅尔·特·沃尔泰雷想用它来装饰米开朗琪罗的灵台。权威人士认为这尊雕像最能代表米开朗琪罗的创作思想。

苏联的著名音乐家肖斯塔科维奇以一个艺术大师的"心有灵犀一点通"，看懂了米开朗琪罗的《大卫》。他说："有人说我的《第七交响乐》的终曲是凯歌式的终曲纯属荒唐话。我是因为被大卫的诗篇深深打动而开始写《第七交响乐》的。诗篇是推动力，大卫对血有一些很精辟的议论。"

米开朗琪罗通过他所创作的《大卫》，可能还传达着自己内心对人与神之间关系的困惑：在希腊神话中，人神是共处杂居的。所以神的游戏就成为人的悲剧。神是不死的，神可以无数次地品尝失败并重新选择新的生活。而人不行，人的生命的不可逆性，注定了人成为神的陪衬。在任何一次"造神运动"中，一"神"成名万骨枯，人成为神的试验品和牺牲品。

米开朗琪罗在这个亦神亦人的大卫身上，蕴藏着一个深刻的主题。

还有一个关于《大卫》的有趣细节：据说，决定将这一任务交给米开朗琪罗的佛罗伦萨的行政长官皮尔·索德里尼去看雕像时，对大卫身上体现的"另类"气质有些出乎意料，可又提不出什么，为了表现自己是个内行，故作深沉地说，眉头为什么是皱着？鼻子显得有些笨拙，影响了大卫的英雄气概。米开朗琪罗明白行政长官根本没有看明白他雕像的寓意，不屑与他多说，拿了一把凿子和一点石粉爬上了脚手架。然后用凿子轻轻晃动了几下，慢慢撒下一些石粉，根本没去碰两道眉毛和那只鼻子，仍让它保持原样。米开朗琪罗下来后问索德里尼："请长官看看，现在如何？"索德里尼矜持地点点头说："现在嘛，我觉得好多了，你让它显得威严了。"

专断的救世主还是启蒙的思想家

米开朗琪罗从不肯把自己在雕像中寄寓的思想告诉任何人。有人问起，他总是不屑一顾地说："干你们的活，执行我的命令。至于弄清我脑子里的思想，你们永远不可能做到。"

思想不是用语言可以完整表达的。老子有言：智者不言，言者不智。当我们对任何一件艺术珍品用文字说明解释时，只会画蛇添足冲淡了其本身的涵蕴。雕像本身的就是"此时无声胜有声"。

在同样作为雕塑大师的罗丹的《罗丹传》里，有这样一段记载：

> 罗丹观看了他能找到的每一件米开朗琪罗的作品。他被大师未完成的四个囚徒像迷住了。他喜欢这些塑像的粗放更甚于那些成品大理石的纯洁。它们看起来就好像在肉体上还保存着米开朗琪罗的指纹，好像这些人物曾经在石头中沉睡，而米开朗琪罗则把他们从石头中释放了出来。
>
> ……………
>
> 罗丹专门去看了米开朗琪罗的《摩西》。他发现这是伟大的佛罗伦萨雕刻家最令人满意的作品。

这是一个大师对另一个大师的作品做出的评判。

1492 年 4 月，洛伦佐·美第奇去世后，米开朗琪罗受出身于美第奇家族的教皇利奥十世委托，在佛罗伦萨为美第奇家族建造"一座世界上绝无仅有的陵墓"。这项工程由于教皇的反复无常，陵墓的施工几起几落，断断续续进行了 15 年，耗费了米开朗琪罗的锦绣年华。著名的《昼》《夜》《晨》《暮》四座雕像就安放在陵墓的石棺上。米开朗琪罗还为陵墓雕刻了洛伦佐·美第奇的塑像。在陵墓已完成的雕塑群中，最著名的就是那尊被罗丹极力赞颂的《摩西》。

《摩西》与其他五尊位于陵墓上方的座像一样，主要是为了达到某种装饰的效果。但是罗丹感受到了：米开朗琪罗在这座雕像中，展现了自我的个性，寄寓了自己的思想。罗丹认为：米开朗琪罗的《摩西》，是几个世纪以来，最多被人们提到，而最少被人们理解的一件作品。

据《圣经的智慧》记载：

> 自从约瑟把以色列人接到埃及定居以后，四百年过去，以色列人从最初的七十人，发展成为一个人丁兴旺、遍布埃及各地的大族。
>
> 公元前15世纪，一位新法老登上了王位，他认为以色列民族的繁荣昌盛会危害埃及的稳定，动摇法老的统治。在他的号令下，以色列人的地位日渐低下，到后来竟沦为埃及人的奴隶。
>
> 为了限制以色列人的发展，法老想出一个极为残忍的手段：把所有以色列人生下的男婴全部杀掉，只能留下女孩。摩西就是这样一个不准出生的人。
>
> 后来历经生死磨难，摩西受上帝委派，带领以色列人脱离苦海，向"到处流着蜜和结满鲜果的人世乐园——迦南"长途跋涉。
>
> 然而令摩西悲哀的是，他的同伴已然变得奴性十足，对自己遭受的压迫逆来顺受，麻木不仁，丝毫没有想到要反抗。
>
> 当摩西领他们走到沙漠中心时，随身携带的食物全部吃光了，周围茫茫的荒漠寸草不生，找不到任何可以充饥的东西，于是，许多人开始向摩西抱怨："你为什么要把我们带到这里来受苦呢？留在埃及做奴隶，至少还能勉强果腹，总比在这儿饿着好呀。"
>
> 摩西听到这些话，感到十分痛苦：他的同胞受了多年的奴役，精神上已经成为奴隶了。他们宁肯过着屈辱的生活，也不愿意用生命去换取自由。

后来发展到登峰造极，完全陷于绝望的以色列人，竟然用金首饰铸成一头金牛，把它放在人们中间，所有的人对金牛顶礼膜拜起来。这一景象是具有象征主义意味的。存在主义大师萨特说："在人类的生存现实中，对金牛的顶礼膜拜无处不在。"

摩西这一名字在希伯来语中意为"拉出"或"水中救起"。《圣经》故事中犹太人的古代领袖，具有犹太民族"救世主"的意味。据《出埃及记》记载，摩西生于利未部族。他带领古代犹太人摆脱了埃及法老的奴役，成为代表上帝向犹太人传谕"十诫"的立法者。2.35米高的摩西雕像是一位坐着的老人，头上雕有两个小角，象征着放射出非凡的光芒。他强健发达的肌肉，蕴藏着巨人般的无穷力量，左小腿向后弯曲，赤裸的左脚尖紧张地触地，随时准备站起来大吼一声。他右手夹着刻有"十诫"的

米开朗琪罗的作品《摩西》

两块石头，左手捋着垂下的卷曲长须。他的头向左前方注视，严厉的目光仿佛在怒斥违背"十诫"的罪人。

摩西就像高尔基笔下的那个先驱者丹柯，为把乡亲拯救出奴役地位，恨不能掏出自己的心，让它燃烧起来，以照亮同胞们被蒙昧的心眼。

米开朗琪罗在美第奇家族的陵墓里雕刻了《摩西》，显然是别有深意的。摩西有着引领同胞脱离奴隶生涯的愿望。

现陈列于巴黎罗浮宫的两尊雕塑《垂死的奴隶》与《被缚的奴隶》也是米开朗琪罗用来装饰陵墓的。在中世纪的意大利，权

米开朗琪罗的《垂死的奴隶》　　　　　　米开朗琪罗的《被缚的奴隶》

势者在墓前放置奴隶像是为了象征死者的权威，犹如中国陵墓前的石人石马，有着供祭仪物的意味。米开朗琪罗为发泄他对权势者的抗议，把奴隶雕成渴求解放而不可得的两个青年壮汉，他们具有力士般健美的体魄。《垂死的奴隶》双目紧闭，既像是漠然的沉睡又像是"视死如归"；胸前的绳索象征着暴力与专政，但他没有表现出极度的痛苦，也不是为挣扎而显出痉挛，而是一种摆脱了苦难的昏迷。似乎沉重的压迫已使他喘不上气来，他左手枕在仰起的脑后，右肘弯曲在胸前。虽在生命的最后一刻，仍试图再一次挣扎着醒来与暴力和死亡搏斗。那个《被缚的奴隶》的动感更为强烈。他的壮实的躯体呈螺旋形拧起。他力图挣脱身上的绳索，这种挣扎体现了巨大的内在激情。似乎这个奴隶将要迸发一股无比强大的反抗力。面部表情显露出坚强不屈的意志。后人称这两尊雕像是"反抗的奴隶"。这些"殉葬的奴隶"，更深化了"起来，不愿做奴隶的人们"这一主题。

作为精神分析大师的弗洛伊德，写下数万字的一篇长文《米开朗琪罗的摩西》，指出了数百年来，世人对摩西这尊雕像的误读：

> 这是一件像谜一样让人费解的艺术珍品。……每当我读到欣赏这座雕像的话语，比如说它是"现代雕塑的王冠"（海尔曼·格林），都会感到愉悦。因为没有一座雕像能像《摩西》一样，给我留下这么强烈的印象。有多少次我试图领会出这位英雄愤懑、嘲讽的目光所含的意味……

1912年，一位名叫马克斯·索尔兰特的艺术评论家评论道："世上没有哪一件艺术品像这位《摩西》一样，会得到意见如此分歧的评判。仅仅就形象而言，便有截然不同的解释……"

索德从面部表情悟出了"各种感情的混合"——"紧皱的眉头表现出愤怒，目光中含着痛苦，突出的下唇、后缩的嘴角显示出轻蔑。"但是别的仰慕者却用另外的眼光来审视。比如，杜帕蒂认为："他庄严的眉毛像一层透明的薄纱，半遮半掩住了他伟大的思想。"同时，吕布克声称："你如果想从头部找出睿智的表现特征，你会徒劳无益；他的横眉不是代表了别的什么，而是蓄容着无限的愤怒和压倒一切的力量。"吉勒罗姆在理解面部表情这点上，观点更不一样，他从面部看不出任何情感，有的"只是明快的傲气，带有灵感的尊严，永生的信仰。摩西的目光看到未来，他预见到，他的人民世代生存，他的法则永恒不变。"

艺术家把摩西一生中的什么时刻，永远凝固在了大理石上？

……他的人民此刻却弄出一个金犊，并围着金犊起舞、欢庆。……米开朗琪罗正是捉住了这一瞬间——暴风雨前的平静，来塑造他的人物形象。摩西马上就要跳起身来——他的左脚已经从地面提起——把十诫圣书向地上掷去，向他那没有信仰的子民大发雷霆。

……不再把摩西塑像理解为他见到金犊就要爆发怒火。索德说："……米开朗琪罗关心的是，塑造某种人物类型。他创造出了一位性情暴躁的人类领袖，这位领袖意识到了先驱者启蒙所肩负的神圣使命，却意想不到会遭到同类的反抗。……这种冲突，即有志于改造人的天才与芸芸众生之间的矛盾，必然发生。愤怒、轻蔑以及痛苦的情感在摩西身上象征性地表现出来。没有这些情感，就不可能描绘出这类超乎凡人的人所具有的性格。"

无须再多引录了。400 年来，对《摩西》连篇累牍的评议层出不穷，殊途同归地表达着一个基本意思：摩西对他的同胞们，"哀其不幸，怒其不争"。

正如鲁迅的一句名言所说：坐稳了奴隶的时代和求做稳奴隶而不得的时代。

在与奴隶主对应的位置上，还有奴隶一极。老子有言："故有无相生，难易相成，长短相形，高下相倾，音声相和，前后相随。"正是这两极的相辅相成唇齿相依，才构成了这一"奴隶制"时代。呼唤新时代的到来，有着更为繁复的思想解放内容。

米开朗琪罗终生不渝，都在完成着一个启蒙运动中"救救奴隶"的主题。

摩西在《圣经》故事里，是一个先知者的形象。先知是《圣经》中的一个专用名词，意思是"代神发言的使者"。顾名思义他的先知先觉来源于神性，他的话就是一个预言。米开朗琪罗赋予了摩西先驱者的性质，而先驱则比先知担负了更为丰富的内容。先知是言说者，而先驱是行动者。先驱者无法踩着别人的脚印走，他只能是"摸着石头过河"。后来者在其身后观望，他成功了，别人飞速跟进反而"后来者居上"；他跌空落水了，得到的是"智叟"们的嘲讽。我国著名评论家唐达成说过一句很精辟的话:"领跑者往往是吃力不讨好的事情。它包含了启蒙中冒险的全部内容。承担风险,付出代价,说不好还落一个爱出风头的褒贬。跟着跑,倒可能是一种智者的策略。"

中国老子有名言:"我有三宝,持而保之:一曰慈,二曰俭,三曰不敢为天下先。"老子的话已精明地道出了如何避免先驱者的悲剧命运。

弗洛伊德以他真知灼见的目光,"见前人之所未见,言前人之所未言",看出了米开朗琪罗《摩西》中所蕴藏的更深一层的含意:

> 纳克富斯说道:"摩西塑像所产生效果之巨大的秘密,在于内在的烈火与外在的冷静之艺术对照。"我不反对这一解释,但是我总觉得这种解释还缺点什么。大概这便是我们需要找出寓于态度中的精神状态,同上述的"外在"的冷静与"内在"的烈火的对照之间更近似点。

> 我们再来看摩西塑像,在两个地方有某些细节迄今不仅为人们所忽略,而且没有被恰当描述过。这两处便是,他右手的姿势以及十诫的位置……食指放在了胡子上,压出了一道深深的槽。用一根手指压胡子,肯定是不寻常的姿势,很难理解其用意。

> ……这种安排处置用意何在?动机是什么?雕塑家是基于线条和空间设计的考虑,而把向下飘逸的浓须拉向面朝左方的塑像的右侧吗?这是多么奇怪而又不合适的表现一根指头的压力的方式!……这些细部的特征难道没有实际意义吗?

> ……这种运动现在已能证明是刚刚发生过的。蓬松起的胡子也就反映明了手的运动轨迹。……人群的喧嚣声,拥戴金犊的景象,叫静坐着的摩西大吃一惊……他感到义愤填膺,准备跳起身来,惩治这些不知好歹的人。盛怒之下,他急躁的手下意识地把

胡子牢牢抓紧……那么，什么又使其缩回去了呢？

　　……十诫达到现在的位置，也是先前运动的结果。

　　我们已经看到，多少人不由自主地将塑像解释为表现了被堕落的人们和围绕金犊起舞的景象所激怒的摩西。但是我们不得不放弃这种解释，因为这种解释让人期待着看到摩西很快跳起来，打碎十诫，惩治同胞。这种看法与总体构思格格不入。按照我们的复原图，摩西既不会跳起来，也不会把十诫从手中掷出去。我们眼前所看到的，不是激烈行动的开始，而是先前运动的结果。在开始大发雷霆时，摩西想采取行动，跳起来惩治，忘记了十诫。但是，他克制住了盛怒，想起了身负的神圣使命，他将继续静坐在那里，让胸中的怒火慢慢煎熬着灵魂，他也决不会掷出十诫，打碎圣书……

　　归根到底，这不是《圣经》上记载的那个摩西，那个摩西确实大发雷霆，将十诫向有罪的人掷去，跌得粉碎。这个摩西是艺术家心目中的新摩西。

我们借助弗洛伊德的心理分析，读懂了米开朗琪罗更多的心理内容：《圣经》中那个暴怒的拯救者摩西变成米开朗琪罗斧凿下这个仁爱的思想者摩西。摩西《出埃及记》凸显出的是先驱者的价值和人格力量。人类从"历史轮回"的宿命中解脱，走出被奴役的恶性循环，走向自由，创立新秩序。

超越恐怖的"纪念碑"

米开朗琪罗将自己的晚年，完全奉献于为耶稣的门徒彼得建造一座"超人类的纪念碑"，这其中表达着米开朗琪罗内心难以言说的心理潜台词。

据罗曼·罗兰披露：米开朗琪罗的晚年与耶稣最喜爱的信徒彼得一样，不止一次因听见鸡鸣而痛哭。

初始接触米开朗琪罗之"闻鸡鸣而怆然涕下"，第一感觉是一种珍惜时间珍爱生命，与"闻鸡起舞"有着异曲同工之意。

米开朗琪罗有诗句云：

> 可怜，可怜！我被已逝的生活抛弃……我有过太多等待……时光飞逝，我已垂垂老矣。我不复能在死者面前忏悔和自省……哭也徒然，没什么不幸能与失去的时间相比……

> 可怜，可怜！回顾以往，我找不出一天曾属于我自己！扭曲的希望，虚妄的欲求——我现在算是认识到了——把我羁绊。哭、爱、激情燃烧、悲哀叹息（没有一种致命的情感我不曾体验过），都远离了真理……

> 可怜，可怜！我不知何去何从；我害怕……如果我没有弄错的话（啊，上帝，让我弄错吧），我看到，主啊，我看到了永恒的惩罚，因为我明知有善却去做恶。我只能希望……

对飞速逝去时光的恐慌，对"今是而昨非"的悔悟，每逢"鸡鸣天亮"新的一天开始，都会产生时光虚掷老之将至的悲哀。昨日犹如东逝水，奔流到海不复回。君不见，高堂明镜悲白发，朝如青丝暮成雪。

渴望自由的米开朗琪罗，总是从这副桎梏转到另一副桎梏，从这个主子转换为另一个主子。尤利乌斯二世去世后，新任教皇利奥十世照样竭力控制米开朗琪罗，让他从颂扬前任的事业中转换过来，为他自己的家族树碑立传。利奥十世之后，是克雷芒七世。所有的教皇大同小异，他们只是把艺术和艺术家作为自我炫耀、自我标榜、为其歌功颂德树碑立传的工具。艺术成为权势的婢女。

雕塑家格依贝尔蒂在其回忆录里，讲述了安茹公爵手下一位德国金银匠的故事。此人的技艺，"足可以与希腊的古雕塑家媲美"，到了晚年，却目睹耗去他毕生精力的作品，只不过是王公贵夫人们头上的装饰和手中的玩物。全部辛勤工作换回的是终身徒劳。他跪下悲天怜地地呼喊："主啊，人是天地的主宰，万物都是你的创造，别让我再误入歧途，除了你，我再也不追随其他人了！可怜可怜我吧。"然后，他把所有的一切全部散给穷人，从此隐居山林，了其余生。

罗曼·罗兰说："米开朗琪罗如同那个可怜的德国金银匠一样！到了晚年，痛苦地看到他的一生犹如虚度，他的努力全是徒劳，他的作品不是未曾完工，便是遭到毁坏，等于一事无成。"

米开朗琪罗曾为尤利乌斯二世铸造了一尊铜像，1508 年 2 月落成。这尊倾注了米开朗琪罗心血的铜像，在圣彼得罗尼奥教堂的正门前仅仅立了不到四年，1511 年 12 月，尤利乌斯二世的政敌班蒂沃利党人就把此铜像砸毁，用其碎片铸成了大炮。随着"你方唱罢我登场""城头变幻大王旗"的统治者的更迭，米开朗琪罗那些为当政者所用的作品，"城门失火，殃及池鱼"，也随之灰飞烟灭。我们今人对此铜像，"仅闻其名，未谋其面"。

这就是"为统治者服务的艺术"的必然命运？

米开朗琪罗曾无比感叹地说了这样的话："我为教皇服务，完全是不得已。"生存是人的第一需要。地球人谁也没有能力拔着自己的头发离开这个生你养你的星球！米开朗琪罗大概是感叹，"著书都为稻粱谋"式的生存欲望，磨耗了一个大师对艺术追求的锦绣年华。

然而细思之，把米开朗琪罗与彼得比照，就让人意识到其中更深一层的含蕴。

我查阅了《圣经的智慧》中彼得"闻鸡鸣而怆然涕下"的故事：

> 彼得原先是渔夫，是耶稣最初收的六个门徒之一，也是耶稣最喜欢的一个。
>
> 最后的晚餐以后，耶稣看出彼得已经有些动摇，知道他可能会有退缩的行为，预先安慰他："等你悔悟的时候，一定要去坚定你兄弟们的信心。"
>
> 耶稣被捉以后，门徒大都逃跑了。彼得不走，远远跟着耶稣，来到大祭司的院子里，想看看事情竟会怎样。
>
> 看门的使女认出了彼得，指着耶稣问彼得："你不是这个人的门徒吗？"
>
> 彼得惊慌失措地摇了摇头说："我，我不是！"耶稣的事很难说，彼得胆子小，害怕会受牵连。
>
> 仆役们生起了炭火，彼得正站着烤火，一个差役转过头问彼得："你不是他的门徒吗？"说着冲耶稣努努嘴。
>
> 彼得使劲瞪了他一眼，压低声音说："你说的什么话，我不是！"
>
> 旁边站着大祭司的仆人，就是被彼得砍伤耳朵的马勒的亲戚，盯着彼得又看了看，觉得自己没认错，对彼得说："我亲眼看见你和他一起在客西马尼园子里！"
>
> 彼得真的恼了，忍不住大声吼道："你们要干什么？我不知道你们究竟在说什么！"
>
> 正说话的时候，外面鸡叫了。
>
> 耶稣转过身看着彼得，眼神中包含着无限的体谅和期待。彼得想起耶稣对他说过的话："今天鸡叫之前，你要三次不认我！"
>
> 彼得再也控制不住自己的感情，冲出院门，失声痛哭起来。

身处黑暗之中，面对看不到摸不着的茫茫未知，人类大概天生会产生一种本能的恐惧。当"一唱雄鸡天下白"之后，一切都变得清晰可辨了，回首看自己恐惧下的诚惶诚恐卑躬屈膝，会油然生出痛恨交加的悔之莫及。

罗曼·罗兰在《巨人三传》中，描绘了米开朗琪罗幼年时所受到的惊吓：

> 1490 年，弥盖朗琪罗十五岁。宣教士萨伏那洛拉开始以一种全新的观点对《启示录》进行宣讲。他看到这个矮小羸弱的宣道者，全身透着圣灵之气，在讲台上用可怕的腔调猛烈抨击教皇，将上帝血淋淋的宝剑悬挂在意大利的上空，不禁吓得浑身冰凉。……佛罗伦萨发抖了。人们在街上乱窜，发疯似的又哭又喊。……弥盖朗琪罗也没能逃脱这种惶恐情绪的感染。

> ……萨伏那洛拉令焚烧散布"虚荣和邪说"的书籍、装饰品、艺术品，直到萨伏那洛拉去世，他一直是艺术家中最具异教色彩的一个。……两个敌对的世界展开了对弥盖朗琪罗灵魂的争夺。

> 1495 年，各党派的斗争更趋白热化。弥盖朗琪罗的哥哥利奥纳多因相信预言而被追究；萨伏那洛拉四面楚歌，最后被宗教裁判所焚死在火刑柱上。

> 这场幼年时的激烈动荡，把弥盖朗琪罗吓坏了，他逃离了佛罗伦萨，一直逃到威尼斯。对此后发生的一切，弥盖朗琪罗噤若寒蝉不置一词，在他的书信中，也没留下这一事件的任何痕迹。只是在此后不久，弥盖朗琪罗雕刻了《耶稣之死》。

米开朗琪罗的雕刻《耶稣之死》也许是别有一番用意的，米开朗琪罗是否借此在向世人宣告：那个热血青年的米开朗琪罗从此死去！

米开朗琪罗不敢对抗人世间政治和宗教的权势，他在书信中总是流露出对自己对家庭的担忧，唯恐一时冲动，说出反对某个专制行为的大胆言辞而惹火烧身。他时时刻刻写信给家人，嘱咐他们多加小心，别多嘴多舌，一有风吹草动就赶快逃。

1512年9月，米开朗琪罗在致弟弟的信中说："要像流行瘟疫的时候那样，尽早逃命……性命比财产重要……安分守己，切勿树敌，除了上帝，别信任何人，不要议论任何人的短长，因为事情的结局无法预料……最好独善其身，不要介入任何事端。"

米开朗琪罗这种恐惧心理敏感得有点神经质，亲人和朋友们都嘲笑他。米开朗琪罗伤心地说："你们别嘲笑我，一个人不应该嘲笑任何人。因为他比别人更聪明，所以他比别人更有理由恐惧。"

西欧的中世纪，是个特别"黑暗的时代"。基督教教会成为当时封建社会的精神支柱，它形成了一套秩序森严的等级制度，把上帝作为绝对权威。一切文学、艺术、哲学，都得循规蹈矩亦步亦趋地依据基督教的经典《圣经》，不得越雷池一步。否则，宗教法庭就要对其进行制裁，甚至处以残酷的火刑。意大利的文艺复兴刚刚起步冲决这"黎明前的黑暗"，还处于"五更寒"的最严冷的时刻。

弗朗索瓦·德·奥朗德在他撰写的《绘画语录》中，出于为长者讳为尊者讳的考虑，为米开朗琪罗做着辩解："即使是教皇在谈话时，有时也使他厌恶。虽然他们命令他，他不高兴时也不大会去。"

然而，罗曼·罗兰在《巨人三传》一书中，却如实记录了米开朗琪罗的软弱和恐惧：

> 他软弱，他总是如履薄冰如临深渊，实在太谨慎了。这个"使所有人，甚至教皇害怕的人"，却害怕所有的人。他在王公

贵族面前很软弱，但却比任何人都看不起在王公贵族面前软弱的人，把他们称作"为王公贵族负重的驴"。他多次想躲开教皇，却始终没走，且十分驯服。1518 年 2 月 2 日，大主教于勒·梅迪西斯猜疑他被加莱人收买，托人送了一封措辞严厉的信给他，弥盖朗琪罗在回信中却卑躬屈膝地说："我在世界上除了专心取悦于您之外，再没有别的事务了。"有时，他也反抗，说话态度好似强硬起来，但最后总是他做出让步。一直到死，他都在自我挣扎，却无力做出抗争。他被中世纪宗教审判所的血腥吓坏了。

……他会突然惊慌失措，由于恐惧在意大利乱窜。1494 年，他被一种幻象吓得逃出了佛罗伦萨。1529 年，佛罗伦萨被围，他受命承担城防重任，而他又逃跑了，一直逃到威尼斯，几乎想逃到法国。稍后，他又觉得这种行为很可耻，决心弥补，便返回到被围的佛罗伦萨，一直坚守到围城结束。佛罗伦萨沦陷以后，许多人被流放，他又吓得魂不附体，竟去巴结那个刚刚处死了他的朋友巴蒂斯塔·戴拉·帕拉的法官瓦洛里。弥盖朗琪罗在侄儿告知他有人告发他与流亡者私通，他在回信中作着这样的辩白："我一向留神着不和被判流亡的人谈话，不和他们有任何往来，将来我将更加留意……我不和任何人谈话，尤其是佛罗伦萨人，如果有人在路上向我行礼，在理我不得不友善地和他们招呼，但我竟不理睬。如果我知道谁是流亡的佛罗伦萨人，我简直不回答他……"

更出格的是，弥盖朗琪罗还因为恐惧，做了忘恩负义的事情：他否认他受到过 Strozzi 一家的照顾。他的信中说"至于人家责备我曾于病中受 Strozzi 家的照顾，那么，我并不认为我是在 Strozzi 家中，而是在 Luigi del Ricci 的卧室中，他是我极好的朋友。（Luigi del Ricci 是在 Strozzi 家服役。而弥盖朗琪罗与 Strozzi 关系实际上非同一般，他曾送给 Strozzi 一幅作品《奴隶》，现收藏在法国罗浮宫。）

……他怕，同时对自己的惧怕感到羞愧。他鄙视自己，因厌恶自己而病倒。他想死，大家都以为他快要死了。但他死不了，他体内有一种强烈的求生欲望。每天周而复始，痛苦则日甚一日。如果能无所作为该多好，但是办不到，他不能不有所行动，他必须行动。他行动吗？行动了，但却是被动地行动。他像但丁笔下的罪人，被卷进激烈而矛盾的感情旋风之中。他不得不受苦。

米开朗琪罗在日记里写道："哦，哦，我真不幸！在我过去的日子里，没有一天属于我自己。"被逼迫说假话，不得不去谄媚讨好瓦洛里，颂扬洛伦佐和乌尔比诺大公，他痛苦羞愧得快要崩溃了，他只好全身心地投入工作，他把一切毫无作用的狂怒发泄在工作中。

当年，意大利是由许多个"城邦"的小公国组成。犹如我国的春秋战国时期。在那个"你方唱罢我登场""城头变幻大王旗"的动荡时代，你能苛责米开朗琪罗"一仆多主"，"谁统治谁掌权为谁服役"吗？罗曼·罗兰在《三巨人传》中写道："被奴役的佛罗伦萨与他的哀鸣相呼应。"

那场罗马的劫难和佛罗伦萨的动荡，势必给人们的心灵带来不可磨灭的影响：理性的彻底破产和崩溃，使许多人从此一蹶不振。连昔日著名的先驱者塞巴斯蒂安·德尔·皮翁博也堕落成为一个追求享乐的怀疑主义者。

1531年2月24日，塞巴斯蒂安·德尔·皮翁博致信米开朗琪罗，这是罗马浩劫后他们之间的第一次通信。塞巴斯蒂安·德尔·皮翁博在信中说："神知道我真是多么庆幸，当经过了多少灾患、多少困苦和危险之后，强有力的主宰以他的恻隐之心，使我们仍得苟延残喘，我一想起这，不禁要说这是一件奇迹了……此刻，我的同胞，既然出入于水火之中，经受着意想不到的磨难，我们且来感谢神吧，而这虎口余生至少让我们去追求苦中求乐。只要幸运是那么可恶那么痛苦，我们只当是醉生梦死行尸走肉吧。"这真有了"对酒当歌，人生几何"的意味。塞巴斯蒂安·德尔·皮翁博还在诗中写道："我已到了这种地步，哪怕宇宙崩裂，我也无动于衷。我嘲笑一切……我觉得我已不是那场浩劫前的巴斯蒂阿诺，我再不能还原为过去的我。"

残暴的恐怖阴影成为市民们的议论话题："清晨起来会不会在门口被尸体绊倒。"那一时期，米开朗琪罗绝望地甚至动了自杀的念头。他在诗中写道："如果允许自杀，那么满怀信仰，却过着悲惨的奴隶生活的人，最应享有这个权力。"

哈维尔说："在一个极权专制的社会，每个人都有恐怖的理由，因为每个人都有可能会失去的东西。"这涉及一个"基本人权"的问题：就是在一个极权专制的时代，个人有没有软弱的权力。顾准说过一句很深刻的话："与其号召大家都去做海燕，不如承认大多数人都是家雀的现实，并维护家雀的基本权利。"现当代的学者，对当年文艺复兴时代，一批科学家屈服于中世纪黑暗的软弱，进行了重新认识：究竟我们应该赞许那个为坚持真理而被烧死的布鲁诺，还是庆幸那个以妥协赢得继续研究为人类做出更大贡献的达尔文？这是一个人生悖论的永恒命题。

雕塑像其实是刻画自己

米开朗琪罗在雕刻美第奇家族的像时，其实是在雕刻他自己绝望的形象。当人们提出他的尤利乌斯和洛伦佐与他们本人并不相像时，他话中有话地回答道："十个世纪以后，谁还能看出像不像？！"

安放在美第奇家族陵墓石棺上的四座辅像《昼》《夜》《晨》《暮》，仿佛是在给两座主像做着诠释，倾诉着米开朗琪罗内心丰富而复杂的潜台词。

意大利诗人乔凡尼·巴蒂斯塔·斯特罗茨看了米开朗琪罗那座寓意深长的《夜》后，写下了这样的诗句：

> 夜，/为你所看到妩媚地睡着的夜，/却是由一个天使在这块岩石中雕刻成的；/她睡着，/故她生存着。/如你不信，/唤她醒来吧，/她将与你说话。

米开朗琪罗说过这样的话："睡眠是甜蜜的，成为顽石更是幸福，只要世上还有罪恶和耻辱的时候，不见不闻，无知无觉，于我是最大的欢乐。因此，不要惊醒我，啊，讲话轻声些吧！"

黑暗的夜就是让人睡觉的，但愿长睡不愿醒！

米开朗琪罗在另一首诗中还写道："人们只能在天上睡眠，既然多少人的幸福只系于一个人身上！"诗中还有："你圣洁的思想切勿迷惘，相信把我从你那儿夺走的人，由于心怀恐惧，并不能从他的滔天罪行中获取丝毫享受。些许欢乐就能使情人们无比快乐，从而平息欲念；而不幸则使希望膨胀，欲念增强。"

米开朗琪罗这颗痛苦的灵魂，虽然那么战战兢兢深藏不露，但在内心深处却是满怀热烈的共和思想。有时候，在知己朋友面前，或情绪格外激动时，这种思想会在火热的言辞中流露出来。米开朗琪罗曾为多纳托·吉阿诺蒂雕塑过一尊胸像，就是这个吉阿诺蒂在《关于但丁〈神曲〉的对话》一书中，披露了米开朗琪罗这样一个细节：朋友们议论到布鲁图和卡西乌谋杀了恺撒，为什么但丁在《神曲》的地狱中，把弑君者布鲁图和卡西乌反而置于被他们刺杀的恺撒之上时，米开朗琪罗为弑君者辩护道："如果你们仔细读读前面几章，就会看出但丁非常了解暴君的天性，他知道他们应该受到上帝和人类怎样的惩罚。他把他们归入'对他人施暴'一族，……既然但丁这样认为，那就不可能不认同恺撒是该国暴君和布鲁图与卡西乌杀他属正义行为的说法。因为杀死暴君的人并不是杀了一个人，而只是杀了一头人面野兽。所有的暴君都丧失了人所共有的人类之爱，他们已失去了人的本性，而只有兽性。他们显然对同类没有任何爱心，否则不会强取豪夺他人之所有，也不致成为蹂躏他人的暴君……显然，杀死暴君并未犯杀人罪，既然他没有杀人，而只是杀了一头野兽，因此，杀死恺撒的布鲁图和卡西乌并没有犯罪。"

雅各布·布克哈特在《意大利文艺复兴时期的文化》一书中，第六章《暴君专制的反对者》里面有这样一段话：

> 在佛罗伦萨人中间，每当他们驱逐或者试图驱逐美第奇家族时，他们普遍同意采取的办法就是诛戮暴君的方式。在1494年美第奇家族逃走之后，从他们所收藏的艺术作品中取出了多那太罗（意大利文艺复兴时期的雕塑家）的青铜群像——即朱迪思和被杀死的霍洛芬斯的铜像——并把它放在总督府前，即现在竖立米开朗琪罗所作"大卫"雕像的地方，并刻上"挽救国家的榜样，全体公民建于1495年"的字样。

薄伽丘在《论名人的不幸》一书中也说了类似的话："我将称呼那个暴君为国王或者君主而把他当作我的国君来忠诚地服从吗？不，因为他是国家的敌人。我可以使用武力、阴谋、密探、埋伏和欺骗等手段来反对他；这样做是一个神圣而必要的工作。以暴君之血献祭是上帝所最嘉纳的。"

这倒与我国儒家亚圣孟子的看法如出一辙。孟子《梁惠王下》中有记载："齐宣王问曰：'汤放桀，武王伐纣，有诸？'（成汤流放夏桀，武王讨伐商纣，历史上可有这样的事？）孟子对曰：'于传有之。'曰：'臣弑其君，可乎？'（作臣子的怎么可以弑君呢？）曰：'贼仁者谓之贼，贼义者谓之残；残贼之人，谓之一夫。闻诛一夫纣矣。未闻弑君也。'"孟子把不仁不义、残害百姓的商纣称为"一夫"，称周武王推翻商纣王，并不是犯上作乱的弑君行为，而是为民除害。

隐藏再深的观念，总有"偶尔露峥嵘"的一瞬。1527年5月6日，罗马被查理五世攻陷，残暴的美第奇家族的统治被推翻，消息传到佛罗伦萨，唤醒了民众的共和意识，于是民众揭竿而起，一向谨言慎行的米开朗琪罗兴奋得就像小孩子一样，冲到起义队伍的最前面，犹如一个天不怕地不怕的热血青年。

米开朗琪罗画过一幅《圣彼得受钉刑》（梵蒂冈保利纳礼拜堂）。米开朗琪罗在画面上画了各色人等，他们面对一个圣徒为上帝殉道的场面，每个人都心不在焉"心怀鬼胎"地打着各自的小算盘。米开朗琪罗将彼得的目光画得直视观画者，仿佛在拷问每一个灵魂。

米开朗琪罗完成的最后一件雕塑作品，是佛罗伦萨大教堂里的《耶稣降下十字架》。那个扶着耶稣下十字架的老人，米开朗琪罗给他画上了自己的嘴脸：一脸懊丧，满面悔恨。

1536年，米开朗琪罗用了近6年的时间，为罗马西斯廷教堂创作了震撼后世的壁画《最后的审判》。《最后的审判》是基督教的传统题材，在所有的教堂里几乎都有这个主题的壁画。"最后审判时，我们都是赤裸裸的灵魂，听从上帝的旨意。"米开朗琪罗在近400平方米的西斯廷教堂壁画上，塑造了300多个神情各异的人物形象。但丁《神曲》中对地狱、炼狱及天堂的奇特描绘，直接影响了米开朗琪罗创作的西斯廷教堂壁画《最后的审判》的构思。米开朗琪罗在壁画上尽情地倾泻着自己爱与恨的真实感情，他在壁画《最后的审判》的群像中，把《神曲》的诗魂转化为具体可视的艺术形象。

在《米开朗琪罗传》一书中，记载着关于《最后的审判》中的这样的一些细节：

> 米开朗琪罗将《最后的审判》下面的画稿都拟好了，乌尔宾诺一看，不由得大笑起来。原来地狱判官弥诺斯的模样与那位司礼官赛斯纳太相似了。判官长着一对驴耳朵，这是因为米开朗琪罗鄙视在亲王权贵面前怯弱谄媚的人，称之为"亲王们的荷重驴子。"
>
> 一条大蟒蛇缠绕在裸体判官的腰间和胯下，也可看作是一块讨厌的遮羞布。
>
> 画面上的判官的脸部转向右侧，呈现出尖尖的鼻子，龇露着可怕的獠牙，死鱼般的眼睛令人讨厌，全身臃肿，就像一只吹足气的癞蛤蟆。
>
> 不久消息透漏出去，传到赛斯纳的耳朵里。他哭丧着脸向教皇诉苦。
>
> "圣父，米开朗琪罗太狂妄了，竟然不把你的忠臣放在眼里。"
>
> "把你也画上了？"教皇佯装糊涂。
>
> 对于米开朗琪罗来说，他只不过兑现了自己的诺言，因为他曾说，赛斯纳的每句话和容貌都"深深地烙印在我的心中"。
>
> 况且赛斯纳不喜欢裸体之美，干脆用一条大蟒蛇遮住他的

下身。

现在连前来观看的细心贵宾都会发现，这位巴多罗马的形象与米开朗琪罗本人相似。

他弓起背，急剧回头，脸上布满惊骇神色。他的手上提着一张从身上扒下来的人皮，这张人皮的脸就是米开朗琪罗自己被扭曲的脸形。

显然，米开朗琪罗也想在这最后一次绘制的壁画上留下自己的痛苦灵魂，他的一生几乎都是在孤独地舔着自己的伤口，在压抑的黑暗环境中度过的。

他的天才并没有给他带来幸福，苦难的折磨在他的脸上留下了丑陋的痕迹。

过度的劳累和不得不屈服的畸形心理，使他竟然产生狂呓："我的欢乐是悲哀"，"愈使我受苦，我愈欢喜"。

但是他的灵魂又时时在恐慌，想逃离尘世，想解脱永不休止的沉重压力。

现在"最后审判"之时，他的躯体得到了安宁，但他的灵魂仍然在忍受着残酷的拷问。因为他还搞不清楚自己一生的悲剧根源在哪里。

尼采说过这样一句话："一个艺术家所塑造的形象并不就是他自己，然而，他显然怀着挚爱所依恋的形象系列，的确说出了艺术家自己的一点东西。"

米开朗琪罗的雕像，为文艺复兴塑造出一个精神世界的人物画廊。透过米开朗琪罗的传世珍品，人们从中世纪的神权束缚中解脱出来，发掘出世界的本相和长久被遮蔽的人性。

米开朗琪罗的一件件作品犹如他人生的足迹。凝固的雕像诉说着生命的历程。

圣马可广场：
经济与宗教在时空中交汇

走进威尼斯的"清明上河图"

2012 年 10 月 23 日早 8 点，我们赶到进入威尼斯的轮渡码头。

佛罗伦萨与威尼斯是意大利两种城市风格的典型：如果说佛罗伦萨是一个高度政治化了的城市，那么威尼斯就是一个完全商业化了的城市。

雅各布·布克哈特在《意大利文艺复兴时期的文化》一书中，第七章的标题就叫作"共和国：威尼斯和佛罗伦萨"，布克哈特指出了两个城市的鲜明对照。他说："在那些保持它们独立性的城市中，有两个城市对于人类历史具有深刻意义"，"我们不能想象出有比这两个城市给我们更鲜明的对照！而前此世界上所产生的任何东西也不能与这两个城市的任何一个相比。"

威尼斯的建城历史，可以追溯到公元 413 年。当时的意大利分裂为众多的小国，犹如我国的春秋战国时期，相互征伐战乱频仍。许多内陆的农民和沿海的渔民，为了逃避兵燹，避往亚得里亚海里这个外形像海豚的小岛，水成为天然的保护屏障，逐渐形成了现在威尼斯的雏形。雅各布·布克哈特在《意大利文艺复兴时期的文化》一书中记载："这个庄严城市的奠基是一个圣徒故事的主题。413 年 3 月 25 日中午时分，从帕多瓦来的移民在利亚尔图[1]地方安放了第一块石头，以使他们在野蛮人的蹂躏中有一个神圣不可侵犯的避难所。"

安托尼奥·萨伯利科在《祝威尼斯市诞生歌》中写下这样的诗句："在我们今后要完成伟大事业的时候，愿赐给我们成功！现在我们跪在一个粗陋的祭坛前边。但若我们所誓不虚，上帝啊，我们将为你建立起成百所黄金和大理石的神殿。"诗人萨伯利科的祈祷词成为威尼斯的一个预言，昭示了它此后千禧年的兴旺发达。

《中世纪晚期欧洲社会经济史》[2] 一书，对威尼斯地理位置的优越性做了这样的讲述：

> 威尼斯曾被描述为"历史上著名的、具有经营能力和有效行动的最有说服力的典型"。威尼斯商业重要意义的最大奥妙，及其成为东西方商品交流的市场的原因，就在于她优越的地理位置。
>
> 在地图上我们一眼就可以看到威尼斯是通往中欧的最近海港；德国商人在那里可最先到达海口，地中海东部的各国商人把货物运到这里也比运到其他市场都近。威尼斯是历史上最早的商业殖民帝国，它位于亚得里亚群岛之巅，就像都铎王朝时期以来

【1】 利亚尔图：威尼斯市内的一处名胜，那里有大理石的拱桥，附近是金融和商业活动中心。

【2】 [美] 汤普逊著，徐家玲译：《中世纪晚期欧洲社会经济史》，商务印书馆，2009 年。

的大不列颠群岛一样。在十字军东侵时，威尼斯远离大陆而保持了独立。她把触角伸向东地中海、爱琴海和黑海，并且在巴尔干半岛、小亚细亚、叙利亚、巴勒斯坦和埃及都建立了商站……

威尼斯从一开始就是一个商人国家。

亨利·皮雷纳在《威尼斯的崛起：中世纪欧洲城市商业复兴的标志》一文中，这样描述了威尼斯崛起的历史逻辑：

> 我们很容易了解威尼斯同一个与西部欧洲非常不同的世界联系在一起而得到多么大的好处。威尼斯不仅因这个世界而出现商业繁荣，而且从那里学到高度的文明、熟练的技术、经商的才智以及政治和行政的组织，这些使得威尼斯在中世纪欧洲占有一个与众不同的地位。自8世纪起，威尼斯致力于供应君士坦丁堡，取得越来越大的成功。威尼斯的船只把其东面和西面邻近地区的产品运到君士坦丁堡：意大利的小麦和酒、达尔马提亚的木材、环礁湖的盐……
>
> 11世纪初，威尼斯的力量如同它的财富一样奇迹般地增长。在督治皮埃特罗二世即奥赛罗时期，威尼斯肃清了亚得里亚海的斯拉夫海盗，降服了伊斯特里亚，在扎拉、维格利亚、阿尔伯、特罗、斯帕拉托、库尔左拉和拉戈斯塔拥有的商行或军事机构。执事约翰赞美威尼蒂亚的马笼头的灿烂光辉；阿普莱亚的纪尧姆夸耀该城"钱多人众"，并且声称威尼斯人"勇于海战，善于航海，世上无人匹敌"。
>
> 以威尼斯为中心的强有力的经济活动不可能不传播到仅隔环礁湖的意大利各地区。威尼斯已经从那里得到供消费或者供出口的小麦和酒。威尼斯自然设法在那里为东方商品找到销路，因为海员们把数量越来越大的东方商品卸在威尼斯的码头上。……
>
> ……威尼斯在欧洲经济史上占有独特的地位，它对于西部地区商业的影响从一开始就表现出来。……威尼斯确实表现出一种独有的商业性。

舟船对于车马的优势，在交通运输还不太发达的中古时期表现得尤其明显。所以在各国的历史上才有大运河的开凿及作为货物集散地的水陆码头的崛起和兴旺。

往事越千年，弹指一瞬间。安托尼奥·萨伯利科这样描述了这个城市建立 1000 年后的景象：

> 在 15 世纪末，这个岛城是世界的珍宝箱。
>
> 这里有古代的圆顶屋、斜塔、镶嵌大理石的建筑物正面，和集中表现的繁华，最壮丽的装饰并没有妨碍每一块隙地的实际利用；他把我们带到了利亚尔图的圣吉科米多教堂前面拥挤着人群的广场上，那里进行着全世界的商业交易，但并不是在喧哗和混乱中，而是在压低的哼哼声中进行。在广场四周和附近街道的门廊里边坐着数以百计的兑换商和金匠，而在他们头上则是一排排一眼望不到头的店铺和批发栈。……远在桥那边的德意志人的货栈里边有他们的货物和住所，货栈前边有他们的船舶并排地停泊在运河内。再往上一点是载满了油酒的全部船队，和他平行着；在蜂拥着搬运夫的河岸上是商人们的圆顶房屋；而从利亚尔图到圣马可广场则有很多客栈和香料店……

避难之所阴差阳错地成为发达之地。得天独厚的地理环境促成了一个城市的崛起与兴旺。诗人萨伯利科为后人描绘出一幅 15 世纪意大利威尼斯的"清明上河图"，让人们看到资本主义诞生初期的欣欣向荣景象。

威尼斯由 118 个小岛组成，纵横交错的 177 条水道、401 座桥梁像网络一样把城市编织成一体。呈反"S"形的大运河把这座水城划分为两部分：一端从圣马可广场启程，另一端汇入圣马可水域。水上行程有 4 公里。大运河将威尼斯的华丽串缀在一起，仿佛一串镶嵌在美妙长靴腰上的水晶，在亚得里亚海的波涛中熠熠生辉。威尼斯因此而赢得"水上都市""百岛城""桥城""亚得里亚海明珠"等美称。我们一行坐船进入威尼斯，一下子就置身于青蓝氤氲如梦如幻的画廊之中，如果将中国的江南水乡比作典型的中国水墨画，那么威尼斯就是典型的西方水粉画。

威尼斯城市之美是世界闻名的。沿大运河两岸的建筑呈现着千姿百态，犹如翻阅一部建筑史的画册：有拜占庭风格、哥特风格、巴洛克风格、威尼斯风格等，是历朝历代贵族巨贾们争相炫富各逞其能所建造的。所有建筑的地基都淹没在水中，幽幽清波荡漾中，橙橘色、米黄色、雪白色、朱红色的墙体随风起伏，摇摇晃晃而又巍然屹立，看起来就像浮起在水面的"海市蜃楼"。据统计，威尼斯有 7 座教堂，200 多座宫殿，难以数计的商厦会馆，每一座建筑都有着一段沧桑的往事。我们好奇地向导游打听，如何能建起这样的海上胜景奇观？得知这里的建筑方法别致而奇特：先在水底的岩层上楔入大木桩，木桩一个挨一个，构成建筑物的地基。再在木桩上铺上木板，成为水上平台，然后盖房子。所以人们说，威尼斯城上面是石头，下面是森林。当年为建造威尼斯，意大利北部的森林被砍伐殆尽。木桩涂上桐油，与氧化隔绝，不仅不会沤烂，而且会越变越硬，历久弥坚，这样建成的房子不用担心水下的木头会沤烂。此前考古学家曾挖掘出马可·波罗的故居，其木头历经数百年坚硬如铁，只是出水后氧化才速朽的。

威尼斯是全世界唯一没有公交汽车运输游客的大都市，整个城市交通全靠船只。朱自清把威尼斯的曲折水道比作北京城七拐八岔的小胡同，实际上这些水道比北京的小胡同还要狭窄，竟至容不得两条船并行，所以许多水道都设置为单行线。水上的交通

行走在水道中的"贡多拉"小船

工具是一种叫"贡多拉"的小船。"贡多拉"呈月牙形，黑色的船体极为考究，雕刻着精美的花纹。听导游介绍，这种船是由280块木板手工打造而成，用料之珍稀，做工之精细，堪称吉尼斯世界之最。这样一艘小船的造价，甚至超过最豪华的凯迪拉克。

"贡多拉"小船的船夫也极有特色，穿着蓝白条纹的汗衫，随口而出祖传的船歌，听来豪爽而浪漫。景美人更美，人景融为一体。这些船夫都是世袭的职业。水道两旁是古老的房屋，底层大多为居民的船库。连接街道两岸的是各种各样的石桥或木桥。在大海涨潮时，桥洞半淹就无法行船了。我们来得还算幸运，船体勉强可以钻过桥洞。由于气候的变化，威尼斯城的水位每年都在上升。也许若干年以后，这座美丽的城市，就淹没在汹涌澎湃的地中海波涛之下了。我们今天经历的一切就永远成了"陈迹"。

我们置身于"贡多拉"小船，船夫轻划着船桨，海风轻轻地吹，船桨慢慢地摇，摇啊摇，摇散了水面的平静，摇荡起游客的思潮，心情随着波涛荡漾：威尼斯，一个难以描绘的城市。地中海给予它阳光与海水，久远的历史赋予它荣耀与伤痕，无边无际的水承载着它的一切。那奔涌不息的河流成为它的血脉，连通的海水成为它伸向世界的触角……威尼斯就这样流进了你的心窝。

两个"马可"搭建的历史舞台

威尼斯城市的心脏无疑是圣马可广场。威尼斯的政治、宗教和传统节日的公众活动都是在这里举行：诸如每年6月初，基督圣体圣血节的宗教游行；地方长官"海洋统帅"的就职典礼，等等。

圣马可广场初建于9世纪，是为纪念圣经中《马可福音》的作者而修建。马可[1]是基督教《圣经》中的故事人物。《圣经》中没有关于他的完整记载，基督教根据散见于《使徒行传》《保罗书信》《彼得前书》中的资料综合成其人物生平。马可，为罗马名，其犹太名为约翰，家住耶路撒冷，他的住所成为初期基督教教徒的聚会场所。马可曾随彼得四处传教，为彼得之助手。马可后根据彼得的叙述编写成《马可福音》，因而此福音书又有《彼得回忆录》之称。近代考古学家根据书中所言"圣殿将被拆毁"推断，《马可福音》成书早于《马太福音》和《路加福音》。《马可福音》的内容从耶稣受洗开始，叙述了耶稣的传教生涯、受难钉死及复活升天等故事，用语通俗而叙事生动，记载许多基

【1】英文为Mark。

督教传说中的奇迹，故又被称为《奇迹福音》。据传说，当年威尼斯还是一片荒芜的海滩，马可到意大利各地传教，乘船经过里阿托岛海岸，当时风暴骤起，把船刮到荒凉的沼泽地带搁浅了。马可以为面临绝境，于是向上天祷告，冥冥中似乎听到天使的声音："愿你平安，马可！你和威尼斯共存。"在佛罗伦萨米歇尔盖塔诺教堂，陈列着多那太罗的《圣马可》与吉贝尔蒂的《圣马可》青铜雕像。两人的作品都表达着同一主题：圣马可手中拿着一本书。作品的差别只是吉贝尔蒂的圣马可手中的书是摊开的，右手抬起，仿佛在告知人们什么；而多那太罗的圣马可把左手中的书揽在胸前，右手放松下垂，姿态似乎是传教后的休闲。马可手中所拿的这本书显然就是《圣经》中的《马可福音》。马可是给威尼斯人带来"福音"的上帝的使者。马可也因此成为威尼斯的守护神，其标志为狮子。现在，威尼斯的城徽就是一头狮子拿着一本《马可福音》。

马可随彼得曾到亚历山大传教，后来正是在此被杀害。相传在 828 年两个威尼斯商人从埃及亚历山大将耶稣圣徒马可的遗骨偷运到威尼斯，并在同年为圣马可兴建教堂。教堂内有圣马可的陵墓，大教堂以圣马可的名字命名，大教堂前的广场也因此得名"圣马可广场"。1177 年为了教宗亚历山大三世和神圣罗马帝国皇帝腓特烈一世的会面，才将圣马可广场扩建成如今的规模。

圣马可广场是由大运河围成的长方形广场，长约 170 米，东边宽约 80 米，西侧宽约 55 米。广场四周的建筑都是文艺复兴时期的精美建筑：公爵府、圣马可大教堂、四角形圣马可钟楼、新旧行政官邸大楼、圣马可图书馆等建筑。宽敞的广场成为一个城市的客厅，迎来送往世界各国的贵宾。1797 年拿破仑进占威尼斯后，赞叹圣马可广场是"欧洲最美的客厅"和"世界上最美的广场"，并下令把广场边的行政官邸大楼改成了他自己的行宫，还建造了连接两栋大楼的翼楼作为他的舞厅，命名为拿破仑翼大楼。

耸立于广场的圣马可钟楼高98.6米，攀上钟楼顶，威尼斯的全城风光尽收眼底。钟楼是15世纪的建筑，由卡罗与保罗两兄弟设计建造。据说两人建成钟楼后就被当政者弄瞎了眼睛，以使他们不能在别处再建造出这样完美壮观的作品。正中安置着巨大时钟，它上面有圣马可狮子雕像，顶端是著名的"黑人塑像"。他们在指定的时间，透过复杂的构造把大钟敲响。这座时钟不仅标示分秒时，并且还指示月份及黄道星座。这是为适用于水手们了解海潮以便掌握出海的最佳时刻。圣马可钟楼成为"穿越时空"的一个起点。这座15世纪建造的钟楼，于1902年突然倒塌，现在我们看到的是后来按原貌恢复的建筑。

圣马可传播福音的故事，在欧洲几乎达到家喻户晓的程度。然而对于中国人来说，认识威尼斯却是因了另一个马可——马可·波罗。1983年中意合拍的传记影片《马可·波罗》，让中国人走近了威尼斯。

常宇文编著的《马可·波罗》传记一书的第一章就叫《圣马可广场上的期待》。就是在这个圣马可广场，马可·波罗迈出了走向世界之旅。

马可·波罗[1]，1254年出生于意大利威尼斯的一个商人家庭，他的父亲尼科洛和叔叔马泰奥都是威尼斯著名的商人。17岁时，马可·波罗跟随父亲和叔叔前往中国，历时3年多，于1275

【1】 英文为 Marco Polo。

年到达元朝的首都，与大汗忽必烈建立了友谊。他在中国游历了17年，曾访问当时中国的许多古城，到过西南部的云南和东南地区。回到威尼斯之后，马可·波罗在一次威尼斯和热那亚之间的海战中被俘，在监狱里口述旅行经历，由鲁斯梯谦写出《马可·波罗游记》[1]。常宇文感叹道："马可的运气真好，如果他没有遇到真诚善良、博学多才的比萨作家鲁思梯谦，这部伟大的著作——《马可·波罗游记》就不会诞生，他也不会在人类的历史上留下光辉的一笔。漫漫的岁月长河将彻底掩盖这一切。"

《马可·波罗游记》是欧洲人撰写的第一部详尽描绘中国历史、文化和艺术的游记。16世纪，意大利收藏家、地理学家赖麦锡说，1299年《马可·波罗游记》写完，"几个月后，这部书已在意大利境内随处可见"。在1324年马可·波罗逝世前，《马可·波罗游记》已被翻译成多种欧洲文字，广为流传。现存的《马可·波罗游记》有119种文字的版本。在把中国文化艺术传播到欧洲方面，《马可·波罗游记》具有重要意义。西方研究马可·波罗的学者莫里斯·科利思（Maurice Collis）认为，马可·波罗的游记"不是一部单纯的游记，而是启蒙式作品，对于闭塞的欧洲人来说，无异于振聋发聩，为欧洲人展示了全新的知识领域和视野。这本书的意义，在于它导致了欧洲人文科学的广泛复兴。"

《马可·波罗游记》影响之大，我在加拿大东部大西洋沿岸旅游时也有着深切的感受。

话题的引起是旅游车上导游阿文的一段介绍。阿文说，加拿

【1】 又名《马可·波罗行纪》或《东方见闻录》。

大的发现，说来还与中国有缘。当年，马可·波罗在其游记中，从十个方面详尽地描绘了当时的元大都北京，还向西方介绍了苏州、杭州等地。马可·波罗在他的游记中，把中国民间"上有天堂，下有苏杭"的说法，望文生义地解释为：苏州的名字，就是指地上的城市；杭州的名字，是指天上的城市，并把苏杭两地描绘成"地铺金砖"，"到处是无以数计的矿产、宝藏"，在西方人眼里营造了一个使人闻之神往和艳羡不已的美丽东方神话。一本书，激起了众多冒险家的热情。当年，连接东西方交往的是"丝绸之路"。可是，"丝绸之路"被沿途的阿拉伯诸国所控制。在陆路遇到重重路障的时候，西方探险家把目光转向了海洋。于是，有了麦哲伦、哥伦布等一批冒险家的航海探险。但当时指南针导航还处于初始阶段，也没有像如今卫星导航一类的高科技手段，哥伦布的东方之行"有心栽花花不开，无意插柳柳成荫"。目标是探险中国，却阴错阳差地发现了美洲大陆。

此次"加东之行"，我是与来自甘肃兰州的胡老师同行。胡老师是地理老师，导游阿文言者无心的一段话，胡老师却是听者留意。晚上回到宾馆住下后，胡老师借题发挥，就哥伦布发现"新大陆"大发了一通议论。胡老师说，我们国内，从来不重视地理课，把地理学认为是可有可无的"副科"。前几年，在高考中甚至取消了考地理，弄得学生都不再学地理了。后来，十几位院士致信国务院，直到 2002 年高考才恢复了考地理知识，叫 3 + X，还是把地理归结到"X"之中一锅烩。其实，对地理学的无知，本身就是一种愚昧和落后。西方有一种观点，凡是地理学发达的国家，才可称之为发达国家。我国目前对三峡大坝的论证、对宝钢码头使用年限的论证、对西双版纳开发的设想，无一不涉及地理学。胡老师还说，西方因为有地理学的发达，才有了海外探险，是地理学延伸了西方人的目光。

马可·波罗的游记，打开了西方人的眼界，使西方人惊喜地发现了"新的世界"。关于哥伦布发现新大陆，还流传着这样一个笑话：当人们大加赞颂哥伦布大大扩展了人们的视野时，有些"遗老遗少"不以为意，嘲讽说，没有你哥伦布发现，美洲那块大陆就不存在了？哥伦布回答，说的是，说的是，那的确算不得什么发现。不过我最新有一个真正可称是了不起的发现。说着，哥伦布让人取出一颗煮熟的鸡蛋，说我发现了把鸡蛋立起来放的办法。你们不妨试试？于是，一堆"遗老遗少"绞尽脑汁使尽浑身解数，鸡蛋一松手就滚倒了，就是立不起来，只好求教于哥伦布。哥伦布轻松地把鸡蛋往桌面上一磕碰，磕破的鸡蛋就立在了那里。"遗老遗少"们恍然大悟地说，原来是这样呀！哥伦布轻蔑地说：许多最简单的事物原本就存在于宇宙天地间，可贵的就在于发现。

常宇文编著的《马可·波罗》传记一书的最后一章的标题叫《伟大的马可·波罗》，赞颂了马可·波罗的历史价值和时代意义：

> 《东方见闻录》远远超过了当时西方人的认识水平。因此，该书被称为"世界奇书"，几乎没有人相信它的真实性，大家都认为这是个完美的故事，像一个奇迹般的神话。
>
> 14世纪以后，随着科学技术的逐步发展和人们认识水平的逐渐提高，人们开始认清马可·波罗给他们留下的这个瑰宝。而在东西交通中断的情况下，唯一能描绘出这条交通线的，就是这本《东方见闻录》。
>
> 马可去世后不久，西欧人终于意识到马可的伟大和《东方

见闻录》的价值所在，"百万马可"终于变成了一个伟大的航海家、探险家、旅行家；《东方见闻录》也由神话传奇变成地理志、博物志和历史书。

关于"百万马可"的称呼，在《马可·波罗》传记一书中做了这样的解释："马可接受不了这一冷酷的事实，不被人理解是痛苦的，但被人错误地理解则更痛苦。因为马可在和人们谈起元朝时，总是爱用'超过百万'这个形容词，一些好事之徒居然为他起了一个'百万马可'的绰号。到后来，'百万马可'成了假、大、空的代名词。渐渐地，没有什么人对他的传奇经历感兴趣。每每走到街上，迎接他的是路人怪异的眼光和孩子们'百万马可'的喊声。这种对人格的恶意攻击，令他忍无可忍。"

还是摘选常宇文编著的《马可·波罗》传记一书中的文字：

14世纪中叶，西班牙加泰隆尼亚人所绘制的加泰隆地图，上面有详细的人物和城廓，其中里海以西部分完全是依据马可·波罗的资料而来，像大都、杭州、泉州、广州的地名和记载，无一不是取之于《东方见闻录》。

15世纪末的意大利地理学家兼天文学家托斯卡尼里绘制的世界地图同样采用了马可之说。

发现美洲新大陆的哥伦布也曾经读过《东方见闻录》。他于1479年结婚并定居在里斯本，从事航海、地理、哲学等研究。在他读过的书中就有马可·波罗的《东方见闻录》，哥伦布所看的是比比诺的拉丁文译本，他不仅仔细研读，而且在书的空白处做了很多注释，哥伦布发现新大陆，其动机众说纷纭，有的说他是有意探险，有的说他的目的地是中国和印度，因为他还带了西班牙国王致中国皇帝的信件，只是碰巧途中发现了新大陆。有一点是确凿无疑的，哥伦布从马可·波罗的《东方见闻录》中汲取了很多有价值的东西。甚至可以大胆地说，正是见到这本神奇之书，

激起了哥伦布冒险出航的决心。

……　……

尽管有这样或那样的缺陷,《东方见闻录》仍然是一部伟大的著作,是研究元朝历史和地理、文化的重要典籍,它为欧洲知识界开辟了一个崭新的天地,为欧洲人正确认识东方世界,特别是中国的真实情况,起到了巨大的作用。《东方见闻录》在社会、地理、自然环境、动植物、民族、宗教、古文明、语言等学科上,具有极高的价值。

可以说,马可·波罗在当时架起了欧亚两大文明之间的桥梁。

先知先觉总是难以被世俗所理解,就像佛罗伦萨拒绝了但丁,威尼斯也拒绝了马可·波罗。

马可·波罗曾立下遗嘱:"将我财产的十分之一捐给阿斯泰勒主教";"捐两千里拉给我将要葬在那里的圣洛伦索教堂"。由此可见,马可·波罗是有着"叶落归根"魂归故里的意愿的。马可·波罗死后，亲友们根据他的遗愿，将他安葬在威尼斯的圣洛伦索教堂。但这座教堂在 1592 年大规模修整时，马可·波罗的棺柩被移动，从此下落不明。由此可见世俗人们对一个伟大人物的忽略。后来也曾出现过有关马可·波罗坟墓的指认，但经实地考察之后，并未能证实是其真正的墓地。时间淹没了奇迹！

一个神奇传说中虚幻的马可，一个现实境遇中神奇的马可，两个马可演绎出圣马可广场的沧桑历史。

叹息桥边演绎的商人故事

历史学家黄仁宇曾这样描绘威尼斯："威尼斯首先以鱼盐之利在波河及亚得里亚近海立下了一个商业上的基础，以后向东发展，执地中海商业之牛耳，可以说是在缺乏政治、宗教、社会上的各种限制与障碍，得以将其组织全部适用于经济上最合理的规范上去，以资金之活用、经理雇用和技术上的支持因素共通使用的原则，使所有权与雇佣结为一元"。黄仁宇还进一步以经济术语做出形象概括："它的政府即是一个股份公司。它的统领就是它的总经理。而参议院，就是它的董事会。它的人口，就是它的股份持有人。"黄仁宇认为威尼斯是"一个商人共和国"。

威尼斯的商人之所以在世界上威名远扬，大概与莎士比亚那部脍炙人口的名剧《威尼斯商人》不无关系。莎士比亚《威尼斯商人》一剧的多幕场景，就发生在威尼斯的圣马可广场附近。

莎士比亚在《威尼斯商人》一剧中，主要刻画了两个截然对立的威尼斯商人形象。一个是仗义疏财，为朋友两肋插刀的安东尼奥，一个是钻到钱眼里，唯利是图的犹太富豪夏洛克。两个商人代表了两种典型的经济观。

在《威尼斯商人》一剧的开始，莎士比亚写下夏洛克这样一段自白的台词：

> 我恨他因为他是个基督徒，可是尤其因为他是个傻子，借钱给人不取利钱，把咱们在威尼斯城里干放债这一行的利息都压低了。要是我有一天抓住他的把柄，一定要痛痛快快地向他报复我的深仇宿怨。他憎恶我们神圣的民族，甚至在商人会集的地方当众辱骂我，辱骂我的交易，辱骂我辛辛苦苦赚下来的钱，说那些都是盘剥得来的腌臜钱。要是我饶过了他，让我们的民族永远没有翻身的日子。[1]

对于安东尼奥的借钱从来不讲利息，夏洛克与安东尼奥之间还有这样一段对话台词：

> 夏洛克：当雅各替他的舅父拉班牧羊的时候——这个雅各是我们圣祖亚伯兰的后裔……
> 安东尼奥：为什么说起他呢？他也是取利息的吗？
> 夏洛克：不，不是取利息，不是像你们所说的那样直接取利息。听好雅各用些什么手段：拉班跟他约定，生下来的小羊凡是有条纹斑点的，都归雅各所有，作为他牧羊的酬劳；到晚秋的时候，那些母羊因为淫情发动，跟公羊交合，这个狡狯的牧人就乘着这些毛畜正在进行传种工作的当儿，削好了几根木棒，插在淫浪的母羊的面前，它们这样怀下了孕，一到生产的时候，产下的小羊都是有斑纹的，所以都归雅各所有。[2] 这是致富的妙法，

【1】 录自《莎士比亚全集》第三集，人民文学出版社，1978年4月。

【2】 雅各的故事可见《旧约·创世纪》。

上帝也祝福他；只要不是偷窃，会打算盘总是好事。

　　安东尼奥：雅各虽然幸而获中，可是这也是他按约应得的酬报；上天的意旨成全了他，却不是出于他自己的力量。你提起这一件事，是不是要证明取利息是一件好事？还是说金子银子就是你的公羊母羊？

　　夏洛克：这我倒不能说；我只是叫它像母羊生小羊一样地快快生利息……

　　安东尼奥：……魔鬼也会引证《圣经》来替自己辩护哩。一个指着神圣的名字作证的恶人，就像一个脸带笑容的奸徒，又像一只外观美好、心中腐烂的苹果。唉，奸伪的表面是多么动人！

　　恩格斯曾指出，文艺复兴是"人类前所未有的最伟大的进步的革命"。意大利文艺复兴之际，正是封建制度分崩解体，资产阶级登上历史舞台的大动荡大转型时期，以神为中心的世界观受到前所未有的冲击，以人为本的资产阶级世界观愈来愈深入人心。新旧思想观念发生着猛烈的碰撞，安东尼奥与夏洛克的冲突就是在这样的一个历史大背景下展开的。

　　安东尼奥的好朋友巴萨尼奥为向美貌的富家女鲍西亚求婚，向安东尼奥借3000金币。凑巧安东尼奥的全部资金都投到海外贸易，于是只能转而向放高利贷的夏洛克借钱。夏洛克"千年等一回"，终于等到了向安东尼奥报复的机会。

　　剧中有这样一段两人的对话：

　　夏洛克：安东尼奥先生，好多次您在交易所里骂我，说我盘剥取利，我总是忍气吞声，耸耸肩膀，没有跟您争辩。因为忍受迫害本来是我们民族的特色，您骂我异教徒，杀人的狗，把唾沫吐在我的犹太长袍上，只因为我用自己的钱博取几个利息。好，看来现在是您来向我求助了；您跑来见我，您说，"夏洛克，我们要几个钱"，您这样对我说。您把唾沫吐在我的胡子上，用您的脚踢我，好像我是您门口的一条野狗一样；现在您却来问我借钱，我应该怎样对您说呢？我要不要这样说："一条狗会有钱吗？一条恶狗能够借人三千块钱吗？"或者我应不应该弯下身子，像一个奴才似的低声下气，恭恭敬敬地说："好先生，您在上星期三用唾沫吐在我身上，有一天您用脚踢我，还有一天，您骂我狗，为了报答您这许多恩典，所以我应该借给您这么些钱吗？"

安东尼奥：我恨不得再这样骂你、唾你、踢你。要是你愿意把这钱借给我，不要把它当作借给你的朋友——哪有朋友之间通融几个钱也要斤斤计较地计算利息的道理？——你就把它当作借给你的仇人吧；倘若我失去了信用，你尽管拉下脸来照约处罚就是了。

夏洛克：哎哟，瞧你生那么大的气，我愿意跟您交个朋友，得到您的友情；您从前加在我身上的种种羞辱，我愿意完全忘掉；您现在需要多少钱，我愿意如数供给您，而且不要您的一个子儿利息。

安东尼奥：这倒果然是一片好心。

夏洛克：跟我去找一个公证人，就在那儿签好了约；我们不妨开个玩笑，在约里载明要是您不能按照约中所规定的条件，在什么日子、什么地点还给我一笔什么数目的钱，就得随我的意思，在您的身上的任何部分割下整整一磅白肉，作为处罚。

安东尼奥认为，自己在海上的贸易，最多再有两个月就能满载而归，还这个犹太高利贷者的钱不成问题。但是，海外贸易的巨大风险使安东尼奥落入了夏洛克的圈套……

莎士比亚在《威尼斯商人》中，刻画了一个贪婪、狠毒、嗜钱如命的犹太商人形象。甚至连夏洛克的女儿也以父亲为耻："我真是罪恶深重，竟会羞于做我父亲的孩子！可是虽然我在血统上是他的女儿，在行为上却不是他的女儿。"

马克思在《资本论》中有句被广为引用的经典名句："资本来到世间，从头到脚，每个毛孔都滴着血和肮脏的东西。"马克思还说："中世纪已经留下两种不同形式的资本，它们是在极不相同的社会经济形态中成熟的，而且在资本主义生产方式时期到来以前，就被当作资本了，这就是高利贷资本和商人资本。"马克思的另一段话也可作为这一经典名句的诠注："资本害怕没有利润或利润太少，就像自然界害怕真空一样。一旦有适当的利润，资本就胆大起来。如果有10%的利润，它就保证到处被使用；有20%的利润，它就活跃起来；有50%的利润，它就铤而走险；为了100%的利润，它就敢践踏一切人间法律；有300%的利润，它就敢犯任何罪行，甚至冒绞首的危险。如果动乱和纷争能带来利润，它就会鼓励动乱和纷争。"

这大概是那个时代的主流话语。在文学作品中，这类表述屡见不鲜：如巴尔扎克的《高利贷者》，莫里哀的《悭吝人》等等。

莎士比亚在《威尼斯商人》一剧中，借助摩洛哥亲王之口，说了这样一番话："一个死人的骷髅，那空空的眼眶里藏着一张有字的纸卷。让我读一读上面写着什么：发闪光的不全是黄金，古人的说话没有骗人；多少世人出卖了一生，不过看到了我的外形，蛆虫占据着镀金的坟。"

莎士比亚在《雅典的泰门》中，写下了那段为后人广为流传的关于黄金的著名论述[1]：

金子！黄黄的、发光的、宝贵的金子！……这东西，只这

【1】录自《莎士比亚全集》第八集，人民文学出版社，1978年4月。

一点点儿，就可以使黑的变成白的，丑的变成美的；错的变成对的，卑贱变成尊贵，老年变成少年，懦夫变成勇士。……这东西会把你们的祭司和仆人从你们的身旁拉走，把壮士头颅底下的枕垫抽去；这黄色的奴隶可以使异教结盟，同宗分裂；它可以使受咒诅的人得福，使害着灰白色的癞病的人为众人所敬爱；它可以使窃贼得到高贵的显位，和元老们分庭抗礼；它可能使鸡皮黄脸的寡妇重做新娘，即使她的尊容会使身染恶疾的人见了呕吐，有了这东西也会恢复三春的娇艳。

莎士比亚的《威尼斯商人》，探求的是面对金钱这一古老而永恒的话题时，伦理与生存的关系。

马克思在《资本论》中，不止一次地引用过《雅典的泰门》一剧里这段关于黄金的台词。马克思在阅读詹姆斯·穆勒的经济学著作时，引用《威尼斯商人》中夏洛克的所作所为，来分析并描述资本主义社会的借贷、买卖关系。马克思指出，莎士比亚对金钱的理解，比一个现代的德国哲学家，比那些满口理解的小资产者深刻得多，马克思说"莎士比亚绝妙地描绘了货币的本质"，深刻地反映出资产阶级社会里黄金支配一切的罪恶，并在自己的《资本论》和其他政治经济学著作中多次引证。马克思明确表示，莎士比亚早在资本主义上升时期，就能看出资本主义社会的金钱关系和资产阶级的利己主义，作品揭示了资产阶级社会"金钱万能"的世态和资产阶级弱肉强食的掠夺本质。莎士比亚要比与他同时代的哲学家、经济学家为人们提供了更为精确的资本主义世界的画图。

马克思正是出于对黄金本质的认识，说出"早晚有一天人们会用黄金去盖厕所"。列宁也说过一句类似的话："共产主义在全世界胜利，将用黄金盖一个厕所"，以表示对货币及黄金的鄙视。

犹太民族却对金钱表达着"另类"的观念。犹太人的经典《塔木德》中写道："真正的清白和真正的诚实是可以从一个人对待金钱的态度上看出来的。只有在金钱问题上可靠的人，才可以被看作是清白、诚实的。"犹太人认为："钱带来生命"，"想有尊严就要有钱"。犹太箴言中有这样的句子："现金随时都可能协助经商者扩大投资把它变成更大的利益，用这些钱购置房产、铺面、设备等固定资产，或搞商务活动，它会比存在银行多很多的利润，灵活性也强，运转速度快，这就是现金的威力。"在犹太人的餐馆里往往贴着这样的"告示"："虽然我喜欢你，但是你要赊欠，我却不能答应，就怕你今后不再上门。"犹太商人还信奉这样的原则："商品不卖给没有支付能力的顾客；在契约上标明付款条件；信用限度表明可以赊欠多少，超过限度不予赊欠；约定期一到，立即上门收款；收款态度坚决，不让对方有拖欠的余地；对经常拖欠货款的顾客慎重发货；拒绝给不可能付款的顾客发货……"犹太商人的精明之处就是要在最小的成本中获取最大化的利润。犹太商人锱铢必较的"精明"往往会被看作是"悭吝"。

20世纪的著名思想家埃利希·弗洛姆曾写下两部巨著《占有还是生存》和《为自己的人》，也许不妨将这两部书看作是对犹太民族心理的一种解读。

犹太民族真的是一个神奇的民族。奥地利哲学家维特根斯坦说："在犹太人那里没有不毛之地，在其绵薄的石层底下流淌着精神和智慧的泉水。"犹太人凭借他们独特的智慧和百折不挠的精神生存下来。几乎世界上每个国家的商人都会或多或少地受到犹太人经商理念的影响。犹太民族的致富经在全世界范围内取得了惊人的成功。美国前五十位富豪家族中，犹太人占了23%；获得诺贝尔奖的科学家中，有17%是犹太人；在美国华尔街的精英中，有50%是犹太人；在全世界最有钱的企业家中，犹太人占了近一半……以至人们惊叹："三个犹太人在家里打喷嚏，全世界的银行都将连锁感冒"，"五个犹太人坐在一起，就能控制整个世界的黄金市场。"

欧洲启蒙主义思想家孟德斯鸠在《波斯人信札》中写道："记住，有钱的地方就有犹太人。"威尼斯的人民，曾被称为"文艺复兴期间最唯利是图、顶贪婪而特别注重物质生活的人民"。意大利的城市国家中没有哪一个如威尼斯牵动如此多的商人，威尼斯的商人造就了威尼斯的财富。黄仁宇写道："一个衡量威尼斯富裕的尺度，则是15世纪初年它的财政收入，已超过每年150万金达卡（ducats，每达卡含纯金3.55格兰姆，近于1/8盎司）之数。以现今的价值计算，大约相当于8500万美元。当时中国的人口，为威尼斯的500倍到1000倍之间。明朝人所谓'天下税粮二千七百余石'，虽然无法折成今日的价格，也和150万金达卡处于一个相类似的范畴之内。"

在人们的传统观念中，农业为立国之本，而商业一直受到轻视。"士农工商"，商人一向被排在四民之末。长期以来，人们一直以为生产创造财富，而流通并不创造财富。在我们的改革开放之前，甚至有"投机倒把"之罪，由此也可见人们对流通领域的偏见之深。

商人的形象向来不好，有道是：无商不奸，无奸不商。白居易的《琵琶行》中，也写有"商人重利轻别离"的谴责式诗句。

"在商言商"还是"重义轻利",成为见仁见智,"公说公有理,婆说婆有理"的悖论。

位于圣马可广场附近,有一座巴洛克风格的石桥,威尼斯人把它称为"叹息桥"。叹息桥左端是威尼斯共和国总督府[1],也是当年威尼斯共和国法院的所在地;叹息桥的右端是当年威尼斯的重犯监狱,那是一个封闭的石牢,粗粗的铁栏杆封闭着一个不见天日的地牢。这座石桥是威尼斯共和国由法院向监狱押送死囚的必经之路。一头是荣华富贵,一头是万劫不复。

莎士比亚《威尼斯商人》在第一幕第一场,描绘了主角安东尼奥在走近"叹息桥"时的一声深深叹息:"我不知道我为什么这样闷闷不乐。你们说你们见我这样子,心里觉得很厌烦,其实我自己也觉得很厌烦呢;可是我怎样会让忧愁沾上身,这种忧愁究竟是怎样一种东西,它是从什么地方产生的,我却全不知道;忧愁已经使我变成了一个傻子!我简直有点自己不了解自己了。"

这是转型之际的"少年维特之烦恼",这是嬗变时期的"哈姆雷特之纠结"。

莎士比亚不愧是戏剧大师,出手不凡地构思了封建主义走向资本主义期间的戏剧性情节。

【1】 即都卡雷宫。

遮蔽于经济利益之下的宗教信仰冲突

任何一部精彩的戏剧，落幕时分总要"画龙点睛"抑或"图穷匕见"，表达出作者的真实意图。莎士比亚为《威尼斯商人》一剧的冲突，设计了一个"法庭判决"的结局：

巴萨尼奥：借了你三千块钱，现在拿六千块钱还你好不好？

夏洛克：即使这六千块钱中间的每一块钱都可以分做六份，每一份都可以变成一块钱，我也不要它们；我只要照约处罚。

公爵：你这样一点没有慈悲之心，将来怎么能够希望人家对你慈悲呢？

夏洛克：我又不干错事，怕什么刑罚？你们买了许多奴隶，把他们当作驴狗骡马一样看待，叫他们做种种卑贱的工作，因为他们是你们出钱买来的。我可不可以对你们说，让他们自由，叫他们跟你们的子女结婚？为什么他们要在重担之下流着血汗？让他们的床铺得跟你们的床同样柔软，让他们的舌头也尝尝你们所吃的东西吧，你们会回答说："这些奴隶是我们所有的。"所以我也可以回答你们：我向他要求的这一磅肉，是我出了很大的代价买来的；它是属于我的，我一定要把它拿到手里。您要是拒绝了我，那么你们的法律去见鬼吧！威尼斯城的法令等于一纸空文。我现在等候着判决，请快些回答我，我可不可以拿到这一磅肉？

公爵：我已经差人去请培拉里奥，一位有学问的博士，来替我们审判这件案子……

……………

鲍西娅：那商人身上的一磅肉是你的；法庭判给你，法庭许可你。

夏洛克：博学多才的法官！判得好！来，预备！

鲍西娅：且慢，还有别的话哩。这约上并没有允许你取他的一滴血，只是写明着"一磅肉"，所以你可以照约拿一磅肉去，可是在割肉的时候，要是流下一滴基督徒的血，你的土地财产，按照威尼斯的法律，就要全部充公。

夏洛克：法律上是这样说吗？

鲍西娅：你自己可以去查查明白。既然你要求公道，我就给你公道，而且比你所要求的更公道。

夏洛克：那么我愿意接受还款，照约上的数目三倍还我，放了那基督徒。

巴萨尼奥：钱在这儿。

鲍西娅：别忙！这犹太人必须得到绝对的公道。别忙，他除了照约处罚以外，不能接受其他的赔偿。

葛莱西安诺：啊，犹太人……

鲍西娅：所以你准备着动手割肉吧。不准流一滴血，也不准割得超过或是不足一磅的重量；要是你割下来的肉，比一磅略微轻一点或是重一点，即使相差只有一丝一毫，或者仅仅一根汗毛之微，就要把你抵命，你的财产全部充公。

葛莱西安诺：……犹太人，现在你可掉在我的手里了，你这个异教徒！

鲍西娅：那犹太人为什么还不动手？

夏洛克：把我的本钱还我，放我去吧。

巴萨尼奥：钱我已经预备好在这儿，你拿去吧。

鲍西娅：他已经当庭拒绝过了；我们现在只能给他公道，让他履行原约。

夏洛克：难道我单单拿回我的本钱都不成吗？

鲍西娅：犹太人，除了冒着你自己生命的危险割下那一磅肉以外，你不能拿一个钱。

夏洛克：好，那么魔鬼保佑他去享用吧！我不打这场官司了。

鲍西娅：等一等，犹太人，法律上还有一点牵涉你。威尼斯的法律规定：凡是一个异邦人企图用直接或间接手段，谋害任何公民，查明确有实据者，他的财产的半数应当归受害的一方所有，其余的半数没入公库，犯罪者的生命悉听公爵处置，他人不得过问。你现在刚巧陷入这一条法网，因为根据事实的发展，已经足以证明你确有运用直接间接手段，危害被告生命的企图，所以你已经遭逢着我刚才所说起的那种危险了。快快跪下来，请公爵开恩吧。

葛莱西安诺：求公爵开恩，让你自己去寻死吧；可是你的财产现在充了公，一根绳子也买不起啦，所以还是要让公家破费把你吊死。

公爵：让你瞧瞧我们基督徒的精神，你虽然没有向我开口，我自动饶恕了你的死罪。你的财产一半划归安东尼奥，还有一半没入公库；要是你能够诚心悔过，也许还可以减处你一笔较轻的罚款。

鲍西娅：这是说没入公库的一部分，不是说划归安东尼奥的一部分。

夏洛克：不，把我的生命连着财产一起拿了去吧，我不要你们的宽恕。你们拿掉了支撑房子的柱子，就是拆了我的房子；你们夺去了我的养家活命的根本，就是活活要了我的命。

尽管莎士比亚把这场商人之间的冲突写得跌宕起伏爱憎分明，但还是让人感受到在激烈的经济矛盾之下，若隐若现草蛇灰线地显露出两个商人之间的宗教信仰的冲突。

安东尼奥在法庭上所提出的宽恕条件，就把这场经济利益矛盾的真实背景"昭然若揭"了。安东尼奥把"免予没收他的财产的一半"的"附带条件"，是"必须立刻改信基督教"。

显然，这场你死我活的经济冲突背后，是基督教与犹太教之间由来已久源远流长的千年恩怨。

基督教与犹太教本属同源，两教均诞生于巴勒斯坦的耶路

威尼斯大教堂外景

撒冷圣城。先有犹太教，后有基督教[1]，后者是由前者衍生而来。公元前 1000 年前期，犹太教在巴勒斯坦"先知运动"的过程中诞生。在公元前 6 世纪"巴比伦囚房"时期基本形成[2]。惨遭亡国之痛的犹太民族进行了顽强的抗争，其中两次动摇统治者政权的犹太人大起义，在历史上留下卓有声名。正是作为反抗的精神支柱，犹太教应运应时而生。犹太教在原始社会多神崇拜基础上，发展为"一神教"，崇拜耶和华[3]为"唯一真神"，宣称犹太人是耶和华的"特选子民"，宣扬将有"救世主[4]"来拯救受苦受难的犹太人。

【1】 基督教是一个统称，其中天主教、新教和东正教是基督教的三大教派。

【2】 公元前 586 年，新巴比伦王尼布甲尼撒二世攻陷耶路撒冷，灭犹太王国，将大批犹太人迁往巴比伦，史称"巴比伦囚房"。

【3】 或译作雅赫威。

【4】 犹太人所期待的救世主 Messiah，汉语音译为弥赛亚。

基督教原属犹太教的一个分支派系。早期基督教具有比较浓厚的犹太教色彩，礼仪同犹太教内的一些非正统派别差不多。它虽然已经脱离了犹太教，形成一种新教派，可是从总体上说还是继承了犹太教核心的一神信仰，以及全盘接受了犹太人的经典《圣经》和救世思想。早期基督教的信徒多是贫苦人民和奴隶，他们反抗罗马暴政，反对为富不仁，具有平等平均思想，基督教成为以色列穷人、无权者和被压迫者们的精神信仰。基督教的创始人耶稣，就是因为不满罗马当局的暴虐统治，四处宣传一神教教义，而被罗马派驻巴勒斯坦的总督彼拉多处以极刑，钉死在十字架上。公元二三世纪后，随着有产阶级入教并取得教会的领导权，基督教逐渐失去原先的叛逆性和反抗性，开始奉行温和路线，把耶稣描述成卑微恭顺、逆来顺受的代表，极力宣传不抵抗主义，号召信徒"爱自己的仇敌"，"被骂不还口，受害不说威胁的话"。罗马统治者起初对基督公社采取镇压措施，从4世纪开始，悟出宗教对人精神的"麻醉"和对统治的"辅佐"作用，于是改镇压为利用，宣布基督教为国教，同时下令禁止异教信仰。罗马皇帝君士坦丁也皈依了基督教。基督教面对统治者"一手狼牙棒，一手胡萝卜"的政策，完成了一个从叛逆者走向"招安"之路的转变。

　　基督教从非法走向合法的过程中，与"母亲宗教"犹太教之间的矛盾愈来愈尖锐。为了争取更多的犹太人脱离犹太教，改奉基督教，同时也为了讨好罗马统治者，便竭力诋毁和攻击犹太教，为大肆迫害犹太教制造舆论。基督教首先把犹太人的《圣经》称为《旧约》，而将基督教添加的福音书等部分称为《新约》。在《新约》的《马太福音》《马可福音》《约翰福音》中，多处指责犹太人是与魔鬼有关联的人，是受恶魔驱使的人，因此曾经作为"上帝选民"的犹太人已被上帝抛弃，被逐出了天国。当时基督教对犹太教发出的众多指责中，影响最为深远的是指责犹太人是杀害耶稣的凶手。这一说法成为日后基督徒仇恨犹太人的最主要原因。

基督教被立为国教后，统治者和教会强迫犹太人皈依基督教，否则将被强制驱逐。犹太人却不肯放弃自己的信仰，宁愿被驱逐出国门也不愿皈依基督教，这就造成犹太民族流亡世界各地及以后的犹太人"复国主义"。

马克思有一个基本论断：任何意识形态的冲突，都应该到经济方面去寻找原因。驱逐犹太人的行为还有着经济上的更深层原因，即通过驱逐而把犹太人的财物攫为己有。犹太人的富有，引得各国统治者垂涎三尺，出于经济利益的考虑，不断采取"先驱逐后召回"的把戏，以达到多次攫取财富的目的。常常是先将犹太人逐出，而后又在犹太人交纳一大笔"居住权购置费"或提高税款额的情况下，允许他们返回。这"一逐一召"，便有大笔金钱到手。12 世纪至 14 世纪，法国曾五次驱逐犹太人，但每次驱逐之后，又都把他们召回。1361 年，法国国王被英国俘虏，法国急需为国王筹集一笔巨额赎金，于是在驱逐犹太人之后，又允许他们返回。可是 30 年后，又再次将他们驱逐出境。13 世纪至 15 世纪，欧洲基督教社会还往往为了维护基督徒商人、手工业者、技师们的经济利益，而把他们的竞争对手犹太人驱逐出去。

基督教与犹太教之间的矛盾冲突，构成了莎士比亚《威尼斯商人》一剧中两个商人之间经济利益冲突的宗教背景。

"本是同根生，相煎何太急！"

圣马可广场上的标志性建筑自然是圣马可大教堂。第四次十字军的东征，就是在这座圣殿举行了出征仪式。拱门前平台上那座极著名的四匹铜马雕像，据说是古希腊雕刻家赖西帕斯[1]的作品，作为当年十字军东征的战利品而运回威尼斯。1797年拿破仑征服威尼斯后，又把这尊四马铜像运回法国，安放在杜伊勒里宫前的花园里，直到1815年才被重新归还威尼斯。

以标榜宽容仁爱为宗旨的宗教，往往为了意识观念，更为了自身的经济利益，表现出排他的血腥。

从1096年至1291年，200多年间十字军共进行了八次东征。西欧封建主、意大利商人和罗马天主教会称这场战争是宗教战争，是基督教反对穆斯林、十字架反对弯月的战争。弯月指新月，是伊斯兰教的象征。十字架是基督教的象征。每个参加十字军出征的人，胸前和臂上都佩有"十"字标记，故称"十字军"。公元1095年11月26日，罗马教皇乌尔班二世在第一次十字军东征的动员会上说："在东方，穆斯林占领了我们基督教教徒的'圣城[2]'，现我代表天主向你们下令、恳求和号召你们，迅速行动起来，把那邪恶的种族从我们兄弟的土地上消灭干净！"教皇乌尔班二世在动员会上还诱之以经济利益："耶路撒冷是世界的中心，它的物产丰富无比，就像另一座天堂。在上帝的引导下，勇敢地踏上征途吧！"

1202年从圣马可广场出发的第四次十字军东征是教皇英诺森三世发动的，目的是要攻占穆斯林所控制的埃及，作日后行动的基

【1】 另有译名为波利克思托斯（Polyclitos），又或译作波利克里托斯。

【2】 指耶路撒冷。

地。诸多缺少土地的封建主和骑士想以富庶的东方作为掠夺土地和财富的对象；意大利的城市商人，特别是威尼斯、热那亚和比萨的商人，企图从阿拉伯和拜占庭手中夺取地中海东部地区的贸易港口和市场，独占该地区的贸易而从中获取经济利益，因而也积极参与了十字军。正如《欧洲的诞生》一书所指出的，十字军"提供了一个无可抗拒的机会去赢取名声、搜集战利品、谋取新产业或统治整个国家——或者只是以光荣的冒险去逃避平凡的生活。"华盛顿特区美国大学伊斯兰研究中心主任阿克巴·艾哈迈德说："十字军东征给我们创造了一个至今挥之不去的历史记忆，一个欧洲长期进攻的记忆。"

十字军东征掀起迫害犹太人的新高潮。实际上，犹太人从一开始就是东征的惨烈受害者。因为当十字军组成出发时，被教会指为异教徒的穆斯林尚在千里之外，而他们一向憎恶的另一个异教徒犹太人却近在眼前。于是参加十字军的狂热基督徒便以犹太人为第一袭击目标，开始了对欧洲犹太人的屠杀。1096 年春天，迫害犹太人的行动蔓延到莱茵河地区，当地犹太人请求皇帝和教会保护，皇帝和教会答应在犹太人支付巨款后，允许他们进入城堡并派军队保护。可是犹太人进入城堡后依然受到十字军的袭击，奉调保卫的士兵拒绝保护犹太人，而任由十字军对其袭击。结果，该地区的犹太人全部被杀。1096 年 5 月，沃姆斯犹太人感到大难临头，寻求庇护。当地基督教会出面保证犹太人不会受到伤害，他们会提供必要的保护。一些人深信教会保护的诺言，便留在家中没有逃走，十字军来了，教会并没有提供任何保护，结果全遭杀戮。另有一些人躲到阿德尔伯特主教的宫中避难，但他们被告知，若想保全性命，必须接受洗礼，皈依基督教。拒绝这一要求的犹太人被主教下令处死。这样，仅两天时间，沃姆斯就有800人被杀害。1099年7月15日，十字军攻克耶路撒冷，把城中所有的犹太人驱赶进犹太教堂，然后纵火连人带教堂一起焚毁……

其实追根溯源，希特勒对犹太人惨绝人寰的迫害，有着根深蒂固的历史渊源。

在经历了几个世纪的血雨腥风之后，人们痛定思痛，开始反省过往的历史。导游这样为我们介绍圣马可大教堂的建筑特色："它融合了东西方的建筑风格，它由500多根石柱和4000多平方米的马赛克画构成一个宗教建筑史上的奇迹。教堂内部从地板、墙壁到天花板上，都是精致的马赛克镶画，主题涵盖了十二使徒的布道、基督受难、基督与先知以及圣人的肖像等，这些画作都覆盖着一层闪闪发亮的金箔，使得整座教堂都笼罩在金色的光芒里，所以圣马可教堂又被称之为黄金教堂。"

导游还介绍说："它的五座圆顶仿自土耳其伊斯坦布尔的圣索菲亚教堂；正面的华丽装饰源自拜占庭的风格；而整座教堂的结构又呈现出希腊式的十字形设计。这座具有五个圆顶的大教堂，展现着威尼斯人'兼收并蓄'的自信。"

这倒真是"有心栽花花不开，无意插柳柳成荫"，侵略掠夺的十字军东征，阴错阳差匪夷所思地收获了意外的硕果累累。

站在圣马可广场，咀嚼着历史的记忆和回声。从圣马可到马可·波罗，再到威尼斯商人，我们感受到在经历了一次次血与火的洗礼，人类变得成熟起来。懂得了"化干戈为玉帛"，变殖民经济的掠夺为商业贸易的双赢。

凡尔赛宫：

一个王朝的崛起与陨落

走进凡尔赛宫

到法国巴黎不可不到凡尔赛宫。

凡尔赛宫坐落在巴黎西南 18 公里的凡尔赛镇。1682 年，路易十四把王宫由巴黎罗浮宫迁居此处，自此，法国的政治、外交决策都在凡尔赛宫决定，凡尔赛宫成了事实上的法国首都。此后，经历了路易十五王朝，直至 1789 年法国大革命中，路易十六被革命民众挟持离开凡尔赛宫，软禁于巴黎杜伊勒里宫，凡尔赛宫才终结了作为法兰西宫廷的历史。在随后而至的革命恐怖时期，凡尔赛宫被民众多次洗掠，宫中陈设的家具、壁画、挂毯、吊灯和陈设物品被洗劫一空，宫殿门窗也被砸毁拆除。1793 年，凡尔赛宫内残存的艺术品和家具均被运往巴黎城内罗浮宫，凡尔赛宫沦为废墟。在长达一个多世纪的时间中，凡尔赛宫见证了一个王朝崛起与陨落的历史，演绎出是改革遏制革命，还是革命取代改革的深刻主题。

凡尔赛宫的标志

　　路易十四实行"朕即国家"的绝对君主专制独裁统治,人称
"太阳王"。他在以强势铁腕把法国国力推向鼎盛之后,不可逆
转地显露出巨人的泥足,开始滑向初始动机的反面。他利用专制
独裁的体制优势,强行推进了所有专制独裁者在顺境中都可能做
出的蠢事,使一个民族为此付出了惨痛的代价。"日中则昃",当
这个"太阳王"日薄西山陨落时,他把一个大厦将倾、危机四伏
的王朝留给了他的后继者。

　　接过王冠时的路易十五年仅 5 岁,是个左右不了局势的"儿
皇帝"。摄政王——其叔父奥尔良公爵生性放荡,乐于坐享其
成,陶醉于路易十四构建出的虚幻繁荣,整个法国上流社会仍沉
溺于一股醉生梦死的末世狂欢之中。这部硕大无朋的专制机器,
依其巨大的惯性,继续为维持所谓的"国家光荣"而耗尽着最后
的"国力"。平庸而不求有功但求无事的路易十五亲政后,只是
一个无所作为的"维持会长",他留下了那句广为传播的名言:

"我死后，哪管它洪水滔天。"

百足之虫，死而不僵，法兰西这驾马车还是传承到了路易十六的手里。路易十六很想承继祖辈的辉煌，立志成为一代中兴之主。路易十六曾被称为"激进改革家"或"忽然改革家"，他也几番试图深化改革，缓解日益激化的社会矛盾，以挽救大厦于既倒。然而，他优柔寡断首鼠两端，在利益权贵与贫困民众之间摇摆不定，错失了许多断然实施改革变法的良机，终于激发了1789年的法国大革命，把自己也把一个王朝推向了断头台。

在世界文学史上，对莫泊桑的经典小说《羊脂球》好有一比："那驾马车上拉着整个法兰西。"套用这一句式可以说：从路易十四到路易十六，法兰西这驾风雨飘摇的马车，在改革抑或革命的泥泞途中，蹒跚地驶过了整整一个世纪。

王岐山一再推荐人们读读19世纪法国历史学家托克维尔的《旧制度与大革命》。托克维尔的代表作是《论美国的民主》，表达着他温和的共和主义思想。托克维尔曾考察了美国与加拿大的政治制度尤其是监狱制度，指出那里的"民主原则"已经战胜了"贵族原则"。托克维尔认为：民主是"一个源远流长的社会运动"，"民主即将在全世界范围内不可避免地和普遍地到来"，"一场伟大的民主革命，正在我们中间进行"。

托克维尔在《旧制度与大革命》一书中，探讨法国大革命的成因及后果，指出原有的封建制度由于腐败和不得人心而崩溃，但社会动荡却并未带来革命党预期的结果，无论是统治者还是民众，最后都被相互间的怒火所吞噬。通过比较研究，托克维尔独具慧眼地发现了一个诡谲悖谬的现象：在经济发展和民主推进过程中，经济发展越是快速的社会，出现的社会矛盾反而越多。托克维尔说："革命并不是在那些中世纪制度保留得最多、人民受其苛政折磨最深的地方爆发，恰恰相反，革命是在那些人民对此感受最轻的地方爆发的。"托克维尔向当政者发出警告："革命已经迫近"，并预言"人们说现在不存在任何危险，因为没有骚乱……革命与我们相距遥远。"他指出："劫乱尚未成为事实，但是已经深入人心"，"我深信无疑：我们睡在一座火山之上"，"或迟或早将导致最可怕的革命。"托克维尔还说："我看到世风日下，担心它在很短时期内，很可能是在最近，将你们带入新的革命。"

《旧制度与大革命》精当地总结出"托克维尔定律"："一个坏的政权最危险的时刻并非其最邪恶时，而在其开始改革之际。"

1833 年，奥尔良王朝的路易·菲利普国王下令，在法国大革命中玉石俱焚的废墟上修复凡尔赛宫，将其改建为历史博物馆。

凡尔赛宫，成为诠释解读"托克维尔定律"的一个形象教材。

建筑在沙丘上的金碧辉煌

1624 年，路易十四的父亲路易十三以一万里弗尔的价格，买下凡尔赛宫原址附近面积达 117 法亩的森林和荒地，修建了一座两层红砖楼房，作为狩猎行宫。当时的凡尔赛行宫仅有 26 个房间，一层为家具储藏室和兵器库，二层供国王狩猎时与随从人员临时居住。这是凡尔赛宫最初的规模。路易十四继位后，决定将王室宫廷迁出因第二次"投石党之乱"和市民反抗王室不断暴动而变得混乱喧嚣的巴黎城，以路易十三在凡尔赛的狩猎行宫为基础建造新宫殿。

路易十四大兴土木建造凡尔赛宫的起因有一段故事。

1660 年的一天，路易十四应财政总监大臣富凯的邀请，去他新建的府第沃子爵城堡赴宴。富凯为修建这座华丽的府邸花费了 1800 万里弗尔，仅宫殿就翻修了两次。富凯还买进三座小村子扩充他的花园。这个权倾一时的财政总监，挪用挥霍国家的钱财犹如掏自己的口袋一样方便。富可敌国的"财神爷"，竟然昏头昏脑在自己的府邸摆设盛宴来取悦和讨好自己的君王，结果是适得其反，路易十四拥有的两座别墅——圣日耳曼宫和枫丹白露宫，与富凯的沃子爵城堡相形见绌。路易十四妒火中烧。伏尔泰评议这件事时说："嫉妒有时是可怕的，特别是当它出于一个君王对其臣下时。"宴会后参观富凯的府邸，路易十四又见到富凯的族徽上刻有这样的字句："我何处不可攀登？"这表明了富凯企图谋求王国的首相。路易十四离开后甩出这样一句话："我想，将他逮捕是比较保险的办法。"三周之后，路易十四以贪污营私之罪将富凯投入巴士底狱，判处其终身监禁。

路易十四相当注重国王个人的"亮度"，认为外部的"亮度"，能够体现权力的强大，"此种（表现出来的）优势能够美化朕所拥有的位置"，"民众通常根据外表所见而调整他们的判断，并且经常是按照场面与地位而决定是否应该表示尊敬与顺从。"这种政治见解直接导致当时法国宫廷的建造，导致官方生活的辉煌雄伟与崇尚庆典的风格，这一观念耗费了国家的巨大财富。

凡尔赛宫顶的王徽

　　路易十四命令沃子爵城堡的设计师勒诺特和建筑师勒沃为其
设计新的宫殿。为了凡尔赛宫的建造，路易十四动用了给富凯修
建沃子爵城堡的全班人马，一定要让凡尔赛宫修建得"青出于蓝
而胜于蓝"，盖过沃子爵城堡一头。凡尔赛宫的建造，体现了一
个专制政体能够调用全国的人力、物力、财力的优势。路易十四
为了建造它，动用了 30000 余名工人和建筑师，6000 匹马搬运石
方。凡尔赛宫 1661 年破土动工，1689 年主体工程竣工，1710 年
其他配套工程全部完成，前后用了长达近半个世纪的时间。为确
保凡尔赛宫的建设顺利进行，路易十四下令，十几年之内在全国
范围内禁止其他新建工程使用建筑石料。

　　落成后的凡尔赛宫长达 580 米，犹如一座宏伟庄严的城堡。
此次担任讲解的导游杨先生（以下称杨导），据说是越南人，但
讲着一口流利的汉语。杨导介绍：凡尔赛宫最具特色的是宫顶浮
雕，讲述着圣经故事和昔日国王的赫赫战功，简直可以说是艺术
的画廊。杨导风趣地说：你仔细地看下来，绝对治好颈椎病。
据杨导介绍，在其全盛时期，宫中居住的王子王孙、亲王贵族、

凡尔赛宫外景

主教及其侍从仆人达 36000 名之多。在凡尔赛宫还驻扎有瑞士百人卫队、苏格兰卫队、宫廷警察、6000 名王家卫队、4000 名步兵和 4000 名骑兵。1300 多间大小殿厅坐落有致，装修得富丽堂皇；造型工艺精湛的古典式家具端庄典雅……

凡尔赛宫的正面入口，是三面围合的小广场。现存面积为 100 公顷，以海神喷泉为中心，主楼北部有拉冬娜喷泉。凡尔赛皇宫的喷泉总共有 1400 多个喷头，它们用掉的水比整个巴黎还要多，而那时巴黎人经常因为缺水而得病。国王的 30000 名士兵建造了一个由 14 个巨型水轮、200 多个水泵组成的大机械装置，可以从塞纳河向喷水池里输水。花园内还有一条长 1.6 公里的十字形人工大运河。路易十四时期曾在运河上安排帆船进行海战表演，或布置贡多拉和船夫，模仿威尼斯运河风光……

凡尔赛宫之豪华壮观，引得俄罗斯、奥地利、德国等国君主竞相仿效。彼得一世在圣彼得堡郊外修建的夏宫、玛丽亚·特蕾西亚在维也纳修建的美泉宫、腓特烈二世和腓特烈·威廉二世在波茨坦修建的无忧宫以及巴伐利亚国王路德维希二世修建的海伦希姆湖宫都仿照了凡尔赛宫的宫殿和花园。《加菲猫2》真人版动画片电影，也把凡尔赛宫作为拍摄背景。

凡尔赛宫建成后，为了显示王权的威严，路易十四和路易十五经常在宫中举行场面浩大壮观的典礼、晚会、舞会及其他娱乐活动。1751年路易十五为庆祝长孙勃艮第公爵降生而举办的烟火晚会消耗了66万里弗尔的焰火。1770年路易十五为王太子举行的婚礼花费达900万里弗尔，而此时的巴黎民众饥不果腹，连面包都不够吃。

伏尔泰在《路易十四时代》一书中，有对盛大庆典宴会的描绘：

> 1664年，路易十四在凡尔赛宫举办了一次盛大的联欢庆宴。它被设计得极其豪华、独特，是过去任何盛会都无法比拟的。
>
> 5月5日，国王带着他的宫廷人员共600人来到凡尔赛宫参加这次盛大的庆宴。除了特地为这次盛会修建的纪念碑以外，其他的也应有尽有。而这种纪念碑最早曾由希腊人和罗马人修建过。剧院、圆形剧场和拱形长廊的修建非常迅速，并且其建筑装饰得十分富丽堂皇，精致大方。这一创造了修建速度奇迹并且华丽异常的建筑，使得在里面所进行的演出显得更加迷人。
>
> 首先进行的是赛马参赛者的入场式。参赛者像接受检阅一样身着盛装，前面有手执盾牌的侍从为他们开路。这些选手也都手持他们的徽像和盾牌，盾牌上用金字刻写着珀里尼和邦塞拉德写的诗句。这些诗句描绘的是人们扮演的古代人物或寓言中的人物，以影射某些人的性格，以及对宫廷王室的赞颂。

国王在队伍中扮演的是罗歌。他的衣服和坐骑装饰得华丽之极，无不映射着王室的珠光宝气。聚集在凯旋门下观看他们入场的是王后、嫔妃和 300 位贵妇。所有人都把目光投射到最尊贵的国王身上……

紧随这支骑士队伍的是一辆太阳神车。这是一辆镀金的两轮车，高 18 尺，宽 15 尺，长 24 尺。尾随车后的是用人装扮的金银铜铁四个时代、天体、四季以及时辰。一切都栩栩如生，场面甚是宏大。在游行队伍中还有小号、风笛和小提琴伴奏，队伍合着节奏迈动步伐。太阳神车尾部的几个人给王后嫔妃们朗诵着充满了溢美之词的诗歌。

赛马结束，夜幕降临，但人们一点都没有感觉黑暗的笼罩，因为 4000 支粗大的火把同时点燃，使整个会场亮如白昼。宴会中有 200 名侍者，他们分别装扮成四季神、农牧神、森林之神、林中仙女，或是牧人、采摘葡萄的人、收割庄稼的人等。畜牧神和月神飘然而至，把从一座山林中采集来的美味佳肴送至宴席间。半圆形的宴桌后面缓缓升起一个半圆形的戏台，参加演出的人正站在上面。这一切又与周围拱廊中的 500 座绿色和银色烛台上的无数支蜡烛交相辉映，加之把场地围起来的一排金色的栏杆，整个宴会现场无比辉煌奇幻，其盛况也远远胜过小说中虚构的场景，令人感觉仿佛身临仙境。

任何专制独裁者必然好大喜功，以奢华的大场面向人展示盛世景象。作为路易十三思想智囊的黎塞留曾对缺少庆典排场提出责难："从未见一个国王如此降低家族的威望"。

在凡尔赛宫，我们参观了经常举办奢华舞会的镜廊。由皇家大画家勒布朗和大建筑师孟莎合作建造的镜廊，可称之为是凡尔赛宫内的一大景观。它长 73 米，宽 10.5 米，高 12.3 米，长廊的一面是 17 扇巨大的拱形落地玻璃窗朝向花园，另一面镶嵌着与拱形窗对称的 17 面镜子，这些镜子由 483 块镜片组成。天花板上悬挂着 24 个巨大的波希米亚水晶吊灯，镜廊中的家具以及花木盆景装饰也都是纯银打造的。玻璃幕墙、水晶镜面、波希米亚水晶吊灯，给人造成进入如梦如幻的仙境之感。让我们感受着一个纸醉金迷时代的海市蜃楼。

杨导说："凡尔赛宫在其巅峰时代，以及路易十五晚期和路易十六早期，维持其宫廷的费用开支，占到法国岁入的四分之一。"

杨导又说："凡尔赛宫在选址时就存在着一些建筑方面的问题。由于整个建筑建在细软的沙泥地上，所以，在经受成年累月的重负后，地基开始下沉……"

导游本言者无意，游客却听者有心。凡尔赛宫成为一个象征：建筑在沙丘上的金碧辉煌。

"朕即国家"的路易十四时代

1638 年，路易十四在他的父母结婚 23 年后，才姗姗来迟地降临这个世间。他的母亲是西班牙国王菲利浦三世的长女，菲利浦四世的姐姐。当时欧洲各国皇族间的这种联姻十分盛行，这是寻求政治结盟的一种婚姻模式。路易十四的母亲安娜王后在法国始终不幸，因长期不生育被当作罪人一样看待。王后出身于奥地利哈布斯堡家族，路易十三多年没有继承人，使得法国在欧洲复杂的王位继承权斗争中充满了变数。如果王后在法国的势力得以扩张，那么无子的路易十三的王位，有可能成为哈布斯堡家族的囊中之物。路易十三的思想智囊黎塞留没收了安娜王后的护照，并逼迫她在枢密院的会议上承认自己对丈夫有罪。直到路易十四出生时，路易十三仍不愿按照习俗亲吻王后。

路易十三老年得子，路易十四的诞生被看作是一个"天降的奇迹"。翻阅那个时代的名人回忆录，你会惊奇地发现，几乎每本书中都充满着荒唐可笑的预言，演绎着神话的传说。路易十四诞生时，一位占星家就小心翼翼地藏匿在王后的房间附近。路易十四的诞生被认为是"太阳出世"。

据伏尔泰《路易十四时代》记载：路易十三进入弥留之际，神情恍惚中问守候在身边的儿子："你是谁？"幼小的孩子脱口而答："我是路易十四。"路易十三笑着说："我的孩子，时候还没到呢！"

1643年，路易十三因结核病去世，将皇位传给路易十四。当时路易十四年仅5岁。根据路易十三口授，由王后安娜、王弟孔代以及政府官员组成摄政会议。但王后安娜违背了国王遗嘱，把大权交给了她宠信的意大利人、枢机主教马萨林。马萨林很是专权，有一个细节很能说明问题：法军在战胜西班牙军胜利归来后，路易十四想跟随马萨林去慰劳凯旋之师。但是，无论路易十四是以国王名义还是以摄政王的随从名义，都没有得到马萨林的同意。马萨林既是路易十四的摄政首相，又是路易十四的教父，他对路易十四的教育就是对自己的崇拜和盲从，以至路易十四说出这样的话："如果他再活得长一些，我真不知道自己会干出什么事来。"

1661年3月9日，马萨林去世。23岁的路易十四终于可以亲政了。人们原本认为路易十四一直生存在摄政王马萨林的阴影下，依然会像他父亲路易十三倚重黎塞留那样任人支配。令所有人始料不及的是，路易十四一上位就表现出一种霸气和强势。

伏尔泰在《路易十四时代》一书中，记载了这样几个细节：

1665 年，路易十四出席教皇为其举行的加冕典礼以后，高等法院依惯例集会讨论国王颁布的几项敕令。高等法院是法兰西一个历史悠久的国家机构，由加佩王朝国王路易九世设立，负责审判那些涉及贵族、主教、大臣，甚至国王的重大案件并做出终审判决。在设立之初，为了征求臣民的意见，高等法院经常召集他们举行会议参政议政。在三级会议成立之前，它承担着国家议会的职能，起着某种监督的作用。这一传统，使法国历任国王的所有御令都要送到高等法院去登记。在登记之前，国王允许法院向他陈述意见，即为"进谏"。路易十四狩猎归来，身着猎装，手执皮鞭，走进高等法院，不容置疑地说出下面一番话："我命令你们停止讨论我的敕令。首席法官先生，我禁止你准许召开这类会议，禁止你们之间任何人要求开这类会议。"

1668 年，路易十四来到高等法院，他对当年巴黎高等法院制造的福隆德运动[1] 一直耿耿于怀。他亲手从备忘录中撕下有关福隆德时期的篇页，声色俱厉地斥责说："先生们，你们认为国家是你们的吗？朕即国家。"从此，"朕即国家"成为路易十四的口头禅，个人的意志成为国家的法令。

路易十四的政治主张十分明确："国王是绝对的主人。"（路易十四有关政治主张的著述《关于国王职业的思考》《路易十四为教育王储而撰写的备忘录》《路易十四著述摘录》都表达了这

【1】 即投石党运动。

一观点。）

还有一个细节,接任马萨林主教的卢昂枢机主教问路易十四:"您尊贵的助手踏上了天国的旅程,请问,我们今后有事找谁?"路易十四毫不含糊地回答:"找我!"一个凌驾于教皇之上的君王赫然出世。

路易十四的政治思想与其父思想智囊黎塞留的政治思想有许多"英雄所见略同"之处。黎塞留认为:"国家只需要一个舵手","众多舵手从来无法一同掌舵","一国之中,就管理事务而言,同时存在几个平等的权威将最为危险"。黎塞留表示:"臣民必须对其君主表示盲目服从","当君主坚忍不拔时,臣民们应始终认真地表示服从"。他还说出这样的比喻:"必须将民众和骡子相比,骡子习惯于重载,长久休息比工作更能使它们变坏。"

任何思想都是时代的产物,代表着特定时代的潮流趋向。

路易十四统治法国前后达 72 年之久,胜过执政 60 多年的康熙皇帝。路易十四吸取马萨林擅权把持朝政的教训,在此后 54 年的亲政期间,废除了首相制,分权于 6 位他亲自选定的大臣。这 6 位大臣仅仅是"聋子的耳朵",是国王专权的点缀,他们可以为君王出谋划策,但最终决定权在路易十四本人。

路易十四时代,拒绝召开王国三级会议,对敢于反叛的外省贵族无情镇压;建成凡尔赛宫后,把各地大贵族宣召进宫,侍奉王室,以便就近监督管理。路易十四还向各省派驻"司法、警察和财政监督官",整顿军备扩充兵源,引进新式武器和先进技术,并把各省军队的调度权控制在中央手里。

杨导说:"路易十四无论是在历史的舞台上还是现实的舞台上,他都是一个杰出的演员。他曾先后出演过 21 部芭蕾舞剧,还曾在一部话剧中出演过太阳神阿波罗。一个古玩商为路易十四设计了一个图徽：群星灿烂中一轮红日光芒万丈，下书'普天之下无与伦比'，寓意明月与繁星的光芒都是来自太阳，法国从路易十四身上汲取光和力。路易十四欣喜接受，从此把太阳作为自己的徽章标记。"大概任何专制独裁者都脱离不开这一思维模式。

凡尔赛宫的建筑结构也是"众星捧月"般围绕着"太阳王"做文章。

主要的厅叫阿波罗厅，取意于希腊神话中太阳神的意思。阿波罗厅是法国国王的御座厅。柱子为绿色大理石。柱头、柱脚和护壁均为黄铜镀金，装饰图案的主题是展开双翼的太阳，以表示对路易十四的崇敬。天花板上是镀金浮雕，墙壁为深红色金银丝镶边天鹅绒。中央为高 2.6 米的纯银铸造的御座，置于铺有深红色波斯地毯的高台之上。

凡尔赛宫内的诸多大厅均以环绕太阳的行星命名。

维纳斯厅，又名金星厅。路易十四时代，厅内有台球桌和一整套纯银铸造、精工镂刻的家具。这些家具后来熔化后被铸造成银币，以弥补西班牙王位继承战争的开支。

狄安娜厅，又称月神厅，位于维纳斯厅之西，墙壁用各种精美瓷器装饰。

马尔斯厅，又名火星厅，在狄安娜厅之西。天花板上有奥德朗的油画。大厅内壁炉两端有大理石平台，从路易十四到路易十六，王朝的权贵们经常在此召开宫廷音乐演奏会或赌博牌会。

墨丘利厅，又名水星厅，在马尔斯厅之西。厅内有一张大床，围以银质栏杆，还有一座纯银大壁橱。墙壁上围有金色和银色锦缎。路易十四的孙子安茹公爵[1]曾在此居住。

路易十四画像

还有一个战争厅，在阿波罗厅之西。镀金壁炉上为路易十四的骑马浮雕像。厅内的装饰是由孟莎和勒布朗创作的大幅油画，反映路易十四征服西班牙、德意志、尼德兰等国家的赫赫战功。在路易十四统治期内，法国参加了四次大的战争：1667—1668 年与西班牙争夺荷兰的遗产战争，1672—1678 年与尼德兰（即荷兰）争夺领土的法荷战争，1688—1697 年与罗马帝国皇帝之间的九年战争（大同盟战争，也被称为奥格斯堡同盟战争、巴拉丁王位继承战争）以及 1701—1714 年的西班牙王位继承战争。这些战争耗尽了法国的国库，使国家陷入高债务之中。

杨导指着"太阳厅"里路易十四的塑像风趣地说："路易十四这个'太阳王'，骑在马上还显得威武高大，其实他的个头只有一米六几，在人高马大的西欧人群里显得像个侏儒。为了弥补自己的这一缺陷，据说男式高跟鞋的发明权就是属于他的。"

杨导的话引得产生共鸣的中国旅游团一阵哄笑。

【1】 后来成为西班牙国王腓力五世。

路易十四时代，法国的资本主义工商业得到显著发展。路易十四为了改变路易十三时期法国积弱积贫的状况，大刀阔斧实行经济变革，路易十四将经济问题交给善于理财的大臣科尔贝，推行重商主义，创设贸易公司，扶植私营经济，鼓励资本主义工商业的发展。在一些新兴的工业部门，如冶金、煤炭、纺织工业，已经开始使用现代化的机器生产。全国建起新式高炉350多座，年产生铁10.6万吨。奥尔良、卢昂等地的纺纱工厂安装了英式纺纱机，每架机器每天可纺棉花1000斤。"安新煤矿公司"有4000多名工人，并装备了12架新型蒸汽机。科尔贝认为国家的财富越多，国力就越强，因此，他鼓励出口，限制进口，大力发展工商业，通过对海外殖民地的掠夺，在法国积蓄了许多贵金属……这些措施促进了法国经济的发展，促成了法国在18世纪的"大国崛起"，使法国由一个典型的农业国一跃而成为当时欧亚大陆的工业强国，使法语成为整整两个世纪里整个欧洲外交和上流社会的通用语言，路易十四成为法国历史上最伟大的"太阳王"。

路易十四的晚年，过分迷恋于自己的文韬武略，往往为无足轻重的小纠纷挑起对外征战。无休止的兵役和军费负担使得民不聊生，丰年不得温饱，荒年沦为乞丐。路易十四时代的财政部长科尔贝生财有道，蚊子腿上剔精肉，精于算计平民百姓。他通过调整税赋的征收，为国家集聚了财富，但这些"富国强兵"的税赋政策，加重了普通民众的经济负担。

法国直至大革命爆发前，仍保持着中世纪森严的等级制度。社会上分为三个等级：教士是第一等级，他们在当年2450万的法国总人口中只有10万人左右；贵族是第二等级，其总数也仅有40万人。前两个等级仅占法国当时总人口的2%，却拥有全国 35% 的土地，他们是一个特权阶层，享有政府保护下的众多特权。除了利用占有的资源巧取豪夺外，他们还被免除了全部税赋。他们认为纳税是有失身份的。如此一来，沉重的税务负担就完全落到农民和正在兴起的中产阶级（城市平民）身上。农民除了向贵族缴纳沉重的封建地租外，还要缴纳各种捐税，连走路、过桥都得缴税，甚至农民死了，其后代还必须缴纳一笔继承税，才能继续在土地上耕种。当时的税赋制度规定贵族和僧侣不必纳税，而且还享有各种特权，如酿酒季节贵族有优先出售葡萄酒的特权，当贵族的酒还没有卖完时，他们可以禁止农民卖酒。第三等级还要向教会缴纳农产品什一税。而"国税"也是名目繁多，除人头税、土地税外，食盐、葡萄酒等日用品也要纳税。18 世纪末期，法国有一幅著名的讽刺漫画经世流传：上面绘画了一个瘦骨嶙峋的穷人戴着镣铐，身上驮着脑满肠肥的贵族、主教和议员三个人。税赋是调节国民财富的杠杆。天之道是"损有余而补不足"，也就是向弱势群体倾斜；而人之道恰恰是反其道而行之的"马太效应"，你有之还要再锦上添花，你没有就把仅剩的一点也剥夺了。

历史学家托克维尔在《旧制度与大革命》一书中认为：路易十四实行的重税政策激起了第三等级的强烈不满，是最后导致爆发 1789 年法国大革命的政治、社会和经济原因。经济改革形成的繁华成果，并没能让广大民众共享，而是用于对外战争和宫廷的奢侈消费。极度的贫富两极分化，严重的社会分配不公，孕育了法国大革命爆发的火种。

有太阳就有阴影。经济的高度发展，并没有办法弥补专制独裁体制衍生的弊端。路易十四顽固地坚守专制独裁，把法律变成了自己为所欲为的工具，"和尚打伞，无法无天"。路易十四到晚年时，在用人上干下许多蠢事，顺我者昌，逆我者亡，他的狭隘和多疑达到登峰造极的地步，搞得身边的大臣"伴君如伴虎"，人人自危。他常签署"密札"，随意逮捕他所不满的人士，只要在密札上填写上要逮捕的人的名字，司法机关就立即将其逮捕，送往巴士底狱。

路易十四认为，要获得无上的权力，就必须统一法国人的宗教信仰。在思想上，他要求全体臣民一律信奉天主教，对异端思想进行残酷迫害和血腥镇压。路易十四对新教徒施加压力，尤其以 1685 年的枫丹白露敕令最为凶狠。敕令下达后，胡格诺派的教堂被摧毁，新教的学校被关闭。他还极其残忍地焚烧了帕拉蒂纳，迫使许多胡格诺派教徒移居国外，对新教徒的迫害使法国大量地流失了人口。

为了巩固自己的专制独裁统治，路易十四还故意放手让皇亲国戚"玩物丧志"腐化堕落。路易十四登基之前势力雄厚、心怀不满、屡屡反叛的法国大贵族，到路易十四时代已被奢靡的宫廷生活所笼络腐化，甚至以受邀居住于宫中为荣，争先恐后地仿效国王及宫中的礼仪、着装，担心失去国王的宠幸。"太阳王"在凡尔赛宫廷里掀起了一股"金光四射"的奢华之风，并把这股风气吹遍了整个法国大地。

"维持会长"的路易十五时代

法兰西不落的太阳终于陨落了。当年 21 岁的伏尔泰赶到巴黎目睹了"落日的辉煌"。

　　"众星捧月"的路易十四时代，形成了一个庞大无比的"公务员"队伍。接过王冠的路易十五，起初由其叔父奥尔良公爵摄政。奥尔良公爵为节约开支，把皇家的马匹卖掉一半。对此做法，血气方刚的伏尔泰撰文嘲讽道："把王朝中滥竽充数的笨蛋裁去一半不是更明智的选择吗？"伏尔泰犀利的文字触怒了摄政王奥尔良公爵，为此伏尔泰付出了代价。奥尔良公爵把伏尔泰召进宫来，对这位年轻人说："我发誓有些东西你从未见过。不过，明天我将满足你的好奇心。"第二天，伏尔泰就被投入了巴士底狱。

　　伏尔泰因早年的血气方刚，在1716年和1719年，两次被逐出巴黎。1717年至1718年和1725年至1726年两度身陷巴士底狱。1734年他的《哲学通信》、1755年他的《奥尔良少女》、1759年他的《自然法则颂》均遭到禁止和焚毁。伏尔泰还曾为若干冤假错案的平反昭雪，冒着风险奔走呼喊。伏尔泰有着知识分子批判性的一面，也有着依附权贵寻求现实利益的另一面。1718年他因创作悲剧《哀狄普斯》而获得国王奖赏了4000法郎；1722年，他得到路易十五的赏识，获得"国务院特殊津贴"，年金2000法郎；1745—1758年，他出任宫廷史官，作诗歌颂法军在丰特诺瓦对英军的胜利；1746年他成为路易十五的侍臣，1749年撰写了《路易十五颂歌》；1751年，伏尔泰撰写了《路易十四时代》，在书中赞颂路易十四是"天赐之子"，其统治的时代是"最接近尽善尽美之境的时代"。人心真是一道难以解答的哥德巴赫猜想。

　　但是，伏尔泰毕竟还是个清醒的哲学家，对自己既有权宜之计也有坚守底线的行为。伏尔泰说过这样的话："把哲学用之于历史，并努力在层出不穷的政治事件后面追寻人心的历史"。"只有哲学家才配写历史，历史都因诸多无稽之谈而被搞得面目全非。……直到最后，哲学才开始给人以启发。而当哲学终于来到这黑暗之中时，却发现人们的内心已因几个世纪的错误而大受蒙蔽，以至于几乎无法醒悟过来了。"

伏尔泰在《路易十四时代》一书中不乏谄媚赞美之辞，但在写给朋友的信中却说了这样的话："路易十四时代丝毫不优于其他时代"，"历史毕竟只是我们站在死者身上玩的一连串把戏而已，我们篡改过去来迎合我们对将来的愿望"。伏尔泰深刻地指出，世人抬出死者拉大旗做虎皮，只是为了当前的政治需要。

伏尔泰抱着历史学家的真诚和哲学家的深刻，对路易十四时代做出这样的评价："在他生命的最后几年，法国从天堂跌入地狱，人们偿还昔日享受的威势和光荣，承受了更多的苦难与耻辱。在他的时代即将结束的时候，人民已经完全离开了他。"

路易十四时代，路易十四的塑像在法国到处耸立，犹如法兰西的"守护神"。胜利广场上那尊塑像的底座，是链条锁住的四个奴隶，这象征了征服和奴役。塑像的题词是"献给不朽的人。"旺多姆广场那尊塑像底座四周的铭文，更是极尽阿谀谄媚之词。伏尔泰说："那些铭文不过是些文人奉承权势的浅薄作品而已。"路易十四的众多塑像在法国大革命期间被推倒砸毁。

在太阳王生命的后期，由他竭力实行的君主专制制度，在把法国的国力推向鼎盛之后，逐渐显露出巨人的泥足，原本掩饰于辉煌下的阴影扩大，物极必反滑向了历史的反面。路易十四利用专制优势所做的一切，让一个民族付出了惨痛的代价。奢华生活和无休止的征战，使他最终陨落时，将一个经济畸形发展、民怨载道危机四伏的王朝留给了他的后继者。

人们总喜欢用划时代来形容一个新君王的继位。路易十五从前辈的手中接过一个"灰渣底摊子"，就是在这样的基础上开启了"路易十五时代"。

路易十四的晚年是悲惨的，亲人们一个个先他而去。45 岁时壮年失妻，50 岁时老年失子，51 岁时在一个月里送走了自己的孙子和孙媳以及重孙，53 岁时，他又送走了另一个孙子和刚出生的女儿。一次次遭受"白发人送黑发人"的悲哀，以至临终时只能把权杖交给年仅 5 岁的曾孙路易十五。据传，路易十四的临终忏悔表达了对自己一生的反思。他留给后人的遗言是："少战事，要做一个关心人民疾苦的温和国王。"

路易十五继位伊始，法国民众在经历了路易十四时代残酷无情的专制独裁之后，曾对路易十五寄予了厚望，被称作"被喜爱者"（法语：Le Bien-aimé）。1744 年，当路易十五在梅斯病重时，举国为他的康复祈祷。

路易十五时代，呼唤"民主"与"人权"的思潮风起云涌。在经历了专制独裁的多年重压后，民情强烈反弹，出现了一个"后专制集权时期"。塞塞尔在《法兰西的伟大君主制》一书中，提出"温和君主制"的观点，主张"必须约束国王的绝对权力"，"君主的尊严与权力不应完全绝对，也不应过度限制，但是必须接受良好的法律、敕令与习惯的调整和限制。"他认为对于绝对的王权，需要有"三种限制"或"三个马笼头"。格拉萨伊在《法国特权》中对王权的威力、实施范围、王位继承等问题进行分析，强调应该"限制王权""尊重人权"。法国作家贝兹提出："民众能够罢免国王"。法国新教的领袖迪普勒西－莫尔内更为激烈地喊出"向暴君复仇"这样的口号。

面对"维护王权"和"限制王权"水火难容的对立，路易十五只是个"维持会长"。他辜负了民众曾对他寄予的热切期望，他无意也无力改变路易十四留下的专制独裁的政治格局，他坐享其成坐吃山空，无所事事无所作为，得过且过当一天和尚撞一天钟。当历史的车轮要求前进时，原地踏步就成为历史的罪人。以至到他生命的最后时刻，路易十五被法国民众贬抑为"最可恨的路易十五"，成为法国历史上最不得人心的国王。1757年1月5日，刺客罗伯特·达密安混入凡尔赛宫，愤怒地用小刀刺中他身体的一侧。

同一个统治者，前后民意反差如此之大。

路易十五是法国历史上最具矛盾性格的国王。历史学家对他也是褒贬不一。面对积重难返每况愈下的国事，"故国不堪回首月明中"，路易十五的内心一定也充满了痛苦。这一切已然超越了路易十五处理能力的限度，他回天无力，只能寄生于声色犬马。人们传言，那句举世皆知的名言"我死后，哪管洪水滔天"，就是出自这位君王之口。

路易十五把毕生精力消耗在与女性的玩乐中。据史载，玛丽王后为路易十五生育下一堆孩子。但路易十五具有喜新厌旧不断追求新刺激的花花公子性格，拥有一长列情妇名单，诸如彭巴杜夫人和妓女出身的巴利夫人……路易十五与梅丽五姐妹的风流韵事也在法国民间广为流传。路易十五到晚年，愈老愈疯狂，在著名的鹿苑，同时包养着多名年轻貌美的女孩……

在路易十五的众多情妇中，最为著名的当属彭巴杜夫人。罗浮宫中陈列着弗郎索瓦·布歇的画《彭巴杜夫人》。画中的人物形象是：纤细优美的身躯着华贵服饰，娇嫩光泽的面部，双目炯炯"放电"。她侧身静坐于贵妃榻上，在典雅环境衬托下容光焕发……布歇的经典画面，使我们见识了彭巴杜夫人的丰姿倩影。

彭巴杜夫人9岁时，一个著名的女巫曾预言她会成为国王的情妇。一语成谶，继位后的路易十五果然被迷倒在彭巴杜夫人的石榴裙下。彭巴杜夫人与法国文化圈和思想界人士多有交往，她的沙龙成为当年法国上流社会的集聚地。彭巴杜夫人利用自己的特殊身份，为创立洛可可风格（原指用石块和贝壳装饰庭园，后引申为洛可可式布置或装饰）和扶持法国文学艺术的发展做出很大贡献。彭巴杜夫人很有艺术天赋，她擅长表演，尤其是拥有一副好嗓音，她在凡尔赛宫王室教堂旁边修建了两座剧院，并成立了一个剧团。她个人导演并主演的歌剧、戏剧和芭蕾舞剧有100多场。她资助过大量的宫廷艺术家，广为世人所知的有华图、布歇、法尔康涅等。彭巴杜夫人创建的塞夫勒瓷器厂推出的塞夫勒瓷器成为写字桌上的一种流行饰品，塞夫勒瓷器的经典粉红色因此就被叫作蓬帕杜尔玫瑰红。

罗宾·达维导演的《路易十五的情妇》，更使得彭巴杜夫人名扬天下。受到过彭巴杜夫人资助的伏尔泰，就称赞她为"有一个缜密细腻的大脑和一颗充满正义的心灵"。这话歪打正着，颇有了"家国不幸诗人幸"的意味。

真正让彭巴杜夫人在法国政治史上留下浓墨重彩一笔的是，她纤纤素手轻轻一推，将法国推进了灾难深重的"七年战争"。1756年欧洲大陆黑云压城，在奥地利王位继承战争中被普鲁士打败的奥地利急欲复仇，而普鲁士在其军事天才腓特烈大帝的统领下国力蒸蒸日上，使英国觉得有机可乘。英国不想看到奥地利哈布斯堡家族再度崛起而支持普鲁士，并缔结《白厅条约》。这就大大触犯了与英国争夺海外殖民地的法国的利益。奥地利女大公玛丽亚·特蕾西亚向法国抛出橄榄枝，试图促成针对英、普同盟的法、奥、俄同盟。就在路易十五举棋不定的时候，正是彭巴杜夫人的"枕边风"，使法国卷入了这场为期七年的战争。正是这场战争使法国签订了屈辱的《凡尔赛和约》，放弃了印度、加拿大、密西西比河东岸等几乎所有的海外殖民地。

于是"红颜祸水"的咒骂落在了彭巴杜夫人的头上。

狄德罗对彭巴杜夫人的盖棺定论更为苛刻："这个女人耗费了我们那么多的人力财力，没有给我们留下任何荣耀和力量，而且还破坏了欧洲的整个政治体系。除此之外，她还剩下些什么？一纸《凡尔赛和约》，会得到永远景仰的布沙东的《情妇》，会使将来的古董商们惊愕诧异的几幅盖伊创作的石雕，人们偶尔会看上几眼的出自范洛家族的一张精美画像，还有一抔黄土。"

1774 年 4 月 27 日，路易十五在打猎途中突然发病，高烧不退。在凡尔赛宫，十几名医术高超的御医围在病床前为国王诊断，在烛光下，人们看到国王脸上出现了红点，路易十五终究没能逃脱家族的噩运，还是死于天花。

茨威格在《断头王后》一书中，记载下路易十五的最后时刻：

> 既然肉体上的救治已经无望，那么就应该开始灵魂上的救赎。神父们坚决要求将国王身边的情妇遣走才能听国王的忏悔，虽然国王万般不愿，但是在死亡的面前他已经别无选择了。国王痛苦地和杜芭莉夫人（即彭巴杜夫人——责编注）作了最后的诀别，她也只能忐忑不安地躲到吕埃尔别墅中盼望奇迹的发生。
>
> 38 年来，这位国王从未向神父做过忏悔，他终于在人生的最

后一刻做了一次真正的忏悔。然而，这次忏悔仅仅花了 16 分钟的时间。直到这时，这位老国王依然没有以诚实真挚的心来忏悔自己的罪过以得到灵魂的救赎。教父们坚持，要让这位垂死的老国王在他的臣民们面前作最真心的忏悔，于是在第二天早晨，举行了庄严神圣的忏悔仪式。在王宫的台阶上站满了士兵……然后由枢机主教代替国王向他的臣民们宣告自己对所犯罪过的忏悔，这时国王奄奄一息地低喃着，如果我能够亲自说这些话该多好。

一切忏悔都来得太迟了。路易十五虽然"入土为安"了，但把一个动荡不安的政局留给了后继者，真正是"我死后，哪管它洪水滔天"。

日暮途穷的路易十六时代

南怀瑾在《老子他说》一书中，有一段对法国历史从路易十四到路易十六的概括：

> 法国的中兴英主就是自称为"太阳王"的路易十四，穷兵黩武之外，又加上穷奢极欲，建筑了名城凡尔赛宫等处。五六十年之间，传位到曾孙路易十五手里，在极度的豪华以后，不知"持而盈之，不如其已"，反而变本加厉，"揣而锐之"。因此给后代子孙——路易十六留下国债四十亿之巨。如此局面，当然不可长保。

路易十六的性格和命运，有点类似于我国明朝的崇祯皇帝朱由检。心比天高命比纸薄，想着拨乱反正力挽狂澜，却总是事与愿违做一些弄巧成拙适得其反的蠢事，成为法国历史上唯一的"断头皇帝"。

路易十六在登基伊始，也试图对举国怨恨的"旧制度"进行改革，以挽救国家危亡，曾有"激进改革家"或"忽然改革家"的名号。路易十六首先任用了 73 岁的老臣摩普，想借助老臣的"德高望重"和"老马识途"，帮助他理顺现存体制的混乱。但尝试一段时间后发现，墨守陈规根本难以为继。路易十六旋即启用有新思维的杜尔阁[1]。杜尔阁上任后，制订了一个宏大的计划，准备取消一切奴役，取消一切特权，让贵族和僧侣同第三等级承担一样的税率。这样的举措当然触犯了特权阶级的利益，于是遭到强烈的反对。路易十六只得走马换将，改由稳妥的马勒则柏来取代杜尔阁。然而，马勒则柏的改革措施仍然无法得到权贵阶级的认可。此后有内克、卡伦、布里益等人接连上阵，路易十六走马灯似的更换他的首相和财政总监。

　　路易十六王朝大臣的不幸，不是得不到路易十六的重用，而是被路易十六看中而委以重任。生逢乱世又面临积重难返的局面，任何大臣都力不从心回天乏术，难以做到在短期内施政见效。路易十六又是"耳根子太软"，常常为进言者所左右。于是，受命于危难之际的大臣，往往成为局面每况愈下的替罪羊。马迪厄[2]在《法国革命史》一书中写下这样的话语："路易十六牺牲了布里益如其牺牲卡伦一般，只好屈服而再起用曾被其撤职的内克。"

　　内克、卡伦、布里益都是路易十六王朝中经济改革的操刀手。最早是内克，因在《财政报告书》中如实披露了宫廷中奢

【1】 或译作杜各。

【2】 马迪厄（Albert Mathiez），法国历史学家。

侈糜烂的生活而遭到权贵阶层的群起而攻之。内克一怒之下在半寸宽的纸条上写了辞呈扬长而去，路易十六气得表示"永不起用"。接任的卡伦，在王后的"钻石项链案件"之后，毅然公布了一直被视为宫廷绝密的"财政预算报告"，人们惊奇地发现，他们的国王竟然在 12 年内债台高筑达 12.5 亿里弗尔。这一披露激起人们的公愤，于是把怒气撒在了奢侈无度的王后身上，称其为"赤字夫人"。卡伦起初的经济改革也是旧瓶装新酒，换汤不换药，"他将新设的官职出卖，实行改铸钱币，增加官吏的保证金，出卖王室土地，在巴黎四周多设税卡，令包税人根据未来所缴税款预缴"[1]。卡伦认识到，这样的"小修小补"无济于事，于是只能鼓起勇气硬干。1786 年 8 月 20 日，卡伦觐见路易十六说："倘使要保持国家的安全，零碎办法是无济于事的，必须将整个根基改造才可使之免于倾毁。……加税已不可能，老借债只是毁灭，单注目于经济改革是不够的。唯一可取的途径，唯一真能使国家财政上轨道的方法，就是清除国家组织中的一切有害的东西，始可使国家有生气。"卡伦要动真格的举措，当然触犯到权贵集团的既得利益，于是，权贵集团利用改革中的一次股市失误，"卡伦也被牵涉在内，因而特权阶级不费大力便制服了这位要改革的大臣"[2]。再其后就轮到了接任的布里盎。布里盎下令，凡请愿书、收据、通启、新闻纸、张贴等都要贴印花，首先是巴黎法院，继而是财务法庭和捐税法庭都拒绝执行这一命令；布里盎要取消印花税及土地税，

【1】 马迪厄《法国革命史》上卷，第 28 页。

【2】 见马迪厄《法国革命史》。

法院则允许延长两种什一税为补偿，其征收系"无任何特免或例外"；布里盎要求高等法院允许举债4.2亿里弗尔，又是石沉大海迟迟没有回音；布里盎是各种方法都用尽了，如动用伤兵院的基金，医院及救济遭灾难民的捐款，宣布贴现金库钞票强制行使等，最后黔驴技穷的布里盎不得不停止国库付款。布里盎使尽了浑身解数，最终还是惨败了。

1787年，路易十六召开"贵人会议"，试图向权贵阶级征税，将希望寄托于贵族们与国家共渡难关，主动放弃自己的一些特权和利益。这无异于与虎谋皮。马迪厄在《法国革命史》中说："路易十六不过是依照已有的传统而已。倘然他要真正的改革，便非和特权阶级发生生死冲突不可。只要一和他们接触，他便退缩下来。"

茨威格在《断头王后》一书中这样写道：

> 财政大臣们只能提出一些治标不治本的方案，如借新债还旧债，加大赋税，印刷纸币等。然而，真正的矛盾是财产的不合理分配，极少数望族支配着绝大多数的财富。
>
> 惶恐不安的宫廷终于意识到更换大臣是标，改变现有体制才是本。此时必须有一个在人民心中享有声誉的人来力挽狂澜。

就是在这样犹豫不决的走马换将过程中，路易十六丧失了一次次以改革阻止革命的时机。

在政治上，路易十六在依靠贵族阶级还是依靠平民阶级上举棋不定。他起先寄希望于贵族阶级的支持，在走投无路的情况下，路易十六被迫召开吸收更多第三等级的人参加的三级会议。1789年的5月5日，三级会议在凡尔赛宫如期召开。刚开始，当国王走进会场时，全场热烈鼓掌，国王表示了希望能够在现有的体制和程序内解决问题的愿望。这次会议，第一、二等级的代表各有 300 人，第三等级的代表是 600 人。参加会议的各个等级抱着不同的政治目的。会议一开幕，三个等级间就展开了激烈的斗争。斗争的焦点首先表现在表决的方式上。特权等级主张按照惯例以等级为单位进行表决。这样他们有两票，而第三等级只有一票。第三等级则要求以每个代表为单位表决，形成会议上的多数。由于达不成一致，第三等级的代表于 6 月 17 日宣布成立代表全体人民的"国民议会"。路易十六迫于特权等级的压力，于 6 月 20 日下令封闭国民议会的会场，国民议会的代表就在一个网球场开会，宣誓"不制成宪法，会议绝不解散"，这就是著名的"网球场宣言"。路易十六起先倾向于赋民众以制宪和选举的权利，但是看到风起云涌的民众被发动起来演变为一场风暴时，路易十六"叶公好龙"，他一反初衷，陆续从各地调集军队，以此威慑民众。双方发生了激烈冲突。7 月 14 日，人民群众攻占巴士底狱，以此为标志，革命正式爆发。南怀瑾如是评价："路易十六明知危殆，始终没有大刀阔斧的改革魄力，甚至还要矢上加尖。终至'金玉满堂，莫之能守。富贵而骄，自遗其咎'。"

马迪厄在《法国革命史》一书中，做出这样的总结："在 1787 年 5 月间，当王室威望尚未完全损坏时，若能自动召集三级会议，无疑可以巩固路易十六的权力。特权阶级也会作茧自缚。资产阶级会了解改革诺言是有诚意的。可是路易十六及宫廷都害怕三级会议……遂使最后避免革命的机会错过了。"

茨威格在《断头王后》一书中，对路易十六做出这样的评价：

> 路易十六做任何事情都要慢半拍，纵使已经规划、准备得很好，只要涉及实施，他就总要有一个长时间的缓冲。在他的血液

中流淌着一种难以克服的惰性，这样的迟钝让他如何担当得起这样一个显赫的国家大业。仿佛任何情感与感官都没有办法刺激到他，即使在上断头台的前夜，他也不曾失眠和茶饭不思。他那高度近视的双眼中，好像从来没有过什么波澜，他不会恐惧也不会生气，只有锁匠活和打猎能够唤起他的热情。

要让这样一个人在那么关键的政治变动中去扮演主角，实在是有失公平。

伏尔泰认为：只有"伟大人物"能够保证人类文明的进步，君主才有力量治理国家、完成改革、促进社会发展。路易十六确实担当不起沧海横流时期的"伟大人物"，他也许仅是一个技艺超群的"锁匠"。

早在路易十六还是王储时，就已显露出锁具研究方面的天赋。他曾在凡尔赛宫里专门建造了一间全法国最高级的五金作坊，在这间面积近百平方米的房间内，挂满了各种工具。为制造最复杂、最精美的锁，他特意高薪聘请了民间著名的铜匠加曼，后者甚至可以自由出入他的寝宫。当上国王后，路易十六更是被四处冒烟八方起火的政局搞得焦头烂额心烦意乱，他把到自己的五金作坊里与各式各样的锁为伍看作是一种逃避，也成为他的一种寄托。路易十六制锁的水平很高，他的锁极富创意、形状各异，几乎每一把都是一件艺术品。他曾把锁制成活泼可爱的鲤鱼、松鼠或鸭子形状，扭动"松鼠"的钥匙，"松鼠"会频频点头，摇尾乞怜。有一把"蝾螈"锁，把钥匙插进后转动三圈，"蝾螈"的嘴中就会喷出水来。为迎合国王嗜"锁"如命的爱好，人们纷纷用各种各样的锁来巴结国王。在一次为庆祝王子出生的游行中，有人甚至抬出了一把特制的"大锁"，当人们打开"大锁"的门，竟从里面走出一位可爱的"小王子"，这让路易十六龙颜大悦，命令手下将自己制作的锁赏赐给游行者。据说路易十六的开锁技巧十分高超，可以在锁芯弹回的零点几秒内拧开锁。他曾经制造了一把他最得意的锁，收藏国家财务和镇压革命军等的绝密文件，他认为世上没有其他人能打开它。在路易十六被囚禁后，人们为了审讯他，找到了这个箱子，由于锁极为精密而箱子又十分牢固，万般无奈之下只能请来加曼打开了锁。

封建的政治体制硬是把王冠戴到了路易十六的头上。这个"制锁能匠"，终究没能打开路易十四留给后辈的这把乱象纷呈的"国锁"。

马迪厄在《法国革命史》一书中说：路易十六"甘愿屈服于裙带的控制，在改革派和腐化派之间举棋不定，总在为人家的意见所左右。尤其是在精神上日益宰制于他的王后的意见。他这左右不定的政策使得一般的不满情绪更趋严重。"

马迪厄在《法国革命史》一书中这样描绘路易十六的王后：

> （玛丽·安托瓦内特）是一个美丽、轻率而喜欢卖弄风姿的女人，她只知不顾一切地去享乐。在歌剧院的舞会中，可以看见她在那儿毫无顾虑的狎昵举动，而她的冷淡的丈夫却留在凡尔赛。就是名誉最坏的廷臣如洛宗或艾斯特哈稷等的殷勤，她也接受。有人以为俊美丰姿的王家瑞典卫队长腓森是她的情人，并非无因。

1786年，斯特拉斯堡造币厂铸了一批金路易，在国王像上加了一个角，暗喻国王被戴上了绿帽子，以此隐喻王后的不贞。

法国著名的历史学家马迪厄，也把波旁王朝的亡国罪责推到了一个女人身上。

茨威格在《断头王后》中对玛丽·安托瓦内特心理逻辑的诠释是：

　　　　对于玛丽·安托瓦内特来说，她没有一个正常的夫妻生活去维持，也没有过一个孩子可以教育，对于一个女人来讲最重要的两个角色她都没有办法扮演，那么就只好无所顾忌地享乐了。

　　　　……王后是凌晨四五点钟才上床睡觉，等到她醒来的时候都已经日上三竿了。她的起床仪式颇有阵势，由几个女侍来服侍她梳妆打扮，她会挑选每天要穿的衣裙。她的服装都要按照参加活动的不同分类，并且还要时时更新。这样一个引领时尚的王后，怎么可能老是穿同样的衣服呢？她的配饰更是多种多样，从紧身胸衣到佩戴的帽子披肩，宫廷女缝纫师们整天都忙着为这位时髦的王后赶制衣物配饰。

　　　　在穿衣打扮以后，玛丽·安托瓦内特每天早上要做的第二件事就是修饰头发。每天早晨，一位极为出色的专业发型师莱奥纳尔来为她打理。他乘坐马车从巴黎赶到凡尔赛，变着花样为王后设计发型。在他的一双巧手下，只需要用发油、梳子和毛巾就能在贵妇们头顶上，高高耸起各种有可能出现的形状：水果、花园、房屋、船只，甚至能够表现出当天发生的大事的场景。就连国王接种天花也能够流行出"感染式头饰"，老百姓们因为饥荒抢劫面包店时则用"暴动式头饰"来记录这件大事……这样累赘复杂的时尚在莱奥纳尔的手下继续流行着，直到第二年昂贵的鸵鸟羽毛头饰替代了这些脑袋上的高楼大厦。

　　　　做完头发以后，玛丽·安托瓦内特每天都会尽职尽责去做的第三件事就是挑选首饰。王后的首饰怎么能比别人的小，款式怎么能比别人的旧？虽然她从维也纳带来的嫁妆就有很多精致的宝贝，而且路易十五在她结婚时还送给了她一盒祖传的宝贝，但作为一个王后，怎么能不时时更新自己的首饰库……她为买首饰而债务累累。

连她的母亲特蕾西亚女王都忧心如焚地写信劝说："你竟然能以 25 万里弗尔的高价来买手镯,让自己陷入债务累累如此狼狈的困境,我实在为你的未来感到忧心。在老百姓还在受苦受难的时候,你作为一国之母这样挥霍浪费,我实在看不下去了。"此后就发生了"钻石项链事件",掀起一场轩然大波。

玛丽·安托瓦内特其实是一个小女人气质十足的人,她很愿意在男人身边做一个相夫教子的贤妻良母。但是在结婚头几年,她性无能的丈夫却没法满足她简单的"享受人生",她无论在感情上还是在生理上,都渴望找到一个情感宣泄口或精神寄托处,为保持贞操她不能到男人中寻找,只好把剩余精力用于生活享受上。

这样一个牺牲于政治的可怜女子,却承担了身后几百年的骂名。

路易十五是毁于彭巴杜夫人,路易十六又是毁于"赤字夫人"玛丽·安托瓦内特。鲁迅对几千年来道学家们奉行的"红颜祸水"的封建伦理观给予了辛辣的嘲讽:"中国的男人,本来大半都可以做圣贤,可惜全被女人毁掉了。商是妲己闹亡的;周是褒姒弄坏的;秦……虽然史无明文,我们也假定他是因为女人,大约未必十分错,而董卓可是的确给貂蝉害死了。"怎么在"女人是祸水"这点上,观念意识相去甚远的东西方却是如此一致地"殊途同归"?

马迪厄在《法国革命史》一书中,有这样一番深刻的论述:"假如国王不是路易十六,另换上一个人,能够挽救这个王朝吗?""波旁王朝在剥夺封建贵族的政治权利之后,务必以滥施经济利益来给予他们补偿。"这成为一个规律。犹如赵匡胤的"杯酒释兵权"之后,总要以其他方式给予经济上的满足。滚滚前行的历史车轮的强大惯性，不是任何人的主观意志可以逆转的。

法国思想家巴吕埃尔认为："路易十六统治 16 年，他颁布了不少赦免救令，而未曾批准一个人的死刑。这不是一个暴君的统治"，"为了有利于民众，他取消了劳役。为了有利于犯罪者或被告，他取消了酷刑"，"对于穷人而言，他具有同情心并且慷慨大方。"按照巴吕埃尔的看法，路易十六不代表旧制度和专制主义，不应成为革命的对象。

在庆祝法国大革命 200 周年的庆典上，法国总统密特朗表示："路易十六是个好人，把他处死是件悲剧，但也是不可避免的。"

政治事件的演变，无关个人的道德品质。孟德斯鸠认为："专制的国家内只有革命。"孟德斯鸠分析了专制与革命的关系：为何"专制政体需要畏惧"？因为在专制政体之下，"那些有强烈自尊心的人们，有可能在那里进行革命，所以就要用畏惧去压制人们的一切勇气，去窒息一切野心。"

不改变专制，那么只有引发革命。

凡尔赛宫的日薄西山

我们旅游团一行，走出凡尔赛宫时已经是日暮时分。金碧辉煌的宫殿沐浴在落日的余晖中，昭示着这一切很快就会淹没在黑暗之中。

茨威格的《断头王后》一书，在"凡尔赛的最后一夜"一章中写道：

惊慌失措的国王站在那里，一脸恐惧。距离人民部队攻入凡尔赛宫还有两个小时，他们还能有时间作决策。一位大臣建议国王应该骑上战马带领军队去战斗；保守派则认为国王和王后应该立刻离开皇宫，前往朗布依埃。

　　但此时的路易仍然犹豫不决。

　　下午两点，宫殿的大门敞开。一辆巨大的六马马车拉着国王、王后以及他们的孩子永远地离开了凡尔赛宫。

　　路易十六的犹豫不决丧失了最后的一丝活命机会，革命一旦启动，就像一个无法控制的大球，不可阻挡地向坡下滚去，把一切碾得血肉模糊玉石俱焚。

　　路易十六与他的王后和孩子们被挟持回巴黎后，先是被软禁在久已废弃的杜伊勒里宫。此后，新成立的革命市政府认为国王一家很容易从杜伊勒里宫逃走，所以决定把他们囚禁到圣殿塔。圣殿塔是巴黎历史上的一座中世纪堡垒，戒备森严，是囚禁要犯

凡尔赛宫的花园

的一处理想监狱。1792 年 8 月 13 日，路易十六一家被从杜伊勒里宫押解到圣殿塔。茨威格写道："人们在这里三天却走过了一条漫长的路。从绝对君主制过渡到国民议会，用了一个世纪的时间；从国民议会到宪政制用了两年的时间；从宪政制到杜伊勒里宫则花了一个月；而从袭击杜伊勒里宫到囚禁国王只用了三天。不久后，就是路易十六的死期。"

国王被带往圣殿塔的途中，获胜的群众想要看看他们曾经的国王以及那个高贵的王后被遣送入狱的场景，于是马车特意慢慢地绕了半个城，总共花了两个小时。马车还特意前往旺多姆广场，让路易十六看到被人们砸碎的路易十四的雕像。人们想让他知道，这次倒下的并不仅仅是他一个人，而是他的整个家族。

也是在这个晚上，断头台从一个监狱的院子里被移到了革命广场[1]。这一改变十分具有挑衅与威胁的意味。从 8 月 13 日起，掌控法兰西民族的将不再是国王，而是恐怖！

路易十六喜爱机械，有一次他发现断头台的刀是直的，认为效率较低，便将其改为三角形。他可能万万没有想到，他的这一改进，会用他与王后的头颅来做试验。

1793 年 1 月 21 日，法国巴黎革命广场上人潮汹涌，气氛是那么地欢腾、激昂。国王路易十六被押上断头台，在人民的欢呼中，人头落地！不过，路易十六直到临死前，仍坚称自己无辜。他是在早上 10 点被士兵押来这里的，手臂被反绑在背后走上断头台。这时，路易十六发出生命的最后声音："我清白地死去。我原谅我的敌人，但愿我的血能平息上帝的怒火。"

【1】 即今协和广场。

还有一个细节需要补充：当路易十六早在未继位时，在旁人的引见下结识了《英国史》的作者休谟。路易十六很喜欢休谟的这部史书，他认真阅读了英国民众反抗查理一世并且将其处死的历史，想着以史为鉴进行改革。然而，路易十六还是重蹈了查理一世的覆辙。

　　这正应了一句我们耳熟能详的话：死都不知道自己是为什么死的。

协和广场：

演绎革命的历史大舞台

广场摆上嗜血的狂欢盛宴

终于来到了法国巴黎的协和广场。

协和广场位于巴黎市中心、塞纳河北岸，是法国最著名的广场。雨果的《九三年》、马迪厄的《法国大革命》、托克维尔的《旧制度与大革命》等传世名著无数次把历史的长聚焦镜对准它。

协和广场始建于 1755 年，由当时供职于路易十五宫廷的皇家建筑师卡布里耶设计建造。工程历经 20 年，于 1775 年完工。卡布里耶不愧是大手笔，出手不凡地为协和广场设计了一个长 360 米，宽 210 米，总面积 8.4 万平方米的八角形广场的雏形。协和广场原名为"路易十五广场"，广场中心耸立着由雕塑家布夏荷东雕塑的路易十五的骑马雕像。广场从来都是专制体制的象征，展示着集权统治的庄严和皇权至高无上的威慑。1789 年法国大革命时期，作为推翻皇权的象征，路易十五的雕像被革命民众推倒，在那高矗的基座上架起了断头台，广场被易名为"革命广场"。国王路易十六及玛丽王后就是在这里先后被送上了断头台。杀戒一开，血流成河，前后有数万人在此身首异处。有个传说：当年由于这里的血腥味道太浓，以至于牛群从这里经过时都戛然止步，改道绕行而去。此后直到1795年广场重建，易其名为"协和广场"，大概是对血腥暴力革命的"痛定思痛"，取"和谐、宽恕、包容"之寓意。1814年法国王室复辟，改回"路易十五广场"。1826年为追思怀念在此丧命的前国王，又更名为"路易十六广场"。1830年，路易·菲利普时代它又重新恢复协和广场之名。协和广场是历史凝集成的壮阔画面。

"山围故国周遭在，潮打空城寂寞回。"协和广场演绎了一幕幕"城头变幻大王旗"的大历史剧。法国的"协和广场"并不协和，向世人展示的是法兰西历史中一段"血染的风采"。

雨果的《九三年》一书，对当年协和广场上的"红色恐怖[1]"做了这样的描述：

> 那个含义不明的嫌疑犯治罪条例（此条例颁布于1793年9月17日，范围极广泛，凡主张温和宽容，甚至态度有些暧昧者，都列入嫌疑犯，可以立即逮捕，并不经审判即刻送上断头台），使得断头台的影子笼罩在每个人的头上。一个名叫舍朗的律师被人告发了，他穿着睡衣和便鞋，在窗口上吹着笛子，等待人家来逮捕他。
>
> 保王党的歌曲作家比杜（保王党人，专门创作攻击革命的歌曲）被群众嘲骂，因为他一说到"爱国精神"字样时就拍屁股，他被革命法庭传讯。他看到自己的头有落地的危险，他叫道："可

【1】 红色恐怖（Red Terror），指法国大革命最后六周的雅各宾派恐怖统治。

是犯罪的不是我的脑袋而是我的屁股呀！"

人们拉着手围成大圈子跳着和唱着"加马诺勒"（1793年间十分流行的一首革命歌曲。群众在断头台执行死刑时特别爱唱这首歌。民众围成一个圈子，一边唱一边跳）。跳舞的人不叫作"男伴"或"女士"而叫作"公民"和"女公民"。

还有吴朗，每逢断头台杀人的日子，他从来没有缺过一次席，他跟在囚车后面走，他说这是"去参加红色弥撒"。

马迪厄在《法国革命史》一书中写道：

以嫌疑犯法令和救国委员会集权体制为特征，包括改组革命法庭、在巴黎和各地设立断头台、由革命委员会决定嫌疑犯身份、中央特派员在各地方和军队中拥有一切大权、无套裤汉[1]在政治生活中地位十分显赫、各革命团体对敌斗争的加强等等，是政治恐怖的主要内容。作为其代表的是1794年6月10日的牧月法令。根据该法令，取消了预审制和辩护人，惩罚办法一律定为死刑，在审判中如缺乏物证，可以按"意识上的根据"和内心观念去进行推断和判决。牧月法令的实施使恐怖严重扩大化了。据统计，在整个恐怖时期，大约有30万到50万人被当做嫌疑犯关入监。

夏多布里昂[2]的《墓中回忆录》一书，有这样的文字：

雅各宾派曾想对于国民的道德进行手术，杀死所有者，转移他们的财富，改变风俗习惯与信仰。

共和派不应该有爱情、忠诚和对于祖国的崇敬。

雅各宾派将他们所怀疑的温和主义者或人道主义者一律驱逐。

监狱到处关押着法兰西的所有者，断头台的刀昼夜不停地落

【1】 法国大革命时期对城市平民的称呼。

【2】 夏多布里昂（1768—1848），法国作家。

下……80岁的老者、16岁的少女、父亲、母亲、姐妹、兄弟、孩童、丈夫、妻子皆被他们处死，他们的鲜血流淌在一起。

我能够给予野心家、革命的支持者们以一个较好的忠告。告诉他们自古以来，对于参加革命者而言，革命的唯一出路就是坟墓。

雅各宾派中最为激进者以埃贝尔和肖梅特为代表。埃贝尔疯狂宣称："断头台是极其美妙的国民的剃刀"，"神圣的断头机帮助我们砍掉一切恶棍的脑袋。"埃贝尔极力推崇死刑，1794年发表更为激烈的言论："我既不能宽恕最大的商人，也不宽恕出售胡萝卜的小贩"，"我发现小摊点和大商店同样背信和欺诈"，把恐怖政策从政治领域扩大到经济领域。

圣茹斯特在国民公会上肆无忌惮地宣布："我们不仅要惩罚叛国分子，而且要惩罚一切对革命无动于衷的人"，"法国大革命的航船，只有通过鲜红的血海才能到达彼岸。"

路易－菲利普在《回忆录》中回首这段往事："革命之初，马拉的《人民之友报》、埃贝尔的《杜歇老爹报》以及其他类似的报刊不停地重复：如果不完全彻底地消灭一切敌人，自由在法兰西便无法巩固"，"必须牺牲20或30万人，这些人是新秩序的敌人"。

1793年，这是一段使人心惊胆战的"红色恐怖"时期。"脑袋瓜子像石头一般地落下"。当时，在大革命精神的感召下，几天之内虐杀尽关在监狱里的僧侣贵族1500多人，连十二三岁的孩子也不放过。据写《法国革命史》的马迪厄统计："自新9月23日至新11月8日，短短一个半月的时间，革命法庭判处死刑者1285件，开释者仅278件。牢狱虽经出空，可是填满得更快。新 9 月 22 日时，巴黎所禁囚犯为 7321 人；到新 11 月 10 日时，达到 7800 人。解赴断头台者，迅速地一批接着一批。狱中侦探只要微有所闻，即可任意列出所谓阴谋家的名单，将其推上断头台。"

然而这种"盛况"并没有维持多久。雨果在《九三年》中写道："过分的杀戮刺激了一般民众的良心。成群结队观看屠杀的场面很快过去，现在当可怕的刑车在街上走过时，沿途店铺都关闭了店门。断头机的位置也从革命广场迁移到了郊外的特朗门。"

雨果还写道："治安委员会是只令人生畏的大章鱼，它有两万二千只被称之为革命委员会的手臂布满法兰西全境。"

梅斯特尔在《关于法兰西的片断》一书中，对法国大革命持全盘否定的态度。他说："它是彻底的错误，观察家们在其中看不见任何善良，这是人们所知道的最严重的腐败，这是完全彻底的道德败坏"，"法国革命是某种不可解释的妄想、盲目狂热、对于人们所尊重的一切的可耻的鄙视，一种崭新的残酷"，"大革命是一种造反的全国性的巨大罪行"，"法国革命有一种魔鬼的性质"。梅斯特尔并且断言："我们的子孙将不会经受我们这样的痛苦，他们将要在我们的墓地上跳舞，笑我们当时的无知。"

圣鞠斯特在《共和国制度论》中写下这样的文字："革命已冰冷了，一切原则都衰弱了，只看见戴红帽子的阴谋家。恐怖政策的执行麻痹了罪恶，正如烈性酒麻痹了口腔。"

雨果说："革命是一架嗜血的机器，它靠吞噬生命维持生命。"正是在这一革命逻辑的支配下，一代一代革命者的血肉之躯如同扑火的灯蛾成为红色殉道者。

撒播民主，收获专制

雅各宾党人无疑是法国大革命中"红色恐怖"的操刀手。

1789年6月，"布列塔尼俱乐部"在凡尔赛成立。10月6日，该俱乐部迁入巴黎，改称"雅各宾俱乐部"，参加者称雅各宾派。雨果在《九三年》中，把法国大革命中雅各宾派专政时期的三巨头罗伯斯庇尔、马拉、丹东称为"地狱里的三个判官"。书中三个人有一段关于"民主与独裁"的对话：

> "我们所需要的，"马拉突然叫道："是一个独裁者。罗伯斯庇尔，你知道我希望有一个独裁者。"
>
> 罗伯斯庇尔抬起头："我知道，马拉，不是你就是我。"
>
> "不是我就是你！"马拉说。
>
> 丹东在齿缝里咕噜说："独裁，试试看！"
>
> 马拉看见丹东皱起了眉头。
>
> ……………
>
> 马拉："……丹东，我同意你这一点；罗伯斯庇尔，这一点我向你让步。好，那么，结论是：独裁。让我们采取独裁的办法。我们三个人代表革命。我们是塞卑尔[1]的三个头。这三个头中一个是说话的，那就是你，罗伯斯庇尔；另一个怒吼，那就是你，丹东……"
>
> "还有一个咬，"丹东说："那就是你，马拉。"
>
> "三个头都咬。"罗伯斯庇尔说。

在雅各宾派的执政时期，这个"三头政治"中，马拉代表"左派"，丹东代表"右派"，而罗伯斯庇尔则是"允执厥中"。

马拉曾是一名物理学家和医药博士，由于反对当年法国的集

【1】 塞卑尔（Cerberus），希腊神话中看守地狱大门的三头怪犬，或译作刻耳柏洛斯。

巴黎街景

权专制，积极投身于政治活动。早在 1774 年发表的《奴隶制的锁链》一书中，马拉就表达着这样的观点："大城市里，仅有两个公民阶级：一贫如洗者与大腹便便者，前者完全无力自卫，后者到处进行压迫。"马拉在两个严重对立的阶级中以贫民的代表自居。1789 年 9 月，马拉创办了影响力极大的《人民之友》报，这份报纸在法国大革命时期，几乎每天一期，有时甚至一天两期。马拉为底层民众说话，在上面发表抨击时政的犀利文章，号召"不停顿地反对社会敌人"，以革命铲除新的权贵，为 1789 年 10 月 5 日的巴黎群众的再次起义吹响号角。马拉因此被称之为"人民之友"。

丹东还在学校时，因敢于反抗学校领导，被称为"共和分子"，在他的身上充满着反叛精神。丹东因善于雄辩，被称为"平民中的米拉波"，即平民演说家。雅各宾俱乐部在开除布里索后，选举丹东担任了俱乐部主席。

　　罗伯斯庇尔的传记作者布卢瓦佐如此评价罗伯斯庇尔："理智上他希望立宪政府，而事实上他建立了一个革命政府。"罗伯斯庇尔公开宣称："革命政府的目的在于奠定共和国。"他始终持一种反对专制独裁的态度。王养冲等选编的《罗伯斯庇尔选集》中记载下他这样的话语："如果专制政权依然存在，即使那个被称作国王的幽灵消失了，又有什么用呢？""我看到了所有专制政权中最难忍受的一种专制政权，不管这个专制政权只有一个头，或者七百个头，它总是专制政权。""如果不是专制暴政使自然和法律离开了宝座，而让某些人登上宝座又会是什么？"

　　雅各宾俱乐部的正式名称为宪法之友社，就是一个如此推崇立宪追求民主共和的组织，在执掌政权后，竟一致得出专制独裁的结论。

　　发动革命的目的或曰口号，无疑是自由民主。然而，革命往往采取的是非民主的暴力手段。用暴力手段获得的政权必然要用暴力维持，于是，革命的手段成为目的，武器的批判成为批判的武器。法国大革命颁布的《人权宣言》，以美国独立宣言为范本，从18世纪的启蒙学说和自然权论出发，宣布：自由、财产、安全和反抗压迫是天赋不可剥夺的人权；言论、信仰、著述和出版自由；人民主权、代议制和三权分立；法律面前人人平等、罪行法定主义和无罪推定；私有财产神圣不可侵犯等，几乎囊括了现代民主的一切内容，然而最终导致的却是一连串的专制独裁。

　　马迪厄在《法国革命史》一书中，描述了革命初期罗伯斯庇尔等人对专制独裁的态度：

巴巴卢接受罗伯斯庇尔的挑衅。为着要证实罗伯斯庇尔之确曾鼓吹独裁，他引证在暴动前几天他和巴尼的谈话："公民巴尼曾向我们指出，罗伯斯庇尔是个有德行的人，应该做法国的独裁者。"这奇异的证据使议会全场哄然。巴尼反问巴巴卢："根据什么他能推论出这么一条罪状？有谁做证？"累伯基打断他说："我，先生。""我不承认你可做证，你是他的朋友。"巴尼答复他，仍接着说："真怪！在爱国者感觉生死存亡威胁之时，我们所唯一注意的，所唯一考虑的是围攻杜伊勒里宫，当时我们深深地感觉自己力量不够，还能想到独裁制吗？……当我们相信时时刻刻巴黎会被屠杀之时，我还能考虑到建立一个独裁权力吗？"

　　马拉要发言。……他立即讲到关于斥责独裁制一点，他自己服罪，以与其果敢相等的灵巧急于先把罗伯斯庇尔及丹东撇开。"我应当坦白宣布，我的同僚们，尤其是罗伯斯庇尔、丹东及其他许多人，始终在反对设立特殊政权或独裁制的主张。倘若有人犯着宣传此类主张的罪，那便是我；我相信我是第一个主张以武人政权、独裁者或三头政治为制伏叛徒及阴谋家之唯一方法的人。"

　　看来，即使任何心中想着专制独裁的人，也只能假革命之名义，"挂着羊头卖狗肉"。只有马拉是个异数。他敢于不隐瞒自己的观点，哪怕是因此而成为"众矢之的"。而马拉也是"以身试法"，为专制独裁主张付出了自己的生命代价。

　　托克维尔在《论美国的民主》一书中说："我们被投入一条大江的急流，冒出头来望着岸上依稀可见的残垣断壁，但是惊涛又将我们卷了进去，推回深渊。""在欧洲的任何国家，（革命）都不曾像在法国这样迅猛激进。但是在法国，这个革命通常是任意进行的。""国家的首领从来没有想过对于革命做些准备工作。""国内最有势力、最有知识与最有道德的阶级，根本没去寻求驾驭革命的方法，以便对它进行领导。因此，任凭民主由其狂野的本能去支配。""民主掌权之后……人们把它崇拜为力量的象征。"

托克维尔无法容忍雅各宾派的专政，认为1793年的制度不是民主社会的典型。他强烈地批评了罗伯斯庇尔与国民公会，认为是他们的统治引发了民众的骚乱与政府的强制。他在《旧制度与大革命》一书中说："一个比大革命所推翻的政府更加强大、更加专制的政府……重新夺得权力并且集中全部权力，取消一切自由，只留下空洞无物的自由表象……取消了国民的自治权……取消了思想、言论、写作的自由。"

追求自由民主宪政的"革命"，却身不由己地必然导致比封建主义更为严酷的"专制"！

播撒的是龙种，收获的却是跳蚤。

呼唤"红色恐怖"的马拉死于恐怖刺杀

罗伯斯庇尔、马拉、丹东组成的雅各宾派的三头怪兽，犹如那则猎狗、天鹅、梭鱼共拉一驾车的俄罗斯寓言，各唱各的调，各拉各的套，永远也不可能心往一处想劲往一处使。专制政治的权力金字塔结构，注定了人们对塔尖的觊觎是你死我活的争斗。

雨果在《九三年》中生动描绘了革命阵营内"窝里斗"的情景，写了这样一个意味深长的细节：

> 塔尼曾对莫摩罗说："我希望马拉和罗伯斯庇尔在我家里吃饭时互相拥抱。"
>
> 莫摩罗问："你住在什么地方？"

"在查朗东[1]。"

莫摩罗笑："如果是在别的地方我倒要奇怪了。"

天无二日，国无二主。罗伯斯庇尔与马拉正应了那句老话：一山不容二虎。"勇略震主者身危，而功盖天下者不赏"，这种悲剧现象在专制政治的历史中不断重演。在专制体制下，我们所能看到的全是"零和博弈"：你赢就意味着我彻底完蛋，我赢后为了巩固胜利果实，就得"斩草除根"以绝后患。在专制政治的博弈中，不存在"双赢"，只有"赢家通吃"，或者是全得，或者是全失，没有其他选择。

雨果在《九三年》中，描述了罗伯斯庇尔与马拉之间的相互攻讦：

> 马拉："我是人民的巨眼，我躲在我的地窖的深处注视着一切。对的，我看见，对的，我听见，对的，我知道。一些微小的东西就能叫你满足。你崇拜你自己。……罗伯斯庇尔梦想将来的历史会对他在立宪议会里穿着一件橄榄色长礼服和在国民公会里穿着天蓝色的短礼服的事实感兴趣。他把自己的画像挂满了他的房间的墙上……"

> 罗伯斯庇尔用一种比马拉的声音更冷静的声音插进来说："你呢，马拉，你的画像在所有的阴沟里都挂满了。"

当年，法国大革命的现实是，在把教堂神龛里上帝的圣像砸烂之后，又摆进了革命领袖的塑像。

在相互的攻讦中，威吓的话语满场乱飞，你来我往，就像火灾中的火星一样。……一个声音说："处死马拉！"——马拉说："马拉一死，巴黎就不再存在；巴黎消灭，共和国也就灭亡了。"

【1】 即疯人院。

当两人最终"尿不到一个壶里"彻底吵崩了的时候，雨果在书中用了一个隐喻："马拉决断地说：'我说，丹东不行，罗伯斯庇尔也不行。'说完，他向两人行了一个不祥的告别礼：'永别了，先生们！'"

这里一语双关。马拉在走出这个门后就再没有回来。

马拉关于建立"革命专政"的思想贯彻始终。1792年9月25日，马拉在国民公会宣称："我是第一位政治作家，可能也是法国自革命以来唯一的作家，我建议以一个军事长官、一个独裁者、三头政治去制服叛徒和阴谋家。"马拉主张"必须通过暴力来建立自由"。马拉鼓动民众"只有暴力能使自由获胜与保证公共安全"，民众必须"砍下贵族的拇指与割掉教士的舌头"。马拉坚定地反对"温和主义"，他在《人民之友》上写道："本来，砍掉五六百颗头颅就可以保证你们的安宁、自由和幸福，但是，一种虚假的人道主义束缚了你们的双手，阻挡你们挥出拳头，而这将要用你们成百万个兄弟的生命作为代价。只要你们的敌人取得一瞬间的胜利，你们的血将会流成河"，"为了预防如此的血流成河，我坚决主张必须流淌几滴血"。马拉甚至在日记中提出：为了人类的幸福，什么时候应该每天砍掉5万颗人头，什么时候应该每天砍掉27万颗人头！1793年4月，马拉当选为雅各宾俱乐部主席，他上任伊始，立即下令逮捕国民公会中的"革命敌人及所有嫌疑分子"，成立公安委员会，开始着手清洗反对派。在雅各宾俱乐部执政期间，大约有40万人被送上断头台。断头台来不及处死人时，就使用水淹、火烧、枪毙、集体炮轰。因而，马拉在赢得"人民之友"的称号同时，还有"嗜血者""恐怖的教士"的贬称。

最为激进主张革命专制的马拉，最早死于恐怖主义的暗杀下。

马拉曾说过这样一句话："使用匕首足以制服国内的敌人。"一语成谶，马拉果真是倒在了匕首之下。

1793 年 7 月 13 日，一个叫科尔黛的 24 岁的女子要求马拉接见。当时马拉正泡在浴缸里。马拉为了躲避反动分子的迫害，长期在地窖里工作，因此染上了严重的风湿病。为了减轻病痛，马拉每天有几个小时不得不泡在药液中坚持工作。起初，科尔黛的要求遭到拒绝，她声称自己带来了重要的情报——阴谋推翻雅各宾派的冈城吉伦特派人员名单，必须马上提供给马拉。于是，马拉接见了科尔黛。马拉显然是很兴奋地看着名单，说："很好，几天之内，我就会将他们全部送上断头台。"这时，科尔黛突然抽出一把尖刀，刺进了马拉的胸部。马拉沉进水中，喷涌而出的血染红了浴缸。

路易·大卫传世的世界名画《马拉之死》，把这一转瞬即逝的场面凝固在历史的时空。

刺杀发生后，6 名警察立即对科尔黛进行了审问。科尔黛大义凛然地说："我从冈城来这里的唯一目的就是刺杀马拉。"科尔黛还说："我知道他正在使法国走上邪路。我杀了一个人，但拯救了千万个人。在革命之前我就是一名共和主义者，我从未动摇过。"科尔黛深信她刺死一个"嗜血者"的马拉，是为了拯救风雨飘摇中的法兰西民族。

当力量悬殊无以对阵时，只有采用暗杀这一极端恐怖主义的手段了。

从专制主义到恐怖主义，历史进入一个恶性循环的怪圈。

马拉在下层民众中很得人心，他的死激起了人们的愤怒。

要求对吉伦特党人采取报复的呼声不绝于耳。血债要用血来偿还。马拉之死，使得主张以恐怖手段去镇压反革命派的人有了更为充分有力的理由。悼念牺牲者的最好方式就是对敌人报复，必须使革命领袖的生命不受贵族刀尖的威胁，软弱而宽容的态度必须终止。

雅各宾派已经通过的1793年的宪法暂停实施，被装在一个柏木柜中，置于议会主席台前。马拉遇刺之后，法国开始了非常时期的"红色恐怖"。

21名吉伦特党人受到法庭审讯。雅各宾俱乐部对法庭的"按部就班"表示了强烈不满，议会通过"加速宣判法令"，第二天夜里，法庭即宣布将21名吉伦特党人全部判处死刑，并于次日正午执行。

为表示震慑，断头机从监狱搬到了革命广场（即协和广场）。大批杀戮开始了。库通创立的民众法团因过于宽大而被取消，代之以由巴冷为主席的革命法团。嫌断头机处死人太慢了，辅以炮轰及集体枪毙。有60名被判处死刑的对立派，把他们两两绑在一起，置于两条预先挖好的平行壕沟之间，结果被炮轰死的只有三分之一，其余的仍被活埋。次日有208人被处死……短短几天时间，就有1600多名吉伦特党人被这样处死。

然而，屠杀并不足以收到杀一儆百的效果，"杀死我一人，唤醒千万人"。雅克·卢就在报刊上写道："单凭恐怖来镇压人家，不足以使人爱护及拥护政府。……光是靠混乱、破坏、放火及流血，光是使法国变成一个巨大的巴士底狱，仍不足以使我们的革命征服世界。"专制独裁者总误以为恐怖是维持统治的不二法门，其实是把他们自己也置于报复的火山口上。

对"红色恐怖"的大屠杀原本表示赞同的丹东表示了反对："对于那些要使人民的行动超出革命范围及提出极端革命措施的人，我要求大家不要信任。"谁也能听出丹东话中之所指，至此，丹东与罗伯斯庇尔的矛盾公开化了。

对敌人的宽容就是背叛革命

马拉之后，现在轮到丹东了。

激进的拉苏西曾经说过这样一句冷酷无情的名言："感恩的民族是不幸的！"可是当他被更为激进的雅各宾党人送上断头台时，他面临了一个芝诺悖论。他无可奈何地悲叹："我们死，因为人民睡着了；你们将要死，因为人民就要醒过来。"

"人民"就这样白天黑夜地睡去醒来，于是，执政者你方唱罢我登台，就像赌盘转动轮换着死去活来地走上断头台。

雨果的《九三年》中，有这样一段马拉与丹东的对话：

"婊子！"马拉恶狠狠地骂了一句。（这句话有潜台词：丹东曾说："革命是世界上最无情义的东西，像一个妓女，跟什么人都胡搞！——作者注）

丹东站起来，样子非常可怕。

"是的，"他叫道："我是个婊子，我出卖了我的肉体，可是我不出卖我的灵魂。"

罗伯斯庇尔又开始咬他的指甲。他既不能大笑，也不能微笑。丹东那种轰雷似的大笑，马拉那种毒刺似的微笑，他都做不到。

丹东又说："我像海洋一样，我有潮涨的时候，也有潮落的时

候；在潮落的时候人家看见我的浅滩，在潮涨的时候，人家就看见我的波浪。"

"你的泡沫。"马拉说。

"我的风暴！"丹东说。

马拉跟着丹东站了起来，他也发作了，这条蛇突然变成了一条龙。

"啊，"马拉叫道："啊，罗伯斯庇尔！啊，丹东！你们不愿意听我的话，好，我告诉你们，你们完蛋了。你们做的事是给自己关上了每一扇门，只剩下通向坟墓的门。"

"这是我们的伟大之处。"丹东说。他耸了耸肩膀。

马拉说："……你耸肩膀，有时耸肩膀会使脑袋掉下来的。"

马拉一语成谶，丹东果然为此掉了脑袋。

革命后的某日傍晚，丹东和战友德穆兰沿塞纳河散步，夕阳的余晖把塞纳河映红了。丹东触景生情地说："塞纳河在流血！唉，血流的太多了！"

丹东从"残阳如血"的革命场景中，良心发现了人性！他隐隐约约感到，"自由神的铜像还没有铸好，炉火烧得正旺，我们谁都可能把手指烫焦的"。正是出于这一心理潜台词，丹东说出："我请求珍惜人们的鲜血！"

丹东的"觉醒"与他的战友德穆兰的遭遇有关：革命政府怀疑德穆兰的岳父，没收了他的一半图书。尽管国民公会早已明令禁止不得没收关于法学的旧书。德穆兰的岳父的一座挂钟也被收缴，原因是三叶草模样的钟摆与代表波旁王朝的百合花造型近似。德穆兰的岳父的"老年退休金证书"也被没收，因为这是"路易暴君颁发的"。德穆兰说："谈话都成了国事犯"，"法庭变成了杀人的屠场。"

曾为"忿激派"的领导人雅克·卢在最终自己也被投入监狱后做出了反思："仅仅依赖恐怖去控制人们，不足以使人爱护与珍惜一个政府"。"只靠制造混乱、破坏、焚毁、流血去对待一切，使法兰西变成一个巨大的巴士底狱。"

同志们的鲜血洗亮了丹东的眼睛，他开始"逆革命潮流"而动，他提倡和解、宽容，强调遵从理性和法律，区别敌我，停止过激措施，恢复国民公会的权力，等等。丹东开始散布"反革命"的言论：革命是需要活人献祭的罗马食神，"专吃自己的孩子"。"革命使得前进的每一个足音都变成一座坟墓，这种情况要继续到什么时候？人民要面包，他们却掷给你人头！你们口干欲裂，他们却让你们去舔断头台上流下的鲜血！"

1793年5月，雅各宾派与吉伦特派的冲突和矛盾加剧，丹东请求双方"保持克制"，希望双方"除了固有的革命热情之外还须增添一些谨慎"。1794年3月13日埃贝尔派多人被捕，丹东拒绝落井下石。19 日，他在议会号召"同所有的人和解"，并当场与受到攻击即将下台的国民公会主席卢尔拥抱。丹东表示："我根本不喜欢马拉"，并公开宣布："既不要马拉，也不要罗兰"，而是应该帮助各派的"开明人士"去避免"极端"。

丹东的人头是被革命法庭砍掉的，因为他像嘉米叶那样，眼睛"曾经为几个不幸的人湿润过"？是因为他的良心突然发现"往断头台运犯人的马车碾平了一条大道"，觉得罗伯斯庇尔"想把革命变成宣讲道德的大厦，把断头台变成礼拜堂"？总之，他觉得"人民民主专政"的公安机关杀人太多，于是开始忏悔，不想"继续革命"，以致同坚定的革命领袖罗伯斯庇尔发生了冲突。

革命后的丹东变了。在"革命尚未成功，同志仍须努力"的时候，丹东不再革命了，整天不是与同伙发"机会主义"的牢骚，就是为革命的对象如教士、妓女说情，说下流话。罗伯斯庇尔对此觉得不可思议：这位同志怎么变得革命意志消沉了？

丹东在雅各宾俱乐部中的影响是巨大的，要改变他的形象不是那么容易的。

1793 年 5 月 10 日，罗伯斯庇尔在国民公会上发言说："人民是高尚的，而他们的代表却容易变质。"他并且强调：立法机关和行政机关的成员在其任期届满后两年，"应该汇报他们的财产状况"。他的这些话说得话中有话，显然是冲着丹东去的。

周一良、吴于廑主编的《世界通史》[1]，以"阶级斗争是推动历史的动力"的观点，对丹东做了这样的描述："丹东及其拥

【1】 人民出版社，1972 年。

护者这时成为雅各宾派的右翼，他们反对革命的恐怖政策。""丹东要求政府放松镇压政策，成立宽赦委员会。这一派被称为'宽容派'。宽容派与革命时期靠投机致富的资产阶级有着密切的联系，代表新富有者的利益。"上海师范大学编写组的《世界近代史》[1]一书中，对丹东这样评价："革命初期表现坚决勇敢，后期堕落为资产阶级新暴发户的代言人。"

马迪厄在《法国革命史》一书中有记载："巴茨伯爵一眼就发现了革命的弱点，他们最深层的、最秘密的毒素：正在发展中的贪污腐化。革命中许多人在经手大量或用于购买军火或是没收贵族财产所得来的现金时，往往无法抵住这些诱惑。"丹东的攻击者把他看作是发革命之财的"暴富者"。罗伯斯庇尔绕开"政治思想冲突"的难题，从经济问题、道德问题上切入丹东。

1848 年年初，历史学家韦尔奥梅来到丹东的故乡阿尔西，在他儿子处找到了丹东遗留财产皆有合法手续的证明，还了丹东"暴富者"的清白。历史学家奥拉尔指出："丹东表现得如同管理国家的巨人。即使他犯了许多错误，但在杀人与搜刮钱财方面，他是清白无辜的。"

马迪厄的《法国革命史》载：丹东曾在勒涅格及罕柏特家与罗伯斯庇尔会面两次，他对罗伯斯庇尔说："相信我，摆脱诡计吧，与爱国者团结一致吧。"

丹东说完这话哭了。

丹东喃喃地自言自语："我们缺少一种我也叫不出名字来的东西。可是既然这东西在五脏六腑里根本找不出来，为什么我们

【1】 上海人民出版社，1973 年。

还要彼此把肚子划破呢？"

"看！满天繁星闪烁，仿佛是无数颗晶莹的泪珠；洒下这些眼泪的眼睛该是孕育着多么深的痛苦啊！"

本是同根生，相煎何太急！

罗伯斯庇尔把丹东送上了人民法庭。丹东却在审判他的人民法庭上对旁听席上的人民指控了罗伯斯庇尔："难道只因为你自己永远爱把衣服刷得干干净净，你就有权力拿断头台为别人的衣服做洗衣桶，你就有权力砍掉他们的脑袋给他们的衣服做胰子球？不错，要是有人往你的衣服上吐唾沫，在你的衣服上撕洞，你自然可以起来自卫；但是如果别人不搅扰你，别人的所作所为又与你何干？人家穿的衣服脏，如果自己没有什么不好意思，你有什么权力一定要把他们埋在坟坑里？难道你是上帝派来的宪兵？"

丹东已经看清楚，罗伯斯庇尔是个现代的暴君，是以人民法庭合法地杀人的现代独裁者。有一次在国民公会上，丹东当面对罗伯斯庇尔指出："假如你不是个暴君，那么为什么你用己所不欲的方式去对待人民呢？如此狂暴的状况是不会持久的，它与法国人的脾性是格格不入的。"

1794 年 3 月，当丹东面临危险时，威斯特曼曾劝丹东先下手为强，发动一次"政变"，推翻罗伯斯庇尔及其手下两个委员会的统治。丹东坚决予以拒绝："我宁愿被杀一百次也不去杀人！"有人劝他赶快逃走，他回答说："难道能将祖国放在鞋底带走吗？"

罗伯斯庇尔死后，人们从他的备忘录手册中发现他写下这样词句："只能有一个意志"。当罗伯斯庇尔掌控了救国委员会与治

巴黎歌剧院

安委员会的权力后，国民公会的权力已经受到损害和削弱。1794
年6月11日，国民公会做出决议，要维护国民公会的原有权
力。罗伯斯庇尔随即就迫使国民公会取消了该项决议，从而将议
会的权力和两个委员会的权力高度集权于一人之手。罗伯斯庇尔
自己承认：这是"我的专政"。

　　从代表人民到独裁专制，原本只是一步之遥。

　　罗伯斯庇尔对"革命司法"做出解释："革命政府迈步子应
该比通常的政府更为主动，在运动中应该更为自由"；"恐怖是
迅速、严峻、不屈不挠的正义，是从祖国最迫切需要时所实行
的一般民主原则得出的一种结论"；"必须以恐怖来制服自由的
敌人"；"不必总是做一切都合法的事情，重病要用重药"；"必
须拯救国家，不论用何种方式皆可"[1]。在1793年12月25日

【1】［法］罗伯斯庇尔著，赵涵奥译：《革命法制和审判》，商务印书馆，1965年。

关于"革命政府"原则报告中，罗伯斯庇尔对革命法庭提出要求："从此刻起，我们建议你们加速审判"，"革命时期，人民政府的生命力既是仁政，又是恐怖。没有仁政，恐怖是有害的，没有恐怖，仁政是无力的。恐怖是及时的严峻的坚定不移的正义，因此恐怖是仁政的体现。"在罗伯斯庇尔的观念中，恐怖与仁政成为"双黄蛋"。

罗伯斯庇尔对丹东已经不耐烦了，不愿再跟这个自己"手掌中的死人"坐在一起闻他的臭味。他对圣鞠斯特说："明天就动手！不要把死前挣扎这段时间拖得太长！"他还批示不要公开审判，因为法庭辩论对人民民主的国家是危险的，"是对自由事业的罪恶性侵犯"。

丹东在走向断头台前喊道："匪徒不会长久享受这种罪恶果实。我会拖走罗伯斯庇尔，罗伯斯庇尔就要跟着我死去。"

丹东生命最后时刻的呼喊成为一个诅咒。罗伯斯庇尔只知道把别人送上革命的祭坛，他可能做梦也想不到，就在他把丹东送上断头台仅仅三个月后，自己也被推上了革命的断头台。

辉煌的巅峰即是陨落的起点

罗伯斯庇尔在把革命的对象——国王路易十六及玛丽王后送上断头台后，"宜将剩勇追穷寇"，重拳出击左右开弓，以迅雷不及掩耳的致命一击，先是把有右派倾向的吉伦特派首领韦尼奥、布里索、佩蒂翁等21名国民议会代表送上断头台，并把敢于为他们辩护的63位战友，也"顺手牵羊"地送上了断头台。此后，罗伯斯庇尔又把"革命的铁拳"果断地砸向昔日的左派"同盟军"，丹东、德穆兰、沙博、埃贝尔等二三十人，也被他毫不留情地送上断头台。这个其貌不扬的瘦削男子把身边的"战友"全都送进了坟墓。

1793 年 6 月 4 日，罗伯斯庇尔经议会一致推选为国民公会主席。当天出席会议的人数是 485 人，罗伯斯庇尔全票当选，这是史无前例的。

罗伯斯庇尔现在可谓集一切权力于一身：他是国民公会的主席，也是雅各宾党派的魁首，还是控制着公安委员会的独裁者。现在一切奴颜婢膝的国民大会代表们都"团结"在他的周围，唯其马首是瞻。

茨威格在《一个政治人物的肖像》一书中，这样描述处于权力巅峰上的罗伯斯庇尔的形象：

> 此人听凭大家对他致敬，态度冷漠，神情泰然。这位廉洁奉公之人把自己裹在他的"美德"里，犹如披上了一袭铠甲，不可亲近，无法看透。他心高气傲地意识到，现在谁也不敢再来反抗他的意志。

> ……因为国民公会已经变得胆战心惊。断头机运转了一年，已经在心灵上把这些男子汉全都予以阉割。从前有些人自由自在地献身于自己的信念，犹如献身于一种激情，他们大胆地投入言论和思想的争辩之中，现在他们都不再喜欢表态。自从断头机像一片蓝色的阴影蛰伏在他们每一句话的后面，他们宁可缄默不语，也不愿开口说话。每个人都躲在别人身后，每个人都先左顾右盼，才敢有所动作，恐惧犹如沉重的浓雾灰蒙蒙地压在他们心口。

> 他只是直挺挺地站着，态度倨傲，摆出侮辱人的神气。此人

热爱美德，钟爱自己的美德已经到了偏执狂的程度，对于一个曾经与他意见相左的人，他是不会宽容也不会原谅的。他铁面无私，狂热成性，敌人的任何妥协，甚至投降他都一概拒不接受，即使政治迫切要求人们谅解，他的满怀仇恨、刚愎自用、蛮横倨傲也阻碍他改变态度。

责任在肩往往使人变得高大。罗伯斯庇尔意识到自己的使命，于是随着地位的不断升高，自我感觉也膨胀起来。置身于贪婪的乘机牟利者和大声喧哗者之中，他感到拯救共和国乃是命运单独赋予他的毕生使命。他感到有必要实现他关于共和国、革命、道德风尚，甚至神性的设想。罗伯斯庇尔的这个顽固的信念，既是他性格的优点也是他性格的弱点。他对自己的刚正不阿陶醉不已，对自己的刚愎自用迷恋不止。他把和自己意见相左的不同想法不仅看成是不同意见，而是视为背叛。因此，他便以法官审讯异教徒的冰冷无情的拳头，把每个持不同意见者推上断头台。毫无疑问，1794 年的罗伯斯庇尔身上是有伟大、纯洁的思想，但更确切些说，这种思想并非活在他的身上，而是僵化在他身上。这种思想很难完全脱离他，而他也不能完全摆脱这个思想，这是一切刚愎自用者的宿命。他的强大只在僵硬之中，他的力量只在严酷之中，独断专行对他来说，已经变成了他人生的意义和形式，所以他只能把自己刻印在革命身上，否则他的自我必然破碎。这样一个人容不得别人反对，在精神问题上，无法忍受不同意见，不能容忍别人和他平起平坐，更不能容忍别人和他分庭抗礼。只有当别人像镜子一样反映出他自己的观点，他才能容忍他们，其他所有人都被他那浓烈碱水般的暴躁脾气无情地清洗出去。

史学家马迪厄指出："恐怖主义的新的官僚侵袭一切。弊端如此惊人"，"不再有足以约束两个委员会的反对派了。从前喜爱争论的国民公会，现在对委员会提议的一切，全都默然通过"。

"议员们已经噤若寒蝉"。国民公会成为罗伯斯庇尔手中的橡皮图章。只要公安委员会要求把他们当中的任何一人送上断头台，他们就只能诺诺连声。他们毫无反抗地把他们昔日的领袖——都送上了革命法庭，只要不"城门失火，殃及池鱼"，不把自己牵连进去。

罗伯斯庇尔当选主席的第四天是降灵节，他手执花束与麦穗，主持崇敬主宰与自然之盛大纪念会。共和国各处的庙门额上刻着："法国人民承认主宰及灵魂不死。"罗伯斯庇尔的塑像端然安放于神庙之中。各派的人都热烈向罗伯斯庇尔表示祝贺。丹格拉斯公然把罗伯斯庇尔比作"将文化与道德原则指示给人民的奥尔舒斯[1]。"时髦的文学家拉阿普亦有专信恭维他，无神论者勒吉尼奥及马累沙尔也不甘落后地加入了颂歌大合唱。马勒杜班说："大家真的以为罗伯斯庇尔要去合拢革命之裂痕。"

一度，罗伯斯庇尔"春风得意马蹄疾"。他所提出的报告及法令，未经讨论，即行通过。他的讲话很快被印成小册子广为散播。他在会上做报告时，不时为掌声所打断。《山岳党报》编者记述他在雅各宾俱乐部的演讲词时，用了这样的词语："演说人的每一个字抵得过一句，每句抵得过一篇演说词，因为在他所说的之中，具有这么多的意义与能力。"

马迪厄在《法国革命史》一书中，有着这样的记载：

> 罗伯斯庇尔看出这是一个陷阱，他愤慨地说，有人要使他遭受嫉妒与毁谤，所以才特意以不必要的尊荣加在他身上，使他孤立，从而使他失却人家对他的尊重。

【1】 希腊神话中的人物。

罗伯斯庇尔也曾有过"清醒的头脑"。但是,个人崇拜是专制独裁体制的产物,只要你进入这一"权力的磁场",天长日久,总要身不由己鬼使神差地"一条道儿跑到黑"。

在这种高度集权的专制独裁体制下,貌似统一的"铁板一块"下,往往是危机四伏的"泥石流"根基。马迪厄在《法国革命史》中写道:"他们没有听见,就在举行主宰节仪式时,有些议员对于这位主席所发出的讥讽与恐吓。当主宰节游行时,国民公会议员特意与领头的罗伯斯庇尔离得远一点,比之为主教,喃喃地讥讽他为'独裁者'及'暴君'。他们没有看见,在这些花圈、花束、圣歌、赞词及演说等富丽的外饰之下,暗藏着怨恨与嫉妒;始终受到恐怖政策威胁而与德性不相容的私利只等待机会来进行报复。"

国民公会表面上是沉默的,暗中却在进行阴谋。因聚敛财富而被召回的议会特使,对于要树立德性与诚实的法令深感不安。他们要求鉴于特定的情况能给予赦免,但罗伯斯庇尔不仅不愿开脱被牵连最大的议员,并且准备将其中之四名或五名解送革命法庭。怕被追究罪责的共同恐惧,使埃贝尔派及丹东派结成同盟,暗中渐渐形成了一个反对派。假使罗伯斯庇尔真是个野心家,他尽可趁此机会利用这批人来组成其忠实的党羽。这班人正在寻求他的保护。弗雷隆、巴拉斯、塔里安、富歇等后来他的最可怕的敌人,当时都来拜访他,写哀求信给他。只要他肯保证他们的安全,他即可指挥他们,使他们依附于他的命运。他却轻蔑地把他们推开了,而且毫不掩饰地表示要追究他们。他们的罪恶玷污了党派的名声和荣誉。

罗伯斯庇尔在生活中是一个洁癖者,据夏多布里昂回忆在国民公会中见到罗伯斯庇尔的印象："我看见一个人走上讲坛，他相貌平常，表情阴郁而呆板，头发整齐，衣着整洁……"罗伯斯庇尔在政治思想方面也像一个"洁癖者"。罗伯斯庇尔决心要用全副精神来建立一个纯洁无瑕的理想境界的乌托邦。他深信只有做出些大榜样，才可以团结凌乱的舆论。然而，历史的规律并不以人的意志为转移。个人的道德律己及廉洁清白已经无法左右政局的趋向。历史轨迹形成的强大惯性，不允许"众人皆醉我独醒"，覆巢之下，岂有完卵。

茨威格在《一个政治人物的肖像》一书中写道：

> 罗伯斯庇尔从他们身边走过，他们就咬紧了嘴唇，许多人一面为罗伯斯庇尔的演讲欢呼喝彩，一面背着他握紧了拳头。这位廉洁奉公的人统治得越严酷，越长久，他们对他强大无比的意志力就越愤恨。渐渐地他惹翻了所有的人，侮辱了他们大家。得罪了右翼，是因为他把吉伦特派人送上了断头台；得罪了左翼，是因为他砍下了极端分子的脑袋；得罪了公安委员会，是因为他把自己的意志强加于它；得罪了赚钱牟利之辈，是因为他威胁了他们的买卖；得罪了野心勃勃的人，是因为他拦了他们的路；得罪了妒忌成性的人，是因为他在掌权执政；得罪了性格随和的人，因为他不和他们为伍……

> 他们永远也不可能长期忍受某一个人的专制独裁而不对他恨之入骨。倘若能把众人的仇恨，这众多的怯懦凝聚成一个意志，化为一把利剑，直指罗伯斯庇尔的心脏，那么他们大家便全都得救。

在国民公会上，人们的话语逐渐变了味。卡诺在报告中含沙射影地说"倘若将某一个人的功绩，甚或他的德性当作不可少之物时，就是共和国的不幸。"俾约·发楞的发言也说得话中有话：

"爱护自由的民族，应当留意那些居高位者所具有的德性。"他还指桑骂槐地举了古希腊的暴君为鉴警醒国人："欺诈者伯里克利利用人民的色彩来掩饰其为雅典人所造的锁链，长期以来他竟使人相信，他登坛说话时心中老在想着：'注意，你在向自由的人说话'。而这位伯里克利一经夺得绝对权力以后，即变为最血腥的专制魔王。"

巴黎街头的民居

罗伯斯庇尔的敌人在暗中阴谋推翻他，马坎迪尔草拟了一个致巴黎四十八区的通告，号召用革命来推翻罗伯斯庇尔的独裁："假如这个阴毒的煽动家不存在了，假如他因野心阴谋而失去了他的脑袋，那么，国民才自由了，各人才可发表他的意见，在巴黎再也不会有这么一群假名革命法庭裁判的刺客。"

索布尔对于处死罗伯斯庇尔的 1794 年的热月政变 [1] 如是评价："热月 9 日 [2] 并非一种断裂，而是渐进过程的加速"。"大革命重新走上了它的资产阶级的轨道"。"1794 年的政治危机表现在

【1】 法国大革命中推翻罗伯斯庇尔政权的政变。

【2】 法国大革命后实行新的历法，热月是法国共和历的第十一个月，对应格里高利历的 7 月 19 日至 8 月 17 日。热月 9 日是 2 月 27 日。

多方面，当雅各宾专政在革命政府的控制下不断集中与强化的时候，它在巴黎的社会基础与在国民公会的政治基础，都在不断缩小。两个政府委员会的分裂，救国委员会中的不和，终于促成了危机的爆发！""巴黎与全国都出现了厌倦恐怖统治的舆论"。

"日中则昃，月盈则食"。 当一个人的权势达到辉煌的巅峰之时，也即是陨落的起点。

革命的同志成为黄泉路上的同道

例行的国民公会正在召开。罗伯斯庇尔最忠实的战友圣鞠斯特要求发言。如果是往常，整个议会都会在沉默中颤抖，没有人知道下一个牺牲者是不是自己。但今天却不一样。对死亡的恐惧超过了极限，反而变成抵死一搏的勇气，议员们大声吼叫，会场一片混乱，圣鞠斯特根本无法说话。罗伯斯庇尔站起身想控制住形势，但声音完全被压住，一瞬间，这个口若悬河的独裁领袖脸色苍白，喉咙哽咽说不出话来，一个议员冲着他大吼："暴君，是丹东的鲜血噎住了你的喉咙！"

终于，一个人们期待了很久的声音响起："我要求起诉罗伯斯庇尔！"会场顿时一片寂静，几乎可以听到沉重的呼吸声，议员们似乎被自己的勇气惊呆了。窗户纸一经捅破，人们很快明白已经是破釜沉舟没有了退路，随之而起的是同一个声音："逮捕！逮捕！"逮捕罗伯斯庇尔及其同党的动议立即通过，早有准备的士兵把被起诉的雅各宾领袖们带出会场。离开会场时，罗伯斯庇尔只说了一句话："这帮恶棍得手了，共和国完了。"

并非一切都已尘埃落定。国民公会抛弃了罗伯斯庇尔，但掌握市政大权的巴黎市自治会仍然忠于他。警钟鸣响，市府自治会召集起市民义勇军准备与国民公会对抗。就实力而言，巴黎市可动员的兵力远远超过国民公会。罗伯斯庇尔等人先是被押送到市内各处监狱，但没有一处监狱敢于收留这些犯人，毕竟，谁也不知道他们明天会不会卷土重来。负责押送的士兵们不知所措，加上拥护雅各宾派的群众的鼓动，最后干脆把犯人们送到了市政厅，而正是在市政厅前的广场上，市民义勇军们枪炮俱全整装待发，正等着罗伯斯庇尔来发号施令。

　　罗伯斯庇尔有整整三个小时来拯救自己的生命，拯救自己的乌托邦，但他做了什么？什么也没有。是不是应该用超出法律之上的暴力手段，来对抗由人民选举出来的议会？罗伯斯庇尔无论如何也下不了这个决心，对于他来说，这等于用自己的手摧毁自己一生所追求的理念和信仰。在周围同志的竭力劝说下，罗伯斯庇尔一度改变了主意，接过呼吁人民起义的文件准备签名。但是，写下了自己姓名开头的三个字母"Rob"之后，罗伯斯庇尔犹豫再三，最后还是扔下了笔。人们催促他写下去，他环视了众人一眼，反问道："以谁的名义？"

　　罗伯斯庇尔的命运就这样由他自己决定了。这时，国民公会罢黜雅各宾派专制的公告已经传到市政厅广场，加上市政厅内迟迟没有命令传达下来，市民义勇军们开始动摇。渐渐有人离开了队伍，先是一个两个，再是一群两群……当国民公会派遣的士兵队伍抵达市政厅时，广场上已经空空荡荡。几乎没有遭遇任何抵抗，士兵们便冲进了雅各宾领袖们聚集的房间。随后是一场大混乱，绝望之中有人开枪自杀，也有人跳窗摔断了腿骨。罗伯斯庇尔的下颚被手枪击碎，昏死过去，众人将他抬到一张大桌上放平，草草地包扎好伤口。过了一阵，罗伯斯庇尔清醒过来，挣扎着爬下桌子，坐到椅子上，弯下腰想把袜子重新穿好。看他摇摇欲倒的样子，身边的士兵扶了一把，他含混不清地说了一句："谢谢，先生。""先生"这个温文儒雅的称谓，早已被国民公会视作旧时代的残余而宣布禁用，提案人正是罗伯斯庇尔。罗伯斯庇尔并非陷入昏乱状态说漏了嘴，他非常清醒，借着这个字眼表达出大势已去的无奈和自嘲：他所竭力缔造的乌托邦大厦已经轰然崩塌，他所否定的一切即将复活。

天亮之后，罗伯斯庇尔等一干人犯被移送到监狱。罗伯斯庇尔的单人牢房，就在7个月前被他送上断头台的王后玛丽·安托瓦内特的牢房隔壁，他所得到的待遇甚至还不如安托瓦内特：已经无法说话的他不断打手势希望得到纸和笔，但没有人理睬，不要说为自己辩护，他甚至丧失了留下一份遗嘱的权利。审判在匆忙中开始，其实根本谈不上什么审判，法官不过是花了30分钟来宣判22个被告的死刑，执行就在当天。

5点过后，押运死刑犯的马车离开监狱，缓缓驶向革命广场。犯人中的大部分已经在昨夜的冲突中受伤，即使这样，他们仍然被绑在囚车的栏杆上，被迫直立着示众，押送囚车的士兵时不时用剑背支起犯人的下颚："看，这个就是圣鞠斯特！这个就是罗伯斯庇尔！……"从来还没有过一个死刑犯，受过如此残忍和粗暴的侮辱。群众的咒骂声如潮水一般，特别是那些恐怖政治受害者的家属更是骂声连连。一个年轻美貌的女子不顾被碾死的危险，死死抓住囚车栏杆不肯松手，声嘶力竭地叫喊："进地狱吧，你们这群恶棍！记住，在地狱里你们也别想摆脱所有不幸的母亲和妻子们的诅咒！"

在一个多小时的行进中，罗伯斯庇尔始终保持着一如往常的威严和冷峻，对咒骂和嘲笑充耳不闻，目光凝视远方。用来包扎下颚的白色绷带浸透了一层又一层的鲜血，已经完全发黑。当他走上断头台俯身在刀刃之下时，为了满足人们对复仇的渴望，充满恶意的刽子手狠狠撕下绷带，剧痛和愤怒击溃了这个意志坚强如钢铁的男人，他歇斯底里地咆哮，像一头绝望的野兽。

刀刃落下，欢呼声持续了整整15分钟！一切都结束了，或者说，一切又重新开始：从大革命恐怖政治的血污中摇摇晃晃站立起来的法兰西，在不远的将来，将一脚踏进"500万人的坟墓"[1]——拿破仑战争。这是我"行走西欧"系列之三《凯旋门：一将成名万骨枯的"丰碑"》要讲述的内容。

罗伯斯庇尔死后，还有耿耿于怀者为他拟写了嘲讽的墓志铭："过往的人啊！不要为我的死悲伤，如果我活着你们谁也活不了！"

雨果在《九三年》中写下这样一番话：

> 群众都疯狂了。人们从罗伯斯庇尔的统治下爬出来，正如从路易十四的统治下爬出来一样。
>
> 热月九日以后的巴黎是愉快的。不过这是一种热狂的愉快。一种不健康的快活气氛淹没了一切。在死的热狂之后跟着来了生的热狂，过去的伟大消失了。

罗伯斯庇尔倾生命与热血试图构筑的理想主义乌托邦，经过一个多世纪的实践，大概只能是海市蜃楼式的幻觉。

【1】 法国历史学家儒勒·米什莱（1798—1874）语。

沃尔夫冈在《革命抛弃了她的孩子》一文中说："乌托邦的天国就不可能建在地上，所以，革命抛弃了她的孩子。"

从柏拉图的《理想国》到莫尔的《乌托邦》，还有康帕内拉的《太阳城》、培根的《新大西岛》、安德里亚的《基督城》、赫茨卡的《自由之乡》、莫里斯的《乌有乡消息》以及列子描绘的华胥国，为人类描画了虚无缥缈的理想国度，成为历史给予世人的启示录。

米兰·昆德拉在《玩笑·英文版自序》中这样调侃一句："受到乌托邦声音的迷惑，他们拼命挤进天堂的大门，但当大门在身后砰然关上时，他们却发现自己是在地狱里。这样的时刻使我感到，历史是喜欢开怀大笑的。"

历史真是充满着诡谲荒诞。路易十六、丹东、罗伯斯庇尔，这三个不同时期把握法国命运的风云人物，同床异梦却是殊途同归，死于同一个刽子手，死于同一座断头台，死于同一个协和广场。

凝视协和广场中心那座方尖碑

在协和广场的四面八方，分别矗立着象征法国最大的八个城市的雕像：西北是鲁昂、布雷斯特，东北是里尔、斯特拉斯堡，西南是波尔多、南特，东南是马赛、里昂。

协和广场正中，原来耸立路易十五骑马雕像及安置断头台的地方，现在矗立着一座高 23 米、有 3400 多年历史的埃及方尖碑，这是 1831 年由埃及总督穆罕默德·阿里[1] 赠送给法国国王路易·菲利普一世的，碑身的古文字记载着古埃及拉美西斯法老的事迹。这座方尖碑在 3000 多年前被雕成后一直与它的"孪生兄弟"——另一块形制一样的方尖碑一起一左一右地守护在埃及卢克索的底比斯神庙的大门两侧。当初

陈为人及夫人在巴黎协和广场方尖碑前

运输这块重 230 吨、由一块完整的巨形玫瑰色花岗岩雕琢而成的方尖碑，可谓大费周折。从埃及卢克索到法国巴黎一路历经千难万险，在经历了两年半的海上航行之后，于 1836 年 10 月运抵法国。路易·菲利普一世把这座方尖碑当作他在保皇派和共和党之间政治中立的象征标志立在了协和广场上。

这座方尖碑还有一个不太为人关注的"特殊功能"。方尖碑在日光映照下勾勒出的剪影，犹如一个巨大日晷的晷针，宽阔的协和广场则形成了"晷面"。日出月落，星移斗转，方尖碑的时间指针，为人们展示着历史时空的变幻。

雨果在《九三年》中，还寓意深长地写下这样一段对话：

【1】 穆罕默德·阿里（Muhammad'Ali, 1769—1849），19 世纪奥斯曼帝国的埃及总督。

马拉："我不是任何人的应声虫，我是大众的呼声。你们还年青。丹东，你几岁？34 岁；罗伯斯庇尔，你几岁？33 岁。我呢，我一直就活着，我是多年来受苦人的代表，我已经活了6000 年。"

"这倒是真的，"丹东反唇相讥："6000 年来，该隐隐藏在仇恨里，就像一只癞蛤蟆隐藏在岩石里一样，岩石裂开了，该隐跳出来了，混在人们中间，那就是马拉。"

丹东在评价马拉时指出："6000 年来，该隐隐藏在仇恨里。"这真是一针见血的知人之论。

与我们过去强调的"斗争"哲学不同，基督、释迦牟尼、甘地、哈维尔，还有托尔斯泰与索尔仁尼琴，他们却选择了另外的方式。托尔斯泰始终倡导不以恶抗恶的思想，以他悲天悯人的宗教情怀，深刻体现了人性高贵的一面。

攻陷巴士底狱又怎样？难道仅仅为了释放出一批人，然后关进另一批人。人类何时才能把"巴士底狱"的牢底坐穿？

这是一种比恨更为强大的力量——爱，一种超越阶级仇恨的博爱。

在我们这种文化氛围中，对这种爱我们不仅很陌生，它也更难实现。因为那是一种斩断了恨的、超越了利害关系的神圣之爱。那是一种和自我牺牲注定联系在一起的爱，那甚至是一种即使对罪人、对"凶手"也怀有深深同情和怜悯的爱。这种爱当然很难做到，但是不是唯有它，才能够把我们从人性的黑暗、褊狭和蒙昧中解救出来？

革命给我们带来的最大困境是：如何在革命暴力文化下打造一个后革命时代的容忍文化。我们正在做着建立一个和谐社会的努力。

正是对革命的反思和人性的复苏，使人们开始把关注的目光投向了"天鹅绒革命"，投向了米奇尼克……

我久久徜徉在协和广场，一一对号入座着历史上诸多故事细节的遗迹。我凝视着光照下方尖碑的剪影。凝视是用"黑色的眼睛寻找光明"，凝视是现实与历史的链接，凝视是空间对时间的超越。

对协和广场的凝视，犹如太阳光通过凸透镜照射含碳物体而使其燃烧一样，终于使得这种凝视燃烧起来！

这种燃烧如同暗夜中划燃的一根火柴，蓦然间在我心中闪过一道光亮：对协和广场这一历史大舞台上演绎的革命有了更为生动形象的认识。

巴黎凯旋门：

一将成名万骨枯的"丰碑"

凯旋门成为"墓志铭"

此次西欧之行，我们观瞻了多座凯旋门。

奥地利蒂洛尔州的首府茵斯布鲁克，地处阿尔卑斯山的中心，自古是德国通往意大利的必经之路，因此茵斯布鲁克又有阿尔卑斯之心的称号。早在公元前 15 年，古罗马人就在此建造了道路和村落。15、16 世纪时，茵斯布鲁克成为哈布斯堡王朝[1]的宫廷所在地，也可以说它是哈布斯堡家族的权力与版图开始走向巅峰的地方。因此，在这里可以看到很多昔日皇亲贵戚留下来的宫殿、建筑群与墓地。茵斯布鲁克市主干道的一端是"金屋顶"，另一端是"凯旋门"。凯旋门门楼正面浮雕记述的是皇家隆重的婚礼场面，而门楼背面浮雕记述的是皇家悲壮的送葬场面。所以人们又称其为"悲喜门"。喜极而泣，乐极生悲，颇有着哲

【1】 统治奥匈帝国及后来的奥地利帝国的皇族。

罗浮宫外景

学辩证的意味。

意大利罗马著名的斗兽场西侧，有一座君士坦丁凯旋门。它建于 315 年，是为了纪念君士坦丁大帝击败马克森提皇帝统一罗马帝国而建。古罗马时代共有 21 座凯旋门，经过上千年的风雨沧桑，现在罗马城中仅存三座，君士坦丁凯旋门是其中之一。凯旋门上方的浮雕板是从罗马其他建筑上直接取来的，主要内容为历代皇帝，如安东尼、哈德良等的生平业绩；下面则是君士坦丁大帝的战斗场景。这是一座三个拱门的凯旋门，高 21 米，宽25.7 米，厚 7.4 米。由于它横跨在道路中央，显得形体巨大。凯旋门的里里外外充满了各种浮雕，其中的大部分是从过去的一些纪念性建筑，如图拉真广场建筑上的横饰带、哈德良广场上一系列盾形浮雕以及奥尔略皇帝纪念碑上的八块镶板拆迁过来的。它上面保存了罗马帝国各个重要时期的雕刻，是一部生动的罗马雕刻史。

法国巴黎的凯旋门就是以君士坦丁凯旋门为蓝本加以设计、构建的。

法国巴黎凯旋门，位于巴黎戴高乐星形广场的中央，又称星形广场凯旋门，为巴黎四大代表建筑（其他三处为埃菲尔铁塔、罗浮宫博物馆、巴黎圣母院）之一。法国皇帝拿破仑·波拿巴为纪念奥斯特利茨战争的胜利，聘任法国著名设计师让·查尔格林设计建造了这座可称之为天下第一的凯旋门。奥斯特利茨之战，又称"三皇会战"，是拿破仑加冕皇帝后与第三次反法联盟的由俄皇亚历山大和奥皇弗朗茨率领的俄奥联军在奥斯特利茨的一场大决战。这场大决战是世界战争史上以少胜多的一次典范战例，充分显示了拿破仑超群绝伦的军事天才。此役后，拿破仑乘胜前进，"横扫千军如卷席"，法军攻克耶拿，直捣柏林，住进了豪华威严的普鲁士王宫……1806 年，奥皇弗朗茨被迫取消德意志皇帝称号，存在了千年的神圣罗马帝国从此寿终正寝。

拿破仑有一幅用贝壳拼镶而成的欧洲地图，标识着他的征服地。通过一系列征战，拿破仑成为意大利国王，成为新组建的莱茵邦联的"保护人"，将他的弟弟约瑟夫任命为那不勒斯王国的首脑，将弟弟路易任命为荷兰国王……从巴黎辐射出一条条大道通向欧洲的四面八方。拿破仑第一帝国的疆域空前扩张辽阔，一举奠定了法国皇帝在欧洲大陆的"霸主"地位。

恩格斯曾这样评价拿破仑的军事胜利："由拿破仑发展到最完善地步的新的作战方法，比旧的方法优越得多，以致在耶拿战役之后，旧方法遭到无可挽回的彻底的破产。"诗人海涅更是赞叹："拿破仑呵一口气，就吹掉了普鲁士。"

拿破仑回到巴黎，法国臣民们狂热地欢迎这位"凯旋者"。为给拿破仑歌功颂德，用拿破仑从战场上缴获的敌方大炮，熔铸成一根高约 44 米、直径 3 米多的凯旋柱：柱身上精细地雕刻了象征节节攀登的螺旋形花纹，角上装饰着 4 只展翅飞翔的雄鹰，柱子的顶端雕有拿破仑头像。拿破仑自认为其功绩堪与历史上的恺撒大帝及亚历山大大帝媲美。他不满足于一根擎天立地的"凯旋柱"，下令建造一座彰显他丰功伟绩的举世无双的凯旋门。

巴黎凯旋门于 1806 年 8 月 15 日奠基，建造期延续近 30 年，1836 年 7 月 29 日才落成。凯旋门全部由花岗石砌筑，高 48.8 米，宽 44.5 米，厚 22 米，中心拱门宽 14.6 米。四面各有一门，门上有许多精美的雕像，它是欧洲 100 多座凯旋门中最雄伟壮阔的一座。巴黎凯旋门开建之时，正是拿破仑帝国辉煌的顶点，而当它落成之际，拿破仑在流放地圣赫勒拿岛已经去世 15 年了。

凯旋门成为"墓志铭"。

《马赛曲》是拿破仑的凯旋歌

巴黎凯旋门正面悬顶，有四幅巨型浮雕——《马赛曲》《胜利》《抵抗》《和平》。其中最为著名也最为引人注目的是右侧第一幅"1792 年志愿军出发远征"，即著名的《马赛曲》的浮雕。它把旋律凝固于画面，成为世界美术史上的不朽杰作。

《马赛曲》的前身是鲁日·德利尔创作的《莱茵河军队战歌》，诞生于法国大革命时期。《马赛曲》初始的创作理念，既不

陈为人夫人严淑鹤在油画《自由之神引导人民》前

是让高亢的男高音演唱的曲子，也不是巴黎沙龙中熟悉的咏叹调浪漫曲。这是一首类似"唤起工农千百万"的战斗号召曲。这首曲子一起调就是以激越的小号吹响号角，以雷霆万钧之力促人情绪激昂热血沸腾。

　　1792 年 4 月 22 日，在马赛，宪法之友俱乐部为即将出征的志愿军举行盛宴。长长的餐桌旁坐着 500 名血气方刚的年轻人，身着崭新的国民卫队制服，戴上红色的贝雷帽，挥舞着"自由、平等、博爱"的旗帜，高唱着《马赛曲》出征了。这首歌曲伴随着反抗波旁王朝专制统治的战士的征程，"洒下一路战歌声"……在大路上走累了，步伐变得拖沓了，只要有一个人起头唱这首歌，它那激荡人心的节奏立刻给人们以新的活力。从马赛到巴黎，《马赛曲》的旋律激励着所有征战者的心。《马赛曲》成为军队的歌曲、前进的歌曲、胜利的歌曲。法兰西共和国的首任军事总长赛尔旺，非常敏感地意识到这首歌曲中所蕴藏的巨大"能量"，紧急下令印制十万份分发给准备奔赴前线的各支部队。不出两三夜，这首歌曲比莫里哀、拉辛、伏尔泰的所有著作更广为流传。没有一次盛会结束时不唱《马赛曲》，没有一场战役打响时，团队的军乐队不奏响《马赛曲》。

茨威格在《一夜天才》一文中，对《马赛曲》的无比威力做了这样的描述：

> 这个年轻人二话不说，挥动右臂，起个音，唱起一首歌来……这一下子，就像一颗火星落到火药桶上，点燃了熊熊烈火。情感和情感，这永恒的两极碰在了一起。所有明天开赴前线的年轻人，都愿意为自由而战，并且准备为祖国而死。他们感到这歌词表达了他们真正的思想和内心深处的意志；歌曲的节奏以不可阻挡之势，激发了他们所有人的热情，如痴如狂，奔放激荡……

> 在热马普和奈内文登，各团官兵高唱《马赛曲》，列队前进，发起决定胜负的冲锋。敌方的将军们还按照老方子，只会向士兵发双份的烧酒来鼓励士气，他们惊恐地发现，这"可怕的"歌曲所具有的爆炸性的力量，实在难以对付。这首歌曲由成千上万名将士同声高唱，就像一股音韵嘹亮、铿锵作响的波浪，以汹涌澎湃之势向他们冲来。于是法兰西各战场上空飘荡着的《马赛曲》就像长着双翼的胜利女神奈基[1]，鼓舞着无数战士激情昂扬，视死如归。

在法国大革命最为艰难的岁月里，在波尔多、里昂、马赛发生了反革命暴动，普、奥、英、俄等国组成了第一次反法联盟。法国人民正是戴上红色的贝雷帽，高唱着新诞生的《马赛曲》，

【1】 古希腊神话中的胜利女神，古罗马人称她为维克托利亚（Victoria）。

挥舞着"自由、平等、博爱"的旗帜，义无反顾地奔赴保卫祖国的战场。正是因《马赛曲》在法兰西历史上所起的神奇作用，到第一次世界大战时，它已被定为法国的国歌。

王家宝在《拿破仑演义》[1]一书中，对拿破仑征服初恋情人黛茜蕾（或译作黛丝蕾——责编注）做了这样的描述：

> 黛茜蕾接到恋人的来信后欣喜若狂，一连数夜不能安眠。一天夜晚，她躺在床上正胡思乱想之际，忽听得哨声响起，原来是情人幽会的暗号——《马赛曲》首句"光荣的一天来到了"。
>
> 波拿巴虽是一员武将，对音乐却颇有修养。进入学校后，他学会了识谱、发声、视唱，一时兴起哼唱不已，虽然五音不全。……波拿巴谈到音乐时说道："音乐与人类同生，如同大多数艺术一样，它随着社会而完善、堕落、再生。音乐一向有利于陶冶男女老少的情感，即使动物也不例外。音乐能给人以慰藉、喜悦与激情。"……情书中也不忘谈论音乐："音乐是爱情的灵魂，能给人以甘美与安慰，是纯洁的伴侣。"
>
> 在马赛，波拿巴结识黛茜蕾后，每晚幽会必用《马赛曲》的哨声引凤出巢。

李康学编著的《拿破仑》[2]一书中也有类似的记载：

> 刚刚出狱获得自由的拿破仑，在一个风高月黑的夜晚，匆匆来到黛丝蕾的屋外。此时黛丝蕾的房里已熄灯，她躺在床上正郁忧思念他而无法入睡。拿破仑不好敲门，便哼起了有名的《马赛曲》，黛丝蕾闻听到这熟悉的歌曲，立刻披着睡衣跳下床，拉开门就跑出了门外……
>
> 《马赛曲》戛然而止。拿破仑伸出手臂一下把黛丝蕾抱住

【1】 国际文化出版社，1990 年。

【2】 辽海出版社，1988 年。

了。他的温厚的唇亲吻着黛丝蕾挂满泪水的脸颊，嘴里喃喃直叫："宝贝，我的宝贝……"

一曲《马赛曲》为拿破仑征服了少女黛茜蕾的心。

此后，《马赛曲》成为伴随拿破仑一路征战的胜利号角。

在平息保皇党叛乱，初试锋芒的土伦之战；在挥师意大利，威风八面的洛迪战役、曼图亚战役，到奥皇割地求和的《累欧本协议》；在远征埃及、叙利亚的非洲战场，剑锋指处所向披靡……从阿尔卑斯山脉到克尔岬海岸，从比利牛斯山脉到涅曼河畔，从直布罗陀海峡到沙漠……《马赛曲》的强悍音符伴随着拿破仑战无不胜，攻无不克，《马赛曲》成为拿破仑的凯旋歌。

1797 年 12 月 7 日，拿破仑用 14 次大战役，70 次小战斗彻底把意大利收入囊中后回到巴黎。督政府全体成员在卢森堡宫前举行盛大的欢迎仪式，暴风雨般的掌声和欢呼声显示着民众对拿破仑的崇拜和敬仰。督政府执政向拿破仑献上了肉麻的赞辞。

这天，卢森堡宫内筑起了花台，上面放置着象征和平与自由的神像，牌楼上挂满了拿破仑从意大利虏获的敌方旗帜；将官们分立在花台两旁，身着彩衣的姑娘们手捧鲜花，静立恭候着拿破仑的到来。

11 点钟，拿破仑莅临。法兰西学院已把他捧上了天，封他为学院院士。他穿着佩有绿色棕榈勋章的法兰西学院礼服，频频挥动双手向欢迎的人群致意。外交大臣塔列朗退着走路，为他开道。国家各大团体竞相向拿破仑致敬……

欢迎会上，塔列朗的致词非常热烈，他歌颂了拿破仑在意大利的丰功伟绩。拿破仑志得意满地致谢辞："……法兰西人民为了保证自由、和平与平等，必须同欧洲诸多君主作战。……我们已经建立了一个伟大的国家。意大利是欧洲文化的发源地之一，由于法军的胜利，使意大利人民的自由灵魂已从古罗马共和时代的坟墓中苏醒。和约的签订，不仅使法国人民获得了幸福，也使全欧洲人民获得了自由与平等。"

督政府首席督政官巴拉斯最后上台演讲，他称赞拿破仑"为法国人民雪耻洗辱，恢复了法兰西民族的自我尊严"。

拿破仑成为法兰西的民族英雄。

历史上往往有一些人们不经意的细节，却成为以后的历史进程的预警。拿破仑对于《马赛曲》前后判若两人，他曾以《马赛曲》激励士气，认为一曲旋律可抵十万精兵。但时过境迁，当拿破仑称帝登基后，嫌《马赛曲》"革命"的火药味太浓，于是下令把它从所有的节目单上划去。

众里寻他千百度

1795年是法国大革命史上一个决定性的转折关头。自1794年7月27日的热月政变结束了雅各宾党人的专制，把罗伯斯庇尔送上断头台之后，根据国民公会制定的新宪法，国家政权由五位督政官来领导，而立法权则集中在五百人院和元老院两个议会手中。督政府在其统治期间，已经深深让大革命所点燃起的希望之火濒于破灭。城市贫困民众认为，督政府是"有钱的强盗和投机分子的制度，是贪污分子肆虐挥霍和心满意足的制度，是使工人、雇农和底层民众走投无路、饥寒交迫的制度"。广大民众的愿望只是"能够吃上饭",不管你这个政府的名称叫什么；对士兵而言，这个懦弱无能的督政府，几个月中就把拿破仑几十次浴血奋战占领的地盘，拱手交给了敌方。他们怀念那个"战无不胜，攻无不克"的统帅拿破仑。新兴的资产阶级也认为督政府没有提供稳定的社会秩序的权威，压不住阵，影响了工商业的发展。督政府已经是声名狼藉，"鼓烂众人擂，墙倒众人推"。

1795 年夏季，巴黎的局势危如累卵。在大革命中失去权力的保皇党人如房檐下的枯葱，"人还在，心不死"，蠢蠢欲动阴谋叛乱推翻督政府。督政府则由于在执政期间用武力残酷镇压了平民百姓的游行示威而尽失民心，得不到民众的支持。

"今日欢呼孙大圣"的时势，"众里寻他千百度"，18 世纪时的法兰西选择了拿破仑作为他们的"佩剑人"。

史学家布吕什指出："专制的波拿巴主义出自于雅各宾主义。"在呼唤自由的大革命的血泊中诞生了专制的拿破仑。

当时在法兰西，大革命的风暴已经使"人权"的观念深入人心。民众往往以此来判断人物与政府。拿破仑曾这样表明自己的政治观点："不要红帽子，也不要红鞋跟。"红帽子代表的是无套裤汉，红鞋跟则代表了王室贵族。拿破仑说："通过一个党派来统治国家，这样迟早将受到它的约束。我不愿意，我属于国民。"

拿破仑 10 岁时进入离巴黎 100 多公里的公费军事学校布里埃纳学习。这里严厉到近乎残酷的训练，锤炼了少年拿破仑坚毅剽悍的性格，被称为"斯巴达汉子"。1784 年，15 岁的拿破仑又到当时法国首屈一指的巴黎军官学校进一步深造，在学校深受 18 世纪启蒙作家伏尔泰、卢梭、马布利等人的著作的影响。卢梭的

《社会契约论》就置在他的床头，"人是生而自由"的学说渗入他的血液骨髓。拿破仑把卢梭号召人民争取"神圣人权"的学说当作自己的指南。他宣称自己是"卢梭的学生和忠实信徒"。

当大多数贵族出身的军官反对大革命时，拿破仑坚定地支持了大革命中激进的雅各宾派。他说："曾有好的雅各宾派。那时，凡是灵魂比较高尚的人皆应是雅各宾派。我自己如同千万个好人一样，也属于雅各宾派。"

拿破仑后来在圣赫勒拿岛上回忆说："在我成为统治者之前，我是一个臣民，我未曾忘记，平等的情感深刻地影响了我的想象和激动了我的心灵。"

1789 年，拿破仑在民众攻克巴士底狱的双方对峙中，不愿奉召参加路易十六王军的军事行动，"当了逃兵"，回到他的故乡科西嘉。他在故乡号召民众戴上象征革命的蓝红白三色帽徽，拥护新生的民主政体。

那个时期的任何参政者都无法回避对"大革命"的评价，拿破仑也不例外。他曾亲身参加这次大革命，主张遵循大革命的原则，反对封建制度与国王，肯定共和制度，自称"皇帝公民"，认为皇帝也是公民的一分子。1788 年 10 月，拿破仑在其专著《论王权》中说："国王们的行列里，极少有哪一个是不应该被人推翻的。"拿破仑还说，"法国大革命是一个民族反对特权者的普遍的运动。她的根本目的在于摧毁一切特权，废除领主司法权，取消封建权利（如同旧的奴役人民的残余）、宣布纳税与权力的平等。"他指出，"今后，任何人不能摧毁或抹杀我们大革命的原则"，这些原则"出自法兰西的议会辩论，并由于血战而得到巩固"。拿破仑还宣称，"毕竟是我使火炬发出了光辉，确定了大革命的原则"。"我是大革命原则的拯救者"。拿破仑在谈到自己与大革命的关系时说："我保护了革命的全部利益""我就是革命""我是大革命的象征""排头兵、最重要的代表人"。但随着大革命发展的深入，拿破仑对雅各宾派和把大革命神圣化的做法发生了转向，他认为"雅各宾派是没有常识的蠢人"，认为大革命已经完成了它的使命，"大革命已经结束"，"革命以其所产生的原则为限度，这个革命已告完成"，"我们已经结束了革命的浪漫史，现在我们必须书写它的正史。在应用原则时，我们只应该注意那些切实可行的方面"。关于拿破仑对雅客宾党人及大革命看法的前后变化的历史背景，我在《协和广场：演绎革命的历史大舞台》一文中已有详述，此处不再赘言。

当年，尽管拿破仑在土伦之战和意大利之战中赢得了极大声誉，从一名上尉被破格提拔为将军，但是在整个法国的政治格局中，仍是一枚无足轻重的棋子。现在，千载难逢稍纵即逝的机会降到了拿破仑面前。督政府的首席督政官巴拉斯找来了拿破仑，问他是否有办法维持秩序，将骚动和叛乱镇压下去。拿破仑回答："请给我几分钟的考虑时间。"

危机往往也意味着时机。出生在法国科西嘉岛的拿破仑，小时候常喜欢独自一人到海滩去。那汹涌澎湃的大海，引起他无限的遐想。拿破仑长大后曾说："我最爱海浪，因为它蕴藏着无比的威力，可以吞掉无数细小的沙粒，可以用柔软的唇吻碎坚硬的岩石。我就要做那海浪，把世界踩在脚下！"

拿破仑洞察了督政府"急来抱佛脚""病重乱投医"的心理，不失时机地开出价码：必须赋予他军事全权及便宜行事的选择，督政府的任何人不得干预。他承诺说："等大功告成后，我就会放刀入鞘。"

很快，一张任命拿破仑·波拿巴为巴黎卫成部队司令官的提案就通过了。一夜之间，拿破仑成为权势炙手可热的"九门提督"。

拿破仑一朝权在手，即把令来行。李康学编著的《拿破仑》一书，记述了在这次保卫督政府之战中的拿破仑的"铁血手腕"：

> 走马上任后的拿破仑，立刻着手布置巴黎的保卫工作，为了对付保王党的叛乱，他指派骑兵队长缪拉，从巴黎城西北的萨布隆地拉来了40门大炮，又把凡尔赛的骑兵也调进巴黎，从而大大加强了巴黎的保卫工作。
>
> 到了1795年10月5日，保王党仗着人多，开始大举向巴黎进攻。
>
> 当他们控制了不少街道，正高喊着"打倒共和"、"绞死国民公会"的口号，并伴奏着震耳的乐曲准备去占领国民公会时，坐阵在交通要道口的拿破仑，身披雨衣，在微雨中把剑一挥，顿时，支在路中的40门大炮同时开火，一时间，巴黎上空浓烟滚滚，各样的喊叫声不绝于耳，求胜心切的保王党党徒没料到热月党人会有这么一招，等到大炮打到头上，一个个吓得魂飞魄散，不少保王党徒当场被炸得血肉横飞，命丧黄泉，活着的赶紧择路而逃。
>
> 就这样，一场由保王党谋划了很久的颠覆阴谋活动，顷刻间就被拿破仑的大炮粉碎了。
>
> 这次战斗使拿破仑成了巴黎人心目中的英雄，巴黎各阶层人士都在谈拿破仑，认为是他的英明才挽救了共和国，巴黎人还崇敬地称他为"葡日将军"。

拿破仑的这次"闪亮登场"，一直被后世的史学家认为是

"保卫了法国大革命的胜利成果"。拿破仑开创性地"用血肉筑起了他新的长城",也让巴黎的民众见识了拿破仑这个炮兵学院的高才生"用大炮说话"的威力。

有一个历史的细节,颇能反映拿破仑的心理逻辑。

此前,拿破仑曾于1792年5月底返回巴黎,目睹了这年夏季发生的两次重大事件。1792年6月20日,民众攻入杜伊勒里宫,迫使路易十六承认共和政体,戴上革命标志的红色弗吉尼亚帽低头认罪;同年8月10日,民众再度攻入杜伊勒里宫,把国王软禁起来,彻底推翻了波旁王朝的统治。

拿破仑在向友人谈论到这两件重大事件时,"一语道破天机"地暴露出他内心的真实世界。他把6月20日参加逼宫的人群称之为"无赖",他把8月10日的起义者更称之为"最无耻的群氓",认为路易十六错在不能当机立断,用大炮来对付他们。拿破仑说,"大炮是回答暴乱的最好手段"。

由此可见,拿破仑的大炮并非没有"阶级性",并非专门指向保皇党人。

拿破仑曾说过:"当人民采取过度的行为时,他们不配拥有自由。"拿破仑又说:"我并不厌恶自由,当自由挡住了我的前进道路时,我就要将它推开。"拿破仑还说:"人民一旦放纵,便是老虎。"拿破仑认为,物极必反,乱极盼治,"人人吃尽了大革命、议会、不安定、内部纷争的苦头"。

乱世用重典,乱世用铁腕。在经历了长久战乱和"红色恐怖"之后,民众如同久旱盼云霓一样,盼着有一个铁腕铁血的领袖人物整治乱局,拯救民众脱离水深火热。拿破仑正是时代呼唤的产物。

不识庐山真面目

斯塔夫里阿诺斯所著的《全球通史》是一部以现代意识来阐释历史的名著。此书中关于拿破仑的条目中有这样的文字：

> 拿破仑作为在意大利取得辉煌成就的将军而赢得声望，他利用自己的声望推翻了督政府。他先是作为 1799 至 1804 年的第一执政，后又作为 1804 至 1814 年的皇帝，统治了法国。对我们的论题来说，值得注意的是他对法国的 15 年统治有两个特点：国内改革和军事战役。前者巩固了革命成果；后者在邻国激起了二个民族主义反应并最后导致他垮台。[1]

茨威格在《一个政治性人物的肖像》一书中，描述了拿破仑攫取最高权力的"雾月政变"：

> 雾月十八这一天使波拿巴得以独霸全欧，具有讽刺意味的是，这天也许是这位伟人个人生活中最虚弱的一天。面对大炮，波拿巴坚定沉着。倘若要他用言语来赢得人心，他总是心情慌乱。多年来，他习惯于发号施令，已经不会以情动人。他能够高擎大旗一马当先，冲在他的掷弹兵的前面，把千军万马击成齑粉。但是，站在讲台上吓唬几个共和主义的辩护士，这位钢铁战士却未能办到。人们往往这样描绘这个场面：这位所向无敌的统帅被议员们倾盆大雨般的抗议声弄得方寸大乱，结结巴巴地说了些幼稚空泛的套话，例如"征战之神与我同在……"词不达意，狼狈不堪，他的朋友不得不赶紧把他从讲台上接下来。只有他的士兵的刺刀拯救了这位阿尔科莱和里沃利战役的英雄，使他不致在几个喧闹鼓噪的律师面前遭到可耻的失败。等他重新高踞马

【1】［美］斯塔夫里阿诺斯著，吴象婴译：《全球通史》，北京大学出版社，2006 年 10 月第 2 版。

上，成为主人和独裁者，命令他的士兵冲进大厅，驱赶议员，佩刀在握时，力量才重新涌入他深受震撼的心神。[1]

低矮的波拿巴与马背上高大的拿破仑形成鲜明的对比。

督政府的垮台没有流血，是一种"和平过渡"。在拿破仑的"逼宫戏下"，见风使舵的外交大臣塔列朗、警务部长富歇等一批督政府官员，"劝说"第一督政官巴拉斯"识时务"地发表退职声明，并保证划一块领地给他养老送终。巴拉斯在被"流放"前，不无自嘲地说："很高兴回到普通公民的行列。"

拿破仑轻而易举地让督政府就范，但在剥夺立法机构的权力时却遇到了麻烦。元老院和五百人院在圣克鲁宫开会，呼喊着"打倒暴君""打倒独裁者"的口号，要求议会宣布"拿破仑不受法律保护"，并且公然发出死亡威胁："在应该用断头台处死暴君的地方，就用断头台处死他；在不能用断头台处死他的地方，就用布鲁图斯的匕首刺死他。"拿破仑仍然是"用枪与他们说话"。缪拉元帅率领着掷弹兵冲进会场，命令说"把这帮蠢货都给我赶出去"，"把他们送到他们该待的地方"。刚才还趾高气扬的议员们，一看势头不好，一个个或越窗或夺门而逃。拿破仑为了取得"执政的合法性"，用军队包围了会场，在刺刀的威胁下，被抓回来的20名代表被迫以"五百人院"的名义，宣布将共和国的权力交给以拿破仑为首的三位临时执政，同时通过了解散议会的决议。接着，在圣克鲁宫，元老院未经讨论就发布了同样的法令。

【1】［奥］斯蒂芬·茨威格著，张玉书译：《一个政治性人物的肖像》，上海译文出版社，2007年。

深夜两点，拿破仑、西哀耶斯、罗歇·杜尔三位新执政宣誓就职。

拿破仑为建立中央集权体制，首先让西哀耶斯起草制定了一部新宪法。该宪法规定：第一执政有权任免政府各部部长、参政院成员及各省省长，有权任免驻外人员、军队将官及法官，有权签署对外条约……

雾月政变一个月后，依"新主宰"的意志，共和国八年宪法公布：执政任期十年，第一执政享有全权，第二、第三执政只有评议权。1800年年初举行了全民公投，结果有500多万票赞成，仅1000多票反对，法国人民以压倒多数的赞成票接受了新宪法。1800年2月7日，法国第一执政拿破仑乘坐六匹马驾的豪华车，前呼后拥地进入杜伊勒里宫。自此，一个君临欧洲的新独裁者横空出世。有一名史学家后来问起拿破仑的家谱，拿破仑意味深长地说："我的家谱从雾月开始。"

28岁的将军深切体会到军事力量的强大。

任何专制独裁者大概都明白"两杆子"的重要，在一手抓枪杆子的同时，另一手不能放松笔杆子，两手都要抓，两手都要硬。拿破仑上台伊始，就强化了对舆论的管制。拿破仑说："在我的统治下，不必实行出版自由"。他在1806年指出："民族的特点要求缩小新闻自由"，"报纸应该受到严厉的警务管制"。拿破仑认为："三家敌对的报纸比一千把刺刀更可怕"，并说："如果不管报纸，我的帝位保不住三天。"拿破仑还说："战争时期需要对舆论予以明智的指导"。在拿破仑的授意下，警务部长举起了"鞭子和棍子"，与大革命时期报刊的"百花齐放"相比，雾月政变后，官方数次查禁了许多报纸。至1800年1月，巴黎只保留下 13 家政治性报纸。1811 年，仅留存下 4 家报纸。幸存无几的巴黎政治性报刊，都成为新政权极其驯顺的喉舌。拿破仑曾经对他弟弟说："如果你听从人民的意见，你将一事无成。如果人民拒绝享受幸福，他们就是无政府主义者。当他们犯罪时，君主的首要责任在于实行惩罚。""人民的心愿几乎不由它的言辞来表达，它的意愿与需要，保存在君主的心中，胜过它自己的口头表达。"拿破仑执政期间，禁止民众要求什么"自由"和"民主"。

作为资产阶级国家机器的设计者，拿破仑建立起最能适应专制君主制度的国家机构。他取消了地方自治，实施地方服从中央的原则，采取了改革税制，整顿官场，选拔人才、淘汰冗员、严惩贪污盗窃、禁绝营私舞弊等的一系列措施。拿破仑强化了警务部和巴黎警察总署，它们的任务就是"把一切不稳定因素消灭在萌芽状态"。拿破仑对死心塌地的保皇分子予以武装镇压，同时又宣布凡是宣布效忠新制度，放弃对抗的人即可获得赦免。拿破仑"一手狼牙棒，一手胡萝卜"的软硬兼施政治手腕，使得以旺代为大本营的保皇分子的公开叛乱得以平息，吸引了数万贵族流亡者陆续回国，赢得了国内安定的大好局势，为对外征战打下了良好的基础。

教会在法国一直是一个举足轻重的政治力量。1801 年 8 月，拿破仑与教皇庇护七世签订了《政教协议》。拿破仑承认天主教是"大多数法国人的宗教"，但同时强调，主教和大主教必须由拿破仑来挑选和任命。主教任命的各级神父，也只有得到政府批准后才为有效。教皇的敕谕、咨文、通告、决定，必须得到政府的批准才能在法国通行。在拿破仑的强势下，教皇也只得"委曲求全"，拿破仑实质上在法国实现了"政教合一"。

拿破仑还进行了司法方面的改革。他建立司法部，改组法院、废除陪审制度，把法律变成"为我所用"的工具。由于法律成为"松紧绳""橡皮筋"，朝令夕改，当年在法国流行说"更换法律如同更换马匹一样频繁"。1800年8月12日，民法典草案起草委员会组建，由大法学家康巴塞雷斯领衔，拿破仑亲自主持了35次会议。1803年3月，立法院通过法典，1804年3月，拿破仑签署颁发，1852年的敕令确定其名称为《拿破仑法典》（又称《民法典》）。1807年颁布《商法典》、1810年颁布《刑法典》，这些成文法典成了近现代资本主义法制社会的法律规范。广义的《拿破仑法典》包括刑法、刑事诉讼法、民法、民事诉讼法、宪法、商法，建立了比较完整的法制体系，构成了拿破仑时代乃至此后很长一段时间的法国六法体系。这些成文法典的制定极大地促进了当时乃至今后很长一段时间的法国法制社会的法律规范。《拿破仑法典》还包括物权、债权、婚姻、继承，以及许许多多沿用至今的民法概念，是第一部把当时的基本原则、精髓完整传承到近现代社会的民法。

《拿破仑法典》，在法律上保障了新建立的小农土地所有制，确保了私人财产所有权的神圣不可侵犯，确立了市场经济条件下的商品交易和价值秩序，进一步传播了法国资产阶级革命的胜利果实，维护了法国普通民众的基本人权，将《人权宣言》中关于财产权、名誉权等基本人权概念化、具体化。正因为如此，许多人认为《拿破仑法典》是法国大革命结束的一个重要标志和产物。

拿破仑说过这样的话："真正的征服，唯一不使人遗憾的征

大卫绘油画
《萨宾妇女》

服，就是对于无知的征服。"拿破仑还说，"……耕牛已经套上了，就应该让它犁地！"这些言论耐人寻味。任何铁腕强悍人物，其内心深处总是把大众当作需要诲之不倦的"愚氓"。

在拿破仑看来，进行统治的全部秘密就在于，适时地扮演"狐狸"和"狮子"两个不同的角色。拿破仑说："我喜欢权力，就像一位乐师喜欢他的提琴。"拿破仑还说："权力是我的情妇。我努力奋斗征服了她，绝不容许别人从我身旁把她抢走，甚至向她求爱也不可以。"

拿破仑一朝权力在手，"人一阔，脸就变"，马上宣称："革命的浪漫史已经结束了，现在需要切实可行的原则。"对于拿破仑这种"子系中山狼，得志便猖狂"的变化，不仅后世的史学家见仁见智褒贬不一，就是当时的政治家思想家也是"横看成岭侧成峰"，充满了迷惘和困惑。

夏多布里昂原为波旁王朝的贵族军官。他曾表示欢迎革命，但随着革命的演变，他开始持怀疑和反对的态度。他在《墓中回忆录》中说："1791 年 1 月，我终于认真地拿定了主意。混乱愈演愈烈，只要有一个贵族的姓氏，就会遭到迫害。您的观点越是认真、温和，就越会受到怀疑和追究。我于是决定开拔……"[1] 夏多布里昂从此告别革命，加入流亡者的队伍。1800 年，他重新回到法国，拿破仑任命他为外交官。后来又因为与拿破仑的政见分歧，夏多布里昂再次流亡国外。1815 年，波旁王朝复辟后，夏多布里昂进入贵族院，成为"极端君主派"，他说"复辟至少提供了一个点，人们可以从中找回骄傲"，人们不再有"爬行的习惯"。

夏多布里昂在《墓中回忆录》一书中，前后流露出对拿破仑的矛盾表达："他给我的印象颇深，而且令人愉快"。"他没有任何江湖气，也没有丝毫的夸张与做作"。"波拿巴是一个疯狂的伟人"。拿破仑实行"专制主义""背叛了自由"，法军仅为他的"炮灰"。夏多布里昂批判当时的人物"竟然变成了波拿巴的最为卑躬屈节的仆人""他们的灵魂高不过波拿巴的脚""他们声称不需要天主，这就是为什么他们需要一个暴君"。夏多布里昂后来又说："我对波拿巴的崇拜一直很深很诚挚""波拿巴是败于天主之手"。

斯塔尔夫人是路易十六财务大臣内克尔的女儿，是法国大革命时期著名的女政治活动家。她在政治观点上表现着自我矛盾，对于君主立宪和民主共和难于做出抉择。斯塔尔夫人先是

【1】［法］夏多布里昂著，郭宏安译：《墓中回忆录》，生活·读书·新知三联书店，1997 年。

对拿破仑寄予厚望，"将她那飘忽不定的热情寄托于拿破仑·波拿巴的身上"，对拿破仑的军事功绩尽力颂扬，甚至不无夸张。但在 1797 年 9 月 4 日"果月十八日政变"，共和国督政府借助拿破仑的军队清洗了王党分子占多数的立法议会后，斯塔尔夫人认为："法国革命不再存在。人员不断更替，他们消失了，他们宁肯为了自身的利益而忽视其责任。"对于拿破仑 1799 年发动的雾月政变，斯塔尔夫人表示了强烈不满："在波拿巴的统治下，爱好钱财、头衔、各种享受和一切社会上的虚荣又重新出现，这些都是专制主义的伴随物。"她还指出，拿破仑的专制是"一种瞎说乱讲的暴政"。斯塔尔夫人对拿破仑的专制表达了强烈的愤怒，"波拿巴皇帝反对革命"，"他是这样一个人，只有担任指挥官时，他才感到自然"，"波拿巴就是藐视人类，从而藐视一切法律、考察研究、机构和选举，这些东西的基础是尊重人类。波拿巴陶醉于马基雅维里主义的劣质葡萄酒中。从许多方面看来，他好像是 14 世纪、15 世纪意大利的暴君"。斯塔尔夫人反对执政府的态度，使她的沙龙成为反对拿破仑的自由人士的聚集处，从而引起拿破仑执政府的愤怒。1803 年，斯塔尔夫人被禁止在巴黎的 64 公里之内居住。她说："我是被波拿巴驱逐的第一个妇女。"1808 年，斯塔尔夫人出版《论德意志》一书，抨击了拿破仑执政的时弊。拿破仑下令销毁该书，罪名是"反对法兰西"。拿破仑曾这样评议斯塔尔夫人："她的情感狂暴地与猛烈地表现出来"，"流亡时，她住在科佩，当地成为反对我的真正的火药库"。但斯塔尔夫人也客观评价了拿破仑的历史功绩："拿破仑政权在法国的两次重要事业，首先是军事的光荣；其次是恢复秩序的艺术。"[1]

夏多布里昂和斯塔尔夫人等对拿破仑前后矛盾的表述，正表现出那一代人对拿破仑现象的困惑。

路易·拿破仑·波拿巴是拿破仑一世的继承人，他对自己的伯父拿破仑的评价也是耐人寻味的："1789年的思想……到了1791年，看来已经破坏了旧秩序，并且建立了一种新秩序。但是，自由难产，数世纪之久的旧社会不易摧毁。1791年之后至1793年，人们举目四望到处只见废墟……直至拿破仑出现，他治理了鱼龙混杂的乱局，分清了真理与激情"。"如果没有执政府与帝国，革命只是一场伟大的戏剧，只能留下伟大的回忆，而不能留下多少痕迹"。拿破仑"不曾玷污革命"，相反应该将拿破仑视作"新思想的传播者"。路易·拿破仑·波拿巴认为："皇帝是两个对立的世纪的协调人，他消灭了旧制度，但是恢复了它的好的东西；他消除了革命精神，但是到处使革命的善行获得了胜利。"

路易·拿破仑·波拿巴对拿破仑做出了肯定："1789年至1800年的各届政府皆有过度行为，尽管如此它们获得巨大成果。法兰西保持着独立，封建制度遭到破坏，有益的原则得到了传播。但是，一切尚未坚实地确立，存在着太多相互对立的因素"。"皇帝只是将存在的可能性变为现实。革命的最大困难，在于避免人民思想的混乱。一切政府的责任在于反对错误的思想与指导正确的思想"。"皇帝就是他的时代的正确思想的代表"。

路易·拿破仑·波拿巴在他出版于1839年的《拿破仑思想》

【1】 以上材料来源于郭华榕著《法国政治思想史》一书，人民出版社，2010年10月版。

一书中指出："拿破仑是国家的最高领导。由人民选举产生，是民族的代表……人民的第一个代表者"，"拿破仑是一个中心，全国的各种力量都团结到他的周围"，他拥有"人民的无限的信任"。

路易·拿破仑·波拿巴在 1849 年 10 月的总统致立法议会的咨文中要求"议会接受拿破仑思想，总统的选举就是它的体现。""1848 年 12 月 10 日是一种体制的完全胜利。因为拿破仑的名字就是一个纲领"，他渴望秩序、权威、宗教、"人民的福利"与民族尊严。拿破仑一世的政治生涯曾有成功与失败，但是无论如何，"捍卫皇帝，就是捍卫法国人民的权力"。

拿破仑三世作为拿破仑一世的继承者接班人，当然要珍惜他的"政治遗产"，以确立其执政的"合法性"。

列夫·托尔斯泰在《战争与和平》一书中，用"第三只眼睛"从另一个视角看待拿破仑现象：

> 从法国革命开始，那个旧的不够大的集团被破坏了，旧的习惯和传统也被破坏了，一个具有新的习惯和传统的范围比较大的集团成立了，那个站在将来的运动的前头，负起一切不得不做的事的责任的人也产生出来了。

> 一个没有信仰、没有习惯、没有传统、没有名望，甚至不是一个法国人的人，由于似乎是最稀奇的偶然，从所有沸腾的法国政党中间出现了，而且，没有参加任何一个法国政党，就被推上一个显著的地位。

> 他的同事的无知，他的反对者的渺小，他的公然作伪，以及这个人炫目的自以为是的狭隘性，把他提到军队的领袖地位。派去意大利的军队的士兵的辉煌品质，他的敌人的缺乏斗志，以及他自己的幼稚的胆大和自信，使他得到军事上的名望。无数所谓的偶然到处伴随他。他失去法国统治者的宠爱，反而于他有利。

他从意大利回来的时候，发现巴黎的政府陷入解体过程中，在那个过程中，所有政府里那些人都不可避免地被清洗、被毁掉了。……他来到巴黎，这时一年前可能毁掉他的共和政府的解体已经达到极点，作为一个与政党纠纷无关的新来者，他这时的来临只能抬高他的身价……

偶然，成百万的偶然，给了他权力，所有的人，好像商量好了的，共同承认那种权力。偶然形成法国统治者的性格，他们服从了他。

这真可谓"横看成岭侧成峰"，"不识庐山真面目"。

贝多芬《英雄交响曲》的变奏调

斯塔尔夫人对拿破仑不断发动的对外战争，曾洞若观火地表达了这样的见解："波拿巴需要战争，以便建立与维持绝对权力。"

1801年2月9日，奥地利代表科本茨在他认为从形式和内容上"都是可怕的"《吕内维尔和约》上签了字。奥地利被彻底驯顺了；1802年3月26日，英国新首相艾丁顿和外交大臣霍克斯里"沉重而且屈辱地"在《亚眠和约》上也签了字，虽然并没有宣布英国战败。1805年，拿破仑取得了更为辉煌的奥斯特利茨"三皇会战"的胜利。这些对外征服条约的签署，进一步巩固了拿破仑在法国的专制独裁政权。

拿破仑总会审时度势，不失时机地挟战争胜利之余威，达到自己政治上的目的。在《亚眠和约》签订后，拿破仑马上举行全民投票，议会根据"全民决定"，宣布拿破仑成为法兰西共和国的"终身执政"。这就是说通过选举而终止了选举，确立了拿破仑统治的"终身制"。

茨威格在《一个政治人物的肖像》一书中，对拿破仑的"皇帝梦"做了这样的描绘：

> 第一执政波拿巴……两年前他还觉得当上终身执政是他勃勃雄心的最高实现，如今在这个驾着成功的翅膀腾空而起的人看来，这已嫌不足。他不愿再当公民中的第一公民，而是凌驾于臣仆之上的主子和君王。他有强烈的欲望想用皇冠的金箍来冰激他那炙热的额头……

天无二日，世间不允许存在两个"真龙天子"。拿破仑为扫清自己登基的一切隐患和障碍，不顾众人的劝阻，毅然决然地处决了波旁王朝孔代家族的后裔——甘当亲王。

拿破仑想当皇帝的企图，已然是"司马昭之心，路人皆知"了。于是，宣扬波拿巴家族世袭君主制的必要性的呼声与日俱增。来自各地各阶层的谄媚的请愿书劝进书纷沓而至。在举国民意的"强烈要求"下，1804 年 5 月 18 日元老院通过决议，授予拿破仑皇帝称号。随后，法兰西民族的公民们，也以压倒性多数票确认了拿破仑皇帝的世袭地位。

据郭华榕《法国政治思想史》一书记载，拿破仑每一次权势的升级，都拥有"执政合法性"。从 1799 年 11 月政变至 1815 年 6 月彻底垮台，拿破仑先后举行过四次全民公投，都获得了绝对多数法国公民的支持。1799 年 11 月政变后于 12 月公布宪法，兑现自己对民众的承诺，1800 年 1 月，举行该宪法的公民投票，2 月 7 日公布结果：3011007 人赞成；1802 年 5—7 月，举行关于是否赞成拿破仑终身执政的全民公投，8 月 2 日公布结果：

人表示赞同；1804 年举行关于是否赞成拿破仑称帝的全民公投，11 月 6 日公布结果：3500000 人投了赞成票；1815 年重获政权后，拿破仑颁发《帝国宪法补充法令》，不久又举行全民公投，6 月 1 日公布结果：1305206 人表示同意。拿破仑的几次全民公投，反对票和弃权票都很少。

这些现象，究竟是民意的真实反映，还是强权的笼罩阴影？

拿破仑曾对立法院的议员们训诫："你们认为自己是人民的代表，你们不是。人民，初级会议不曾选举你们。我是法国人民的唯一代表。500 万张选票陆续将我选入执政府，使我成为终身执政，助我建立了帝国。"

马克思指出：拿破仑"本是农民塑造出来的一个人物"，"代表一个阶级，而且是代表法国社会中人数最多的一个阶级——小农"。"波拿巴王朝是农民王朝，即法国人民群众的王朝"。[1] 马克思的论断是深刻的。那种从承诺民主自由而走向专制独裁的领袖人物，必然是农民意识形态的产物。

在罗浮宫有雅克·路易·大卫创作的驰名中外的世界名画《皇帝拿破仑一世加冕》。当年，拿破仑向宫廷首席画家大卫预定 4 幅画，用来纪念加冕盛况。但实际上大卫只完成了两幅，即《颁发鹰饰勋章》和这幅长近 10 米、高 6 米多的巨幅油画，记载下这个意味深长的历史画面：

> 加冕典礼定于 12 月 2 日举行。加冕仪式务必灿烂辉煌，堂皇富丽。
>
> 人们从欧洲的四面八方而来，出席观看如此盛况空前、无与

【1】《马克思恩格斯选集》第 2 卷，人民出版社，1995 年，第 454、677 页。

伦比的非凡表演，人人争相一饱眼福……

早晨9点，教皇也起了圣驾去大教堂……过了两小时后，皇帝皇后才登上金銮驾。这是一辆四轮豪华马车，镶金镀银，光亮如镜。

上面铺有白天鹅软垫，顶上雕有戴皇冠的帝国之鹰。盛大的护驾仪仗队紧跟着前往圣母院。沿途街道由士兵筑成了人墙，一路上钟鼓齐鸣，礼炮不绝，50万观众的欢呼声不绝于耳。

来到大主教府，拿破仑与皇后相继登上宝座。……在皇座上，拿破仑想到当年的穷光蛋由于他的光荣建树而青云直上，不禁转回头感慨地对他的哥哥说："约瑟夫，要是我们的父亲看到今天，该多么高兴！"

登基的烦琐仪式整整进行了四个小时。有趣的是，按常规给皇帝加冕本应由教皇来做，而拿破仑觉得他的皇冠不是上帝的赐予，而是用自己的剑拼搏出来的，所以，当教皇为他敷过圣油之后，他一把从祭坛上亲自端起皇冠，像古代的恺撒大帝那样戴在了自己的头上。接着，他又把另一顶皇后的桂冠，拿起来戴在了约瑟芬的头上……[1]

路易·大卫的《皇帝拿破仑一世加冕》正是表现了这一宏大壮观的场面，画面上100多个人物，个个栩栩如生。

一人得道，鸡犬升天。随着拿破仑的加冕，波拿巴家族及拥戴有功人员也都"水涨船高"。

拿破仑将妻子约瑟芬封为皇后，将母亲莱蒂齐娅、妹妹埃利莎和卡罗利娜封为殿下；拿破仑的哥哥约瑟夫成了大选帝侯，弟弟路易成了要塞司令，继子欧仁成了轻骑兵上将，奥坦丝成了亲王夫人。拿破仑的同学和许多战友也都以权得利而变得富

【1】 李康学：《拿破仑》，辽海出版社，1988年。

有起来。德·马齐斯成了家具总管，他的兄弟掌管彩票，是个大财东；洛里斯通，成了将军和大使；拉里布瓦齐埃尔和索尔比埃尔，当了炮兵总监；维拉索，任加尔省省长；奥松炮校校长泰伊将军，因当年器重拿破仑，尽管现在已经衰老不堪，但还是当了梅斯城防司令；而陆军军需官诺丹成了阅兵监察；无能的卡尔托也竟然被任命为万塞纳的统治者……

在巴黎罗浮宫，有一幅安托尼 – 让·戈洛创作的《拿破仑探望鼠疫患者》的巨型油画。这是一件查无史实的"艺术创造"。历朝历代总不乏这类御用文人，刻意奉迎地去做无中生有的歌功颂德。

戏剧大师布莱希特曾意味深长地说过这样一句话："一个呼唤英雄的时代是不幸的时代。"

贝多芬创作的《英雄交响曲》享誉世界，原稿上的标题是《拿破仑·波拿巴大交响曲》，是应法国驻维也纳大使的邀请，为赞颂拿破仑的丰功伟绩所写。但当贝多芬听到拿破仑称帝的消息时，愤然撕去标题页。贝多芬说："他也不过是一个凡夫俗子！"于是，贝多芬将标题改成了现在的曲名。

一将成名万骨枯

巴黎凯旋门的内壁上，刻有跟随拿破仑·波拿巴远征的286名将军的名字，还刻有反映1792年至1815年间法国历次战争的巨幅史诗雕像，记载了拿破仑征战中"血染的风采"。这些曾经显赫的元帅将军们，"伤心秦汉经行处，宫阙万间都做了土"。胜者为王化作土，败者如寇亦成土。

我看到拿破仑的征战史上有这样的记载：

1798 年 7 月 19 日，拿破仑远征埃及，战术和武器装备均落后的埃及军队，成为拿破仑屠刀下的待宰羔羊，数万人血洒战场，大批骑兵被驱赶进尼罗河……

1799 年 2 月，远征军进入叙利亚，在攻占雅法一役中，由于雅法拒绝投降，占领军入城后屠城杀戮。血水染红了海岸。同时，由于非洲炎热的天气，"瘟疫在法军中流行，数千士兵在几天内就丧失了作战能力"。

1807 年 2 月 8 日，俄法军队在俄国境内艾劳遭遇，猛烈的炮击宣告战斗开始。曙光初露的隆冬季节，法军元帅达武率右翼，奥热罗元帅率中路，几十万大军展开殊死拼杀。当夜幕降临时，早晨还活蹦乱跳的数万将士，已经长眠于烽烟未尽的冰天雪地的战场上。濒临死亡的伤员们凄惨的呻吟声悲痛欲绝地划破寒夜的天空。

1809 年 5 月 22 日，在维也纳附近的艾斯林村，法奥军队展开了殊死拼杀，战斗尚未见分晓，已经有 12000 多名法军将士抛尸沙场。在这次战斗中，拿破仑的爱将拉纳元帅也被炸断了双腿。面对弥留之际的拉纳元帅，一向信奉"男儿流血不流泪"的拿破仑与拉纳相视而泣，涕泪纵横。

1812 年 5 月，拿破仑率领操 12 种语言的 57 万大军远征俄罗斯。法国皇帝一心速战速决，在俄罗斯严寒的冬季到来之前结束战斗。而老谋深算的俄军统帅库图佐夫则秩序井然地做着战略转移，避免与来势凶猛的法军正面决战，使长途征战的法军战线拉长，兵力分散、给养困难。9 月 14 日，最终的会战在通往莫斯科道路上一个叫博罗迪诺的村子打响，经过异常惨烈的血战，在伤亡4万人之后，法军才夺下这个小村。此后进入莫斯科的占领军突然发现，莫斯科已经变成一座坚壁清野的死寂空城。"多么可怕的景象"，撤出克里姆林宫的拿破仑惊颤地说了这样一句话。入侵者犹如进入了一座墓穴，到处都是凶猛的火墙。俄罗斯人的坚壁清野和俄罗斯早到的严寒，把法兰西几十万精壮将士连同拿破仑称霸全欧的美梦，一齐葬送在一望无际的冰原上。法军不是战死就是冻死，最后回到法国的只有不到3万人。

列夫·托尔斯泰的史诗性巨著《战争与和平》一书，全景式地描述了拿破仑1812年入侵俄罗斯的战争。他用文学的笔法记载下拿破仑溃不成军的败逃景象：

> 所谓游击战是从法国人进入斯摩林斯克的时候开始的。……成千敌人的落伍兵、抢掠者和粮草征发者被哥萨克们和农民们消灭了，这些人像一群狗咬死一条无家可归的疯狗一样地自然地杀掉他们……一个看守教堂的人指挥了一队人马，在一个月内捉了几百个俘虏；还有一个村长的老婆伐西里莎，也杀了几百个法国人……

拿破仑的无敌之师陷入了"人民战争的汪洋大海"。

在1813年10月的莱比锡战役中，法军集中了37.5万人，而反法联盟的军队则有85万之众。这场战斗刚开始，拿破仑就失去了他的第二个元帅贝西埃尔。法军渡过萨勒河不久，近卫骑兵就在里帕赫峡谷与敌前哨遭遇。俄军第一次炮火齐射就击中目标，贝西埃尔被一颗炮弹炸死。贝西埃尔的不幸牺牲，使拿破仑深感悲痛，更使他震惊的是迪罗克的死。包岭一战后，他正率兵追击普军后卫，忽然来人禀报大元帅中弹的消息，他开始简直不愿相信，"迪罗克？你们骗我吧。他刚才还在我身边呢。"一位军官证实了消息。拿破仑急急地赶到迪罗克的床头。迪罗克腹部炸裂，奄奄一息地躺着。皇帝拥吻他，想方设法给他安慰……

莱比锡战役中，法军遭到联军的重大打击，战争结束时法军只剩 5.6 万人的残兵败将。

"将军百战死"，"马革裹尸还"，拿破仑一次次经历了"忍看朋辈成新鬼"的悲痛欲绝。据传，拉纳元帅留给拿破仑的遗言是："结束战争吧，不能再流血了。"然而，战争机器一旦开动，就不是其中的任何一个齿轮和螺丝钉所能左右的。

1814 年，拿破仑进行了"逊位"前的"最后挣扎"。为了抵御反法联盟的兵临城下，拿破仑提前召集了新兵，费尽全力拼凑了 30 万人，其中不乏年近古稀的老人和尚未成年的孩子。这些人都被驱使到战场充当了"炮灰"。

有史学家做过这样的统计，阵亡人数的比例是：在奥斯特里茨，法军 14%，俄军 30%，奥军 44%；在华格朗，法军 13%，奥军 14%；在莫斯科，法军 37%，俄军 44%；在柏林，法军 13%，俄军和奥军 14%；在滑铁卢，法军 56%，联军 31%……这些冷冰冰的百分比数字，都是由生命和热血所构成的。

拿破仑的军事天才，就是以自己尽量少的牺牲代价，换取最大限度地"歼灭敌人的有生力量"。换句话说，就是把鲜活的生命变成一具具僵尸。反过来，对手也是"以其人之道还治其人之身"，把拿破仑的"生力军"全部歼灭，以防止其东山再起卷土重来。

一将成名万骨枯。

列宁认为，拿破仑称帝是个分水岭："法国大革命的战争起初是民族战争，这些战争都是革命的，保卫伟大的革命，反对反革命君主国的联盟。但是，当拿破仑建立了法兰西帝国，奴役欧洲许多早已形成的、有生存能力的民族大国的时候，法兰西的民族战争便成了帝国主义战争，而这种帝国主义战争又产生了反对拿破仑帝国主义的民族解放战争。"[1]

恩格斯评价拿破仑说："拿破仑不朽的功绩就在于：他发现了在战术和战略上唯一正确使用广大的武装群众的方法……

"拿破仑在农民眼中不是一个人物，而是一个纲领。

"他们举着旗帜，奏着音乐走到投票箱跟前去，高呼：'打倒捐税，打倒富人，打倒共和国，皇帝万岁'。

"隐藏在皇帝背后的是一个农民战争。"[2]

正是这些寻求自由，寻求翻身得解放的农民和最底层的民众，用鲜血和生命支撑起拿破仑旷日持久的征战。

英雄末路"滑铁卢"

"滑铁卢之战"成为拿破仑的英雄末路。

名扬历史的"滑铁卢之战"，其实，作战地点离开滑铁卢有半法里远，而真正改变欧洲历史的是那个叫乌戈蒙的"毫不起眼而又触目惊心惨不忍睹"的地方。那是拿破仑"兵败滑铁卢"，决定命运战役中的焦点，"是巨斧痛劈声中最初碰到的盘

【1】 列宁：《论尤尼乌斯的小册子》，《列宁全集》第22卷，人民出版社，1990年。

【2】 马克思：《1848年至1850年的法兰西阶级斗争》，《马克思恩格斯全集》。人民出版社，1959年，第7卷第50页。

根错节"[1]。

乌戈蒙即便在几万分之一的军事地图上，也仅是一个缺了一只角的不规则长方形。乌戈蒙有两道门，也就是古堡的门和庄园的门。南门在那个角上，有道高围墙做了它的屏障。拿破仑的几个精锐之师都消耗在那道"死亡线"上。

雨果在《悲惨世界》第二部"滑铁卢"一章中，对这场战斗的残酷做了这样的描绘：

> 两扇门板都是粗木板做成，更远一点，便是草地。当时两军争夺这一关口非常猛烈。门框上满是殷红的血手印，历久不褪。
>
> 搏战的风涛还存在这院子里，当时的惨状历历如在眼前，伏尸喋血的情形宛然在目；生死存亡，有如昨天；墙垣呻吟，砖石纷飞，裂口呼叫，弹孔沥血，树枝倾斜战栗，好像力图逃遁。
>
> 当时以古堡为碉楼，礼拜堂为营寨。两军便在那地方互相歼灭。……从礼拜堂出来，朝左，我们可以看到一口井。为什么没有人到那里面去取水了呢？因为那里面填满了枯骨……许多人都在那里喝了他们最后一口水。
>
> 那口井相当深，成了万人冢。那里面丢进了三百具尸体。也许丢得太急，他们果真全是死了的人吗？据说，未必尽然。仿佛在抛尸的那天晚上，还有人听见微弱的叫喊声从井底传出来。
>
> 院子左边的那道门，通向果园，果园的情形惨极了……在那一块几方丈大小的地方，1500人在不到一个钟头的时间里，全倒下去了。总攻击当时是从这面来的。一道高的青藤篱遮掩着墙的外面，法国兵到了，以为那只是一道篱笆，越过去，却发现了那道设了埋伏、阻止他们前进的墙。英国近卫军躲在那墙后面，暴

─────────

[1] 雨果语。

雨似的枪弹迎面扫来，索亚的一旅人在那里覆没了。滑铁卢便是这样开始了。

……………

烈火，伏尸，流血，英、德、法三国人的血液奋激狂暴地混成了一条溪流，纳索的部队和白朗斯维克的部队被歼灭了，英国近卫军受到了重创，法国海伊部下的 40 营中的 20 营也被歼灭。在这所乌戈蒙宅子里，3000 人里面，有些被刀砍了，有些身首异处，有些被扼杀，有些被射死，有些被火烧；凡此种种，只是为了今日的一个农民向游人说："先生，给我三个法郎，假使您高兴，我把滑铁卢的那回事说给您听。"

这仅仅是滑铁卢之战的一个"序幕"，此后，在十几个小时内，英法两军相持不下拉锯般地你来我往，奇异的战争就像两个负伤恶斗的人纠缠肉搏，双方的血都已流尽，但是彼此都不肯放手，仍旧继续搏斗，看两人中间究竟谁先倒下。

滑铁卢之战与其说是战争，不如说是屠杀。滑铁卢之战是拿破仑指挥的所有阵地战中，战线最短而队伍密度最大的一次。距离战场：拿破仑，一法里的四分之三；威灵顿，半法里。每方投入的兵力都接近十万人。

尤其令我感到震撼的是，兵败如山倒，就在英军奥军"宜将剩勇追穷寇"，追杀溃逃的法军时，那些"热爱炮手的炮灰"，还在眼睁睁地寻找着他们的统帅："他在什么地方？"雨果记载下这样的场面："羽林军知道自己去死已不远，大声喊着：'皇帝万岁！'历史里面再没有比那种忍痛的呼喊更动人的事了。"雨果说："人已经被拿破仑变成伟大的了，同时也被他变成渺小的了。"

1815 年 6 月，距拿破仑恢复帝位仅百日，"雄鹰跌落滑铁卢"。

雨果在经历了"百日皇朝"和惨烈的"滑铁卢之战"后，痛心疾首痛定思痛地说："那对于悠悠宇宙，有什么关系？那一切的风云，那一切的阴影，都丝毫不至于惊扰那只遍瞩一切的慧眼。在它看来，一只小蚜虫从这片叶子跳到那片叶子，和一只鹰从圣母院的这个钟楼飞到那个钟楼，并没有区别。"

1821 年 5 月 5 日，拿破仑在南太平洋的圣赫勒拿岛溘然长逝，破灭了最后的英雄梦。拿破仑的遗言是："我愿意把我的遗骨埋在塞纳河畔，安葬在我如此热爱的法国人民中间。"直到 19 年后，1840 年，法国政府才将拿破仑的遗骨迁葬回国，埋在塞纳河畔的荣军院。

我未能从史料中看到拿破仑的葬礼是否从凯旋门下经过。我只知道，1885 年，法国著名作家维克多·雨果逝世时，法国人民为了缅怀这位伟大的作家，决定为他举行隆重的国葬。雨果的遗体于 1885 年 5 月 22 日在凯旋门下停灵一夜，随后被安葬在安葬伟人的先贤祠。

我想，那些用笔杆子征服世界的作家们，大概比用枪杆子征服世界的将军们更为令人尊重。因为他们的手上没有沾血。

皇家啤酒馆：

专制独裁领袖的酿造场

走进历史的现场

慕尼黑一直是我希望亲临其境的地方。因为在此地发生过两起震惊世界的重大历史事件：一个是希特勒发动政变的皇家啤酒馆，这里成为纳粹法西斯的发源地。皇家啤酒馆德语叫霍夫勃劳豪斯，它的标志 HB 是 Hofbrauhaus 的简写。"霍夫勃劳"的意思就是"皇家"。说起皇家啤酒馆的来历也相当有趣，据说在 16世纪，约在 1589 年，当时的巴伐利亚公爵威廉五世因为经济拮据，但宫里每天几百个人的啤酒供应又是必不可少，怎么办呢？这位颇有商业头脑的公爵突发奇想，不如干脆自己建造啤酒作坊，如此一来，既可满足家里人的酒量，还可把啤酒卖给市民，减轻自己的负担。于是，皇家啤酒馆就这样诞生了，而且还成为巴伐利亚啤酒文化的发源地。这家已有 600 年历史的"宫廷啤酒坊"因希特勒的"啤酒馆政变"而闻名于世。1923 年，野心勃勃的希特勒，利用德国民众在经历了第一次世界大战后出现的

经济危机和政治动荡，
呼唤出现"铁腕领袖"
挽狂澜于既倒之机，认
为夺权时机到来，便选
择了这家人群最为集中
的皇家啤酒馆当作自己
的宣传鼓动阵地，并以
突然袭击的方式在这里
劫持了当时的巴伐利亚
三巨头，发动了震惊世
界的"啤酒馆政变"。
这次暴动很快以失败告

皇家啤酒馆

终，希特勒被捕锒铛入狱。然而，历史的诡谲令人匪夷所思，灭
顶之灾的失败政变成为纳粹希特勒的命运转折点，法西斯势力因
祸得福起死回生勃然崛起，几年后成为德国最强悍的政治势力并
攫取了政权。还有另一个重大事件，慕尼黑是《慕尼黑协定》的
签署地。1938 年 9 月 29 日，在慕尼黑召开了由希特勒、墨索里
尼、张伯伦、达拉第参加的德意英法四国首脑会议。为了"祸水
东引"，把希特勒的法西斯引向苏联，作为一种交换条件，英法
两国首脑决定把捷克斯洛伐克的苏台德区"转让"给德国。这就
是臭名昭著的"慕尼黑协定"。而被宰割的受害者捷克斯洛伐克
却没有权力出席会议，只能在会场旁边的雷吉娜酒店听候"判
决"。希特勒在这次会议上曾声称，苏台德区是他对西方的最后
一次领土要求。张伯伦对此毫不怀疑，回到伦敦下飞机时，还兴
高采烈地声称，他带回来"一代人的和平"。而希特勒最终没有

实践他的诺言，在占领了苏台德区后，第二年 3 月就悍然吞并了整个捷克斯洛伐克，进而对波兰发动闪电袭击，发动了第二次世界大战。"慕尼黑协定"成为叛卖、绥靖、背信弃义、搬起石头砸自己的脚的代名词。一个城市竟然发生着两个如此"厚黑"的事件，如果再加上 1972 年慕尼黑奥运会的人质事件，简直可以用广东话称呼"莫你黑"[1]了。

慕尼黑构成了希特勒生命轨迹的弧形抛物线，从起点转折为跌落的最高值。

末流画家的惊世之作

2012 年 10 月 21 日下午，我们旅欧一行离开白天鹅城堡，奔赴慕尼黑。来到慕尼黑古城区中心的马丽恩广场时已是暮色苍茫。整个广场鳞次栉比耸立着许多巴洛克和哥特式建筑，各种雕塑比比皆是，栩栩如生。广场北面是哥特式建筑风格的新市政厅，从 1867 年开工到 1908 年建成，用时 40 多年；由于建筑于不同时期，有的部位是大理石，有的部位是红砖，建筑布局恢宏、装饰华丽，犹如一件巨大的镶嵌艺术品。广场中央是高 85 米的钟塔，有奇特的玩偶报时钟；12 个钟点由 12 个骑士组成，每到一个钟点，12 个骑士就走马灯似的出来报时；一组 1.4 米高的彩塑人物则围成圆圈跳舞，向人们展示德国历史上"威廉五世公爵"与雷塔娜·冯·洛特林小姐结婚的场面。广场西北面，有

【1】 即指没你黑。

慕尼黑马丽恩广场夜景

两个绿色"洋葱头"尖顶的双塔建筑，是圣母大教堂[1]。马丽恩广场上，随处可见各类身怀绝技的艺人在表演，还有两支管弦乐队在演奏……我们顷刻间就感受到作为一座历史文化名城的浓厚文化氛围。

我想，100多年前的那个星期天——1913年5月25日，时年24岁的希特勒从他的故乡维也纳来到慕尼黑，大概与我们有着类似的感受。希特勒在《我的奋斗》中写道："如果说，比起世界其他地方来，我更爱慕尼黑的话，部分原因是，它过去是，现在仍是同我开拓的生活息息相关。"慕尼黑无疑是希特勒的发迹之地。

慕尼黑1913年时有人口60万，是欧洲活跃程度仅次于法国

[1] 即慕尼黑大教堂。

巴黎的文化中心，多年来，它一直吸引着许多慕名前来的画家。那时，自视"画家"的希特勒也来到了这里，希冀着发展自己的艺术事业。

希特勒的父亲曾希望他成为一名公务员，而希特勒的志向却是当一个画家。他对父亲说："我绝不做公务员。我一想到坐在办公室里，毫无自由，不能自由支配我的时间，把我一生的时光花在填写各式各样的表格上，我就要作呕！我要做个画家，当一名艺术家！"然而，命运总是阴错阳差。希特勒两次报考维也纳美术学院都落榜了。他稍微调整了志向，改学建筑装饰。希特勒来到慕尼黑，在施霍宾区施莱斯默大街 34 号的租房登记表上填写的是："阿道夫·希特勒，建筑画师，来自维也纳。"

希特勒在《我的奋斗》中描述了自己的这段生活："本人是靠出卖自己的画为生。因为本人一无所有（家父生前系一公仆），我之卖画是为了能继续学习。作为一个建筑画师，本人仍处在训练阶段，因此，我只能以部分时间作画谋生。我之收入甚微，仅能收支相抵。我月收入极不固定，眼下收入微薄，原因是，此时慕尼黑之书画市场，正在冬眠，而在此地生活或设法生活的画家人数几乎达三千。"

在希特勒身上，有着极为浓烈的"艺术家情结"。当希特勒成为第三帝国的专制独裁者，集党政军大权于一身时，仍不忘圆他艺术家的梦。他在贝希特斯加登附近的上萨尔茨山，购买大片土地修建了一座豪华宫殿，内有 60 个房间，房间里收集了众多荷兰、意大利和德国大师的绘画。这些绘画是希特勒从慕尼黑古董商阿尔默斯夫人、柏林古董商哈贝尔施托克及通过他的摄影师霍夫曼和德累斯顿画廊的经理购买的。客厅里褐色瓷砖上绘有手举纳粹旗帜的少女和少年鼓手的浮雕。客厅里还悬挂着一幅非常珍贵的意大利古画，画的是罗马的大斗兽场。紧挨客厅的一侧是200多平方米的大厅，有几级台阶由客厅通向下方，最下面一级台阶旁的底座上，摆放着一尊宙斯的头颅，它是意大利出土的文物。大厅的墙上悬挂着织毯和绘画，包括提香的《维纳斯》；前厅里挂着一幅俾斯麦肖像；侧楼上是一尊理查德·瓦格纳的半身塑像。希特勒的套房里有个房间是画廊，专门陈列各种珍贵的名画；壁炉上方悬挂着一幅莫尔特克肖像……处处都洋溢着浓郁的艺术氛围。

历史上曾留下了希特勒作为一个画家的作品：有一次，有个士兵打了只兔子，准备休假时带回家，然而却被他恶作剧的战友调包了，他带走的是一块砖。希特勒给这个玩笑的受害者寄了一张明信片——上面有两幅漫画，一幅是那士兵在家打开包砖头的包袱，另一幅是他的朋友们在前线吃兔子。

也许，作为画家的希特勒，他在绘画上的最大成就，是"创造"了纳粹党旗。

威廉·夏伊勒在《第三帝国的兴亡》[1]中记载：

> 希特勒要做艺术家没有成功，做宣传家却成了一个大师，他在1920年夏天触动了一个灵机，不能不叫人认为是天才的表现。他看到，纳粹党所缺少的是一个能够表达这个新组织的主张，打动群众的心灵的徽号，一面旗帜，一种象征。希特勒认为，群众必须要有一面明显的旗帜来随之前进，为之斗争。他在多方考虑和试了不少图样以后，想出了这样一面旗帜：红底白圆心，中间嵌个黑卐字。带钩十字的卐字虽然是袭用古代的，日后

【1】［美］威廉·夏伊勒：《第三帝国的兴亡》，生活·读书·新知三联书店，1974年。

却成了纳粹党的有力的和吓人的标记，最后也成了纳粹德国有力的和吓人的标记。

艺术气质的人有着用形象表达思维的天赋。这面"红地白圆心，中间嵌个黑卐字"的旗帜，1935年后成为纳粹德国的国旗，飘扬在被希特勒铁蹄蹂躏和征服的欧洲各国土地上。

《第三帝国的兴亡》中还记载：

> 至于颜色，希特勒当然不要他痛恨的魏玛共和国的黑红黄三色。
>
> 他不想采用前帝国的红白黑三色旗，但是他喜欢这三种颜色，不仅因为——据他说——这三种颜色是"现有色彩最协调的颜色"，而且因为这三种颜色是他曾经为之战斗的德国军旗的颜色。

画家出身的希特勒，有着对颜色的敏感。他在《我的奋斗》一书中，十分得意他的"创造"。他说："这是一个真正的象征！红色象征我们这个运动的社会意义，白色象征民族主义思想，卐字象征争取雅利安人胜利的斗争的使命。"

那一刻，希特勒的艺术灵光闪现，他作为画家的创造力得到"淋漓尽致"的发挥。威廉·夏伊勒在《第三帝国的兴亡》描述说：

> 不久又给冲锋队员和党员的制服设计了卐字臂章。
>
> 两年后[1]，希特勒设计了纳粹的锦旗，供在群众游行时使用和在群众集会的主席台上装饰。
>
> 这种锦旗模仿古代罗马的图样，上面是个黑色的金属卐字，有一只鹰踩在一个银色的花环上，下面是个长方形金属框，刻有

【1】 此处指1922年。

纳粹党的缩写字母，挂着有流苏的绳子，整个锦旗就是一面方形的卐字旗，上面写着："觉醒吧，德意志！"

这也许谈不上是"艺术"，然而却是最高超的宣传。纳粹党现在有了一个任何其他政党所不能比拟的标记，带钩的十字仿佛具有一种神秘的力量，吸引着在战后初期混乱的年代中一直彷徨无依、生活没有保障的下层中产阶级，鼓舞他们朝着一个新的方向采取行动。他们开始在它的旗帜底下聚集起来了。

在第一次世界大战期间，希特勒曾对维斯登基尔希纳说：如果在和平时期，他将成为一个画家。

《世界名人大传·希特勒篇》中写道："或许是命由天定，或许是这个世界在劫难逃，当年那些与希特勒一同投考美术学院的幸运者中并没有诞生出世界一流画家。假如当年考官手中的那支红笔轻轻一勾，徇私情录用了希特勒，也许这个世界只不过多了一名三流、四流的画家，也就拯救了6000万生灵。"

潘多拉魔盒如何打开

我们从马丽恩广场步行到皇家啤酒馆，沿途是林立的啤酒屋，德国不愧是一个崇尚"啤酒文化"的国度。

霍夫勃劳豪斯啤酒馆既然号称"皇家"，当然就有皇家的气派。门厅的墙壁上悬挂着1907年酿造啤酒时用的啤酒桶盖，标志着这是一家百年老字号。庞大的宴会厅，设有3000多个座位。皇家啤酒馆供应上等的HB皇家啤酒，这一品牌是德国最好的啤酒之一。到皇家啤酒馆喝酒要有足够的酒量，因为啤酒馆里只提供1升规格的大啤酒杯。数百年来，皇家啤酒馆成为名人政客聚会的最佳地点：茜茜公主、歌德、莫扎特、列宁等名人都曾光顾过皇家啤酒馆。来慕尼黑不到皇家啤酒馆，等于没来慕尼黑；来皇家啤酒馆不喝一杯 HB 啤酒，等于不知道德国的啤酒文化。据说慕名而来的游客都要到这里坐一坐，最多时这里一天可接待 3.5 万名游客。每年 8 月份的啤酒节，这里的场面尤为热闹壮观。

这里是人流汇聚的场所，自然也是一个有眼光的政治家所关注的地方。正是在这家霍夫勃劳豪斯啤酒馆，希特勒初次亮相"历史舞台"，完成了他由一个蹩脚画家到超人政治家的转换。

1919 年 9 月，希特勒在慕尼黑参加了德国工人党的一次聚会，那时，德国工人党还是德国众多党派中的一个无名小党。希特勒凭借其敏感的政治嗅觉，加入了该组织，决心将一个辩论性质的社团，改造成一个符合自己理想的真正政党。

1919 年年末的一个夜晚，希特勒"夹着一大捆手稿"，带着他亲自起草的德国工人党的纲领草稿来到德莱克斯勒家里，两人埋头工作了几小时，将它"压缩"得尽可能简单。德莱克斯勒回忆说："我们绞尽了脑汁！"次日早晨定稿后，希特勒跳了起来，以拳击桌，他喊道："我们的这些意见，可与维滕贝格大学教堂大门上路德的《九十五条论纲》相抗衡！"希特勒和德莱克斯勒草拟的德国工人党的纲领便是后来纳粹党的《二十五点纲领》。希特勒认为，应该把这份党纲"公之于众"，最终选定在霍夫勃劳豪斯啤酒馆举行群众大会公布党纲。

《希特勒编年纪》[1] 中，记载了这次霍夫勃劳豪斯啤酒馆群

【1】 元首与领袖（网名）：《希特勒编年纪》，见网络"天涯社区"。

众大会的情形：

希特勒强调说1920年2月24日霍夫勃劳豪斯啤酒馆群众大会的准备工作是他个人负责进行的，他对这次集会非常重视，以至于在《我的奋斗》第一卷结束时他还把这次集会作了一番介绍，他解释说："这是因为，从这次集会开始，党摆脱了小俱乐部的狭隘束缚，第一次对我们时代的最有力因素——舆论发生了决定性的影响。"

德国工人党使得用醒目的红字印制的标语口号、路牌等遍布慕尼黑，临近群众大会的时刻，希特勒"担忧"起自己的演讲会使"群众打哈欠"。

7点15分，希特勒步入了霍夫勃劳豪斯啤酒馆的宴会大厅，他发现，厅里挤得满满的，约有2000人："我高兴得心都快跳出来了。尤其令我高兴的是，与会者约半数以上是共产党人或独立派社会民主主义者。我相信，敌对听众中真正有理想的人是会转到我这边来的，而我也欢迎他们搞乱会场。"

……

穿着一件破旧的老式蓝色外衣的希特勒站起身来。

开始时，他讲得很平静，没有什么加重语气之类，他扼要地讲了近10年来的历史。然而，当讲到战后席卷德国的革命时，他声音中便充满了感情，他打着手势，眼睛放射出光芒。

此时德国革命的"发动者"共产党人、独立派社会民主主义者愤怒的喊声从大厅的每个角落传来，啤酒瓶在空中飞舞。

希特勒在军内的支持者们、用橡皮棍和马鞭武装起来的士兵们则"像猎犬一样迅猛，像牛皮一样坚韧，像克虏伯公司的钢铁一样坚硬"，急忙投入了战斗。

希特勒的"反对者"在"暴力"中被逐出了门外，厅内的秩序有所恢复，但讥笑的喊声仍不断。

希特勒恢复演讲，最终，他的精神、他的话，令"留下来"

的听众感到温暖，听众们开始鼓掌，掌声渐渐湮没了怪叫声。

……

由于不习惯在如此多、近2000人的听众面前演讲，希特勒的声音时高时低，但即使这样他也引起了人们的兴趣。

希特勒的演讲持续了两个半钟头，演讲的情形达到了戏剧家布莱特所说的最佳效果："一半是尖叫和口哨，而另一半是如痴如醉的赞叹。"演讲结束时，在如潮的掌声中希特勒说："我们的信条就是奋斗。我们将坚定不移地向我们的目标前进。"这句话后来成了纳粹党的口号。

后来在二战中任德国驻波兰辖区最高行政长官的汉斯·弗兰克，在纽伦堡牢房内回忆了他在霍夫勃劳豪斯啤酒馆第一次听希特勒演讲时的感受："希特勒那时是一个史无前例的伟大的受人爱戴的演说家，对我来说，他简直就是无与伦比。我被深深地打动了。这同我在其他集会上听到的讲演完全不同。他演讲的方式简单明了。他总是选择当时最为重要的话题，如《凡尔赛和约》，并向一切问题都提出疑问：德国人民现在怎么了？局势到底怎样？什么才是可行的？他说了两个半钟头，经常被如潮的喝彩声打断。一切都是发自心底的，他深深地打动了我们……他说出了那些在场的人的心里话，并将自己的体验同那些正在受苦、渴望光明的人的看法和心声联系在了一起。就事情本身而言，他当然不是首创者……但他是那个被召唤成为人民的代言人的人……他对德国所面临的恐惧、颓丧和绝望都无所畏惧。不止这些，他还向所有在历史上被毁灭的人们指出了一条出路，一条唯一的出路。那是通过勇气、忠诚、时刻准备行动、努力工作和对一个伟大的光明的共同目标的奉献精神而重新开始奋斗……他用最庄严的话语向万能的上帝起誓，他将把拯救德意志军人和工人的荣誉作为自己终生奋斗的目标……当他讲完后，掌声经久不息……从这天晚上开始，我虽然还不是一名党员，但已经确信，如果有人能够掌握德国的命运的话，那么这个人就一定是希特勒。"

当年的德国民众正生活在一战失败后的屈辱阴影下。

1919 年 6 月 28 日，在法国凡尔赛宫的镜厅，德国外长赫尔曼·米勒在《凡尔赛和约》上签了字。法国之所以选择在凡尔赛宫的镜厅签署和约，完全是出于"报复心理"：1871 年 1 月 18 日，就是在法国凡尔赛宫的镜厅，普鲁士国王威廉一世以征服者的口吻宣告法国战败臣服于德意志第二帝国而"羞辱"了法国。现在作为战胜国的法国"一报还一报"，还是把地点定在凡尔赛宫，以战胜国的高傲"羞辱"战败的德国。此外还有其他的"冤冤相报"：1918 年 11 月 11 日，在贡比涅法国福煦元帅的私人车厢里，法国"迫使"战败的德国签订了屈辱的停战协定；1940 年 6 月 22 日，希特勒"以其人之道还治其人之身"，还是在贡比涅福煦元帅的私人车厢里，"迫使"法国签署了更为屈辱的投降协议。

德国签订《凡尔赛和约》的 6 月 28 日，德国各右翼报纸都在第一版加上了表示哀悼的黑色镶边，以表示"丧国"之辱。

《凡尔赛和约》对战败国德国而言是苛刻的。我想，不必罗列条约的细则，曾经历过半殖民地历史的我们，十分容易理解这种"丧权辱国条约"对国民心理所产生的影响。

《德国史纲》作者对《凡尔赛和约》评价说："和约制定者把全部战争罪责加到德国头上，把制裁、勒索德国和满足私利作为首要目标，将德国置于受掠夺和奴役的屈辱地位，激起了德国国内强烈的民族复仇情绪。……而代表德国接受凡尔赛条约的是十一月革命后产生的魏玛民主共和政府，因此十一月革命、魏玛共和国和屈辱性和约这三者之间似乎有了密不可分的联系，极右反动势力趁机混淆视听，散布'十一月罪人'等诬蔑性言论，这样，战胜国对德国的勒索和奴役就缩小了魏玛共和国的社会基础，降低了民主共和政权在国内的威信。"

当时在德国国内，普遍弥漫着一种说法：战无不胜的德军是"背后中了暗箭"。这一说法成为希特勒煽动民众的一个核心口号：我们没有被外敌打败，我们败于国内的"卖国贼"：犹太人、社会民主党人、魏玛共和国的当权派！

1920年4月1日，希特勒将德国工人党更改了名字：在"德国工人党"前添加了"国家社会主义"的定语，"德国工人党"变为了"国家社会主义德国工人党"。希特勒的诠释是：强调"国家"，表达了"德国工人党"一切为国家民族计的主张，而"社会主义"则说明"德国工人党"要解决社会所面临的诸多问题。

一个政治领袖的崛起，总是与他面临的动荡局势有关。时代需要他提出问题并解决问题。

1923年1月11日，法国和比利时的联军以德国不履行赔款"义务"为由开进了德国的鲁尔区，对鲁尔实行军事占领。这一事件更加重了德国人的危机感和屈辱感。

《第三帝国的兴亡》在第三章"凡尔赛、魏玛和啤酒馆政变"中，记载了当年法比联军占领德国鲁尔区后的情景：

> 德国货币成了毫无价值的废纸。工资薪水的购买力等于零。中产阶级和工人阶级的一生积蓄都荡然无存。但是遭到毁灭的还有更加重要的东西，那就是德国人民对德国社会的经济结构的信任。德国社会历来竭力鼓励储蓄和投资，并且庄严地保证这种储

蓄和投资能够得到万无一失的报偿，结果却自食其言，这样一个社会的标准和行为还值得相信吗？这不是对人民布下的大骗局吗？这场灾祸不是应该怪那个向敌人投降和接受赔款重担的民主共和国吗？

对其本身的生存颇为不幸的是，共和国的确要负一份责任。通货膨胀本来是可以靠平衡预算来制止的，尽管平衡预算不是一件容易的事，但是也不是办不到的。适当增税本来可以实现预算平衡，但是新政府却不敢适当地增税。说到底，1640 亿马克的战争费用也一点不是靠直接征税来筹措的，其中 930 亿马克靠发行战时公债，290 亿马克靠金库券，其余靠增发纸币。共和国政府不但没有对有力量的人大大增加税额，反而在 1921 年削减了他们的税额。

就在法国和比利时联军进军鲁尔区的当天，希特勒就在拥挤的克朗圆形广场发表了演说，演说的题目是"让'十一月罪犯们'下台"。希特勒煽动说："德国的虚弱无力使得法国可以像对待殖民地一样对待它，而马克思主义、民主、议会政治、国际主义，当然最主要的还有犹太人的势力，都应为此受到责难。"希特勒对魏玛共和国政府号召的"国家团结"大加讽刺，他宣称："只有当罪犯们承担起他们的罪责，并受到应有的惩罚后，德国的再生才能得以实现。"希特勒提出的口号是："不——不要打倒法国，而是要打倒祖国的叛徒！打倒'十一月罪人'！这才是我们的口号。"正是出于这样的思维逻辑，希特勒宣布纳粹党的组织纪律：任何纳粹党员如对占领军进行积极的抵抗就将被开除。

鲁尔区可说是德国工业的心脏。鲁尔区被法比联军占领后，德国的货币体系完全崩溃了，通货膨胀到了惊人的地步：一战前夕，兑换 1 美元用 4.2 马克，1923 年 1 月需要用 17972 马克，

8月就要用 4620455 马克，9月要用 98860000 马克，10月要用 25260280000 马克，到了 11 月 15 日竟要用 4.2 万亿马克才能兑换 1 美元。通货膨胀给普通百姓在物质上带来灾难性的后果，在心理上的影响更是不可估量。普通百姓一生的储蓄几小时内就化为乌有。依靠养老金和固定收入生活的人们发现他们唯一的生活来源变得毫无价值。

希特勒对魏玛共和国狂发纸币指责说："政府镇定沉着地继续印发这些废纸，因为，如果停止印发的话，政府就完蛋了。因为一旦印刷机停止转动——而这是稳定马克的先决条件——骗局马上就会暴露在光天化日之下。……请相信我，我们的痛苦只会增加。而坏蛋们却安然无事。原因是：国家本身已经成了最大的骗子和恶棍。这是个强盗的国家！如果受惊的人民注意到，他们即使有几十亿马克，也只有挨饿的份儿，那他们一定会做出这个结论：我们不能再听命于一个建筑在骗人的多数决定的玩意儿上面的国家了。我们需要独裁！"

"再也不能这样活"，人心思变是动荡的根源。谁能解脱德国的困境，谁就是饱受战争创伤的德国民众的救世主。对魏玛共和国而言的灭顶危机，成为希特勒的天赐良机。

鼓唇摇舌转乾坤

霍夫勃劳豪斯啤酒馆成为希特勒展示其翻云覆雨、颠倒黑白、指鹿为马演讲天才的舞台。《世界名人大传·希特勒篇》一书中，干脆有一章的题目就叫作"唇舌征服德国"。

对于霍夫勃劳豪斯啤酒馆的第一次演讲，希特勒后来回忆说："我失去了控制，大动感情；当我在热烈的掌声中就座时，已是满脸汗水了。我的滔滔雄辩使听众像'过电'一样激动，其反应之热烈，从会后大家捐献了300马克这件事可以得到证明，这暂时减轻了德国工人党在经济上的困难。"

《世界名人大传·希特勒篇》[1]一书中有这样的记载：

> 还在啤酒馆暴动之前，一些阔老阔少即被希特勒的言词吸引，当场解囊相助。富有的钢琴制造商的妻子海伦·贝希施坦因太太第一次见到希特勒后便为之折服，不仅赞助当时起步艰难的纳粹党，而且帮助希特勒在富人之间广为宣传和募捐。一位名叫汉夫施坦的阔少听了希特勒的一番"宏论"，当场捐给纳粹党1000美金，这在当时马克急剧贬值之际，对纳粹党来说是一笔巨款。

关于希特勒演讲的"神话"或"魔力"，戈培尔就是一个最有说服力的例证。小希特勒8岁的戈培尔，曾在波恩大学、弗莱堡大学、伍兹堡大学、科隆大学、法兰克福大学、慕尼黑大学、柏林大学、海德堡大学等8所名校就读；24岁时就获得了哲学博士学位，懂德文、拉丁文、希腊文等多种语言，在哲学、历史、文学、艺术等方面都有着深厚造诣。然而，这样一个有学历有知识有头脑的人，在听了希特勒的一次演讲后，竟激动地连夜给希特勒写了一封信："你像一颗初升的明星，出现在我们惊异的眼前，你所表现的奇迹廓清了我们的思想，而且在一个充满怀疑和绝望情绪的世界里，给了我们信仰。你高高在群众之上，充满信心、掌握未来、有着坚强的意志……你在我们面前表现了元首的

---

[1] 陈中梅编：《世界名人大传》，辽海出版社，2009年。

伟大。你所说的话是俾斯麦以来德国境内最伟大的话。……你所说的话是新的政治信仰的大纲，这种政治信仰是在一个崩溃的、无神的世界的绝望中产生的，我们都要感谢你。"戈培尔对希特勒的这种崇敬，一经产生，至死不渝。1945年希特勒自杀，戈培尔让妻子及6个儿女随他一起服毒为元首殉葬，他的遗言再次表明了他对希特勒的崇拜："如果我不能生活在元首身边并为他服务，生命对我来说没有任何价值。"

正是作为领袖人物的人格魅力，使得一个毫不起眼的小党，很快发展为德国举足轻重的一股政治势力。1925年纳粹党只不过有2万党员，1927年就发展到7万，1929年则达到18万之众，而到1930年竟猛增到35万。

一个聆听了希特勒纽伦堡演讲的炽热的追随者在她的家书中写道："你真无法想象，这人开始演讲时，听众有多安静。全体听众好像不能呼吸似的。有时候，我几乎觉得，为了取得男女老幼的无条件的信任，希特勒使用了符咒。"

另一位离希特勒近到几乎能看清他如何唾沫横飞的听众则说："对我们来说，此人是个旋风式的苦行僧。但他知道如何燃起人们胸中的火焰。他不是用辩论的方法，因为这种方法在煽起仇恨的演讲中是不灵的，而是用狂热地高声喊叫的方法，但主要的还是震耳欲聋的重复和在一定程度上富有感染力的节奏。这他学会了。这种方法能强有力地鼓动人心，且具有原始的和野蛮的效果。"

《希特勒编年纪》中还记载了希特勒这样一个演讲场面：

希特勒演讲的主题是：前途或毁灭。
希特勒抨击协约国索要的赔偿金是强加给德国的"奴隶制"，

指责接受赔偿条件的德国政府软弱无能。

开讲半小时后，"自动爆发的掌声"开始打断他的讲演，最后，会场一起沉寂，极为庄严："在这巨大的人群中，你所能听到的，莫过于呼吸声。最后一句话一完，场内立刻爆发了雷鸣般的掌声。人们用最大的热情高唱《德意志土地》之歌，大会就在一起歌声中结束。"

希特勒使人们的感情像洪水般倾泻而来，他自己也被此情此景陶醉了，他在讲台上呆呆地站立了20分钟，目送着人们退场。

希特勒对自己的演讲越来越有自信。他发现自己的演讲能激发听众的共鸣，他说话的方式能将被动、挑剔的听众唤醒。他充满了"成就感"和一种"导师"的感觉。希特勒说："我以最大的热情和热爱开始工作。很快，我便得到了向很多听众讲演的机会，在此以前，我只是自己直觉地感到而一点也没有把握的事情，现在却为具体事实所证实了：我是能够演讲的！可以说，我获得了一些成功：在演讲过程中，我将成百上千的战友带回到他们的人民和祖国。我将军队'民族主义化'了。"希特勒忘我地把自己的所有时间都奉献给了国家社会主义德国工人党。据不完全统计，在那短短的几年中，希特勒到处游说，曾作为主讲人出席过约80次群众集会，每次集会都必定发表演讲。

《希特勒编年纪》中还记载了希特勒发表演讲的效果：

希特勒穿着一双齐脚踝的又笨又重的鞋，身穿浆过白领的一套黑衣……

听众掌声震耳欲聋。希特勒又开双腿，双手反剪在身后，他以平静、有节制的语调，回顾了过去几年来所发生的事件。他巧妙地把矛头对准政府，却又不使用挖苦或庸俗的语言，他用文质彬彬的高腔德语讲得很仔细，有时也带上一点儿维也纳口音。

离希特勒只有10多英尺远的汉夫施坦格尔，对希特勒那双真诚的碧眼印象尤为深刻："他眼中既有诚实、真诚的神情，又有苦难和无言的请求的尊严。"

开讲10分钟后，希特勒已完全掌握了听众的感情。此时，他放松了自己的姿态，像训练有素的演员一样，打着手势，开始用维也纳咖啡馆的方式，以狡猾的恶意旁敲侧击。

汉夫施坦格尔注意到，坐在邻近的妇女，看得津津有味，有个妇女竟喊出声来："一点不错。讲得好！"

正在此时，希特勒的声调突然提高了，好像对她们表示感谢似的，他大幅度地打着手势，极力谴责发国难财的人们。希特勒抹干了脑门上的汗水，伸手接过一个大胡子递过来的啤酒，恢复讲演后，他的手势更有力了。

听众席中经常有人叫骂，此时，希特勒便镇静地微微抬起右手，好似接球一般，或双手往胸前一叉，简单地作答，将叫骂者的进攻粉碎：

他的技巧很像击剑运动员的冲刺和招架术，也像走钢丝绳运动员之娴熟的平衡动作。有时候，他也令我想起一位琴艺高超的小提琴手，他永远也不会将弓拉完，只留下轻轻的余音——某种不用语言的技巧去表达的思想，一种弦外之音。

但是，一旦他猛攻他的敌人——犹太人和赤色分子时，谨小慎微之举便烟消云散了。

希特勒说道："我们的座右铭是——如果你不想当德国人，我就敲破你的头颅。这是因为，不斗争，我们就不能成功。斗争，我们用的是思想，不过，如果需要，也要用拳头。"

汉夫施坦格尔听得入了神，清醒后，往四周瞧了瞧，听众的态度完全改观了，这使他大吃一惊："一小时前还在吵吵嚷嚷，把我推来推去的群众，那些高声怒骂的人们，现在变得鸦雀无声，深受感动。他们屏息倾听，早就忘却了伸手去取啤酒瓶，似乎把讲演者的每一个字都喝了进去。邻座的一个年轻姑娘，目不转睛地注视着希特勒，好像沉浸在爱的喜悦中。她已忘却了自己，完全被希特勒对未来德国之伟大的信仰迷住了。演讲达到高潮时，他已成了'语言的有机体'。猛然间，演讲结束了。听众敲打桌凳，疯狂地欢呼。希特勒已精疲力尽，就像一个伟大的艺术家在结束一场精疲力尽的音乐会时的景况一样。他的头发和脸都浸透了汗水，连上过浆的衣领也软下来了。"

汉夫施坦格尔描绘了希特勒演讲技巧的不断提高及至达到炉火纯青的境地："他具有一个真正伟大的管弦乐队指挥的品格。一个伟大的指挥家，不只是用手势向下打出节拍，还能向上挥动起指挥棒，将内在的节奏和意义指挥出来。希特勒在演讲中使用了音乐知识和感觉，使自己的演讲具有音乐的节奏。开始的三分之二是'进行曲节奏'，然后加快速度，使最后的三分之一变成'狂热'。他的仿声技巧也得到熟练的使用。他善于模仿某想象中的反对派，常常以反论中断自己，在完全粉碎了假想之敌后，再回到原来的思路。尽管他的演讲结构很复杂，但因为主要目的是要引起感情共鸣，因此并不难跟上。这样，他便能轻而易举地从一个题目转向另一个题目而又不会失去听众，因为题目与题目之间的桥梁沟通了某种感情——愤怒、恐惧、爱或恨。尽管演讲曲曲折折，他仍像一个才华出众的演员引导观众看懂某出戏里的复杂情节一样，牵着听众向前。"

希特勒的成功正是源于在民众信仰普遍缺失情绪堕落的时期，他那孜孜不倦的精神世界的追求激起了民众的情感波澜。大概这也正是德国民族"永不言败"，总能从"一片废墟"中顽强挺立于世界民族之林的根本原因。

希特勒曾向汉夫施坦格尔以与女人的关系表达自己对演讲的认识："对我来说，群众、人民，就是一个女人。谁若是不懂得群众内在的女性特质，他就不能有效地演讲。你问问自己，女人希望男人身上有什么？干脆利落，决心，权力，行动……假如你能妥善地与她交谈，她就会骄傲地为你做出牺牲，因为，哪一个女人也不会认为，她毕生的牺牲已经足够。……我永不结婚。我的父国[1]是我唯一的新娘。"汉夫施坦格尔开玩笑地问希特勒：为什么不找个情妇？希特勒回答道："政治是个女人，你要是不高高兴兴地爱她，她就会把你的头都咬掉。"

希特勒还向汉夫施坦格尔坦言了自己演讲掌握听众心理的技巧："当我向人们发表演讲时，特别是对非党员，或对那些因这种或那种原因行将脱党的人讲话时，我常常讲得好像国家的命运与他们的决定息息相关似的。他们应为许多人做出榜样，毫无疑问，这意味着打动了他们的虚荣心和雄心。一旦我达到了这一目的，其余的就好办了。所有人，不论贫富，其内心都有义务尚未履行之感。在某处沉睡意味着将某种为建立新的生活形式而做的最后牺牲或某种冒险置于险境。他们会将最后一分钱花在彩票上去。我的任务就是将那种欲望转向政治目的。从实质上讲，每个政治运动都是以其支持者，不管是男人还是女人，不仅是为自己而且也是为其子女或别人得到更美好的东西的愿望为基础的……人们的地位越低贱，对参与某项比他们高贵的事业的欲望就更强烈，如果我能说服他们，令他们相信德国的命运已危在旦夕，那么，他们就会成为某项不可抗拒的运动的一部分，这运动还可包

【1】 我的父国指德国。

括所有阶级。"

巴伐利亚地方政府听说纳粹党要在慕尼黑举行一次"全国党员集会"时，于1923年1月26日宣布慕尼黑进入了紧急状态。希特勒听到集会被慕尼黑政府禁止，马上豪气十足地说："如果警方想开枪，那就请便，反正我就坐在第一排。"

1月27日晚上，当希特勒进入12个会场之一的霍夫勃劳豪斯啤酒馆时，受到了"救世主"般的欢迎。希特勒传记家伊恩·克肖对参加集会的希特勒做了这样的描述："当时，他有意迟到，然后伸展手臂向群众致意——可能是效法意大利的法西斯，意大利人则是继承了罗马帝国的仪式，这个手势在1926年成了纳粹运动的标志。"参加集会的历史学家卡尔·穆勒回忆道："无论是在战时还是在革命时期，我都未经历过如此激愤之群情。当希特勒大步走进过道时，全场起立，高喊'万岁！'。他走过时，我离他很近。我看得出，此时的他，与我在私宅内见到的，完全不同。他苍白的脸上显出了内心的狂热。他的双眼横扫左右，似乎在寻找要征服的敌人。是不是群众给了他这一奇怪的力量呢？这力量是否从他身上流进群众？我连忙写道：'带有残酷意志的狂热而歇斯底里的浪漫主义'。"感受了霍夫勃劳豪斯啤酒馆氛围的卡尔·穆勒还回忆道："在几分钟，甚至是几秒钟内，群众态度有了神速的转变。肯定地说，许多人还未完全转变过来，但大多数人的感觉却全盘改观。希特勒只用几句话便把他们完全翻转过来，就像人们将手套翻转过来一样。几乎有点像念咒，又像变魔术。接着便是满堂喝彩，反对之声再也听不见了。"

1922年秋，美国驻柏林副武官杜鲁门·史密斯见到了希特勒。会见后，史密斯在笔记本里写道："一个杰出的在野党领袖。我很少倾听一个如此疯狂又如此通情达理的人发表议论。他控制群众的能力肯定是巨大的。希特勒将他的运动描述为体力脑力劳动者之联合，反对马克思主义。他还说，如果要将布尔什维主义镇压下去，目前对资本之谩骂就必须停止。议会制必须被取代。只有专制主义才能令德国站稳脚根。"

在希特勒进入德国工人党的初期，他一直把自己定位是"鼓手"，就是说他是为德国工人党摇旗呐喊的吹鼓手。然而随着党对他依赖程度的加深，他认为自己已经是党的"英明的领袖"。

对于别人攻击希特勒想要从一名鼓手一跃而成为一个独裁者，他并不想否认："天生要做独裁者的人不是被迫的。他自觉自愿。他不是被人驱赶向前，他驱使自己前进。这并没有什么骄傲自大的地方，难道一个努力从事繁重劳动的工人是骄傲的吗？难道一个有着思想家的大脑，夜夜思考，为世界发明创造的人是自大的吗？凡是觉得自己有天赋义务治理一国人民的人没有权利这么说，'如蒙召唤，我愿从命'。不！他应该责无旁贷地站出来。"希特勒与生俱来就有着"天将降大任于斯人"的使命感。

汉夫施坦格尔的妻子赫伦纳在回忆中提到希特勒此时的"眼神"："他一旦下定决心，谁也不可能让他回心转意。许多时候，当他的追随者试图强迫他时，我注意到，他眼中表现出一种遥远的、不予理睬的神情。好像他的脑子已经封闭，除自己的意见外，谁的也听不进去。"

约翰·托兰在《从乞丐到元首》[1]一书中写下这样的文字：

【1】［美］约翰·托兰著，郭伟强译：《从乞丐到元首》，同心出版社，1993 年。

宛如仙境的新天鹅堡

　　"拿破仑的和救世主的思想已根深蒂固"，曾出席该次会议的一员回忆说，"他宣称，拯救德国的号召正在他胸中响起，而这个任务迟早要落在他身上。之后，他与拿破仑作了一系列的对比，特别是拿破仑从厄尔巴岛回到巴黎之后。"

　　《第三帝国的兴亡》的作者威廉·夏伊勒，对希特勒的演说做出这样的负面评述："希特勒撒巧妙的谎话，这既不是第一次，也肯定不是最后一次，他的谎话居然奏效。"

　　1921年7月29日，在霍夫勃劳豪斯啤酒馆召开了纳粹党党员特别大会，会上选举希特勒为新的"国家社会主义德国工人党"主席，投票结果是：543票赞成，1票反对。威廉·夏伊勒在《第三帝国的兴亡》中说道："'元首'在德国舞台上出现了。'元首'现在开始改组纳粹党。"

　　纳粹党的喉舌《人民观察家报》"发表"文章称，改革党的形象势在必行，以免以后再出现由于多数人的决定消耗党的力量的现象，这是将纳粹党改变成为一个新型的党、一个"元首的党"的第一步。

《人民观察家报》的文章表达了这样一种观点：多数民主是无用的，英雄独断才是进步的根源！民主是普世价值，纳粹党可不认同这点！精英人物、伟大英雄的独断才是普世真理，"元首原则"才是纳粹党的理念！

汉娜·阿伦特在《极权主义的起源》[1]一书中，说了这样一番深刻的话：

> 如果假设群众的朝三暮四和过于健忘，意味着他们的极权主义心理妄想已被治愈，那将大错特错，这种心理妄想时常表现为希特勒崇拜或斯大林崇拜；事实上，这种心理妄想是难以医治的。
>
> 在那些群众为了某些原因渴望政治组织的地方，极权主义运动就有可能产生。群众并非由于一种共同利益的意识才聚合，他们缺乏一种具体的、明确表现的和有限的实际目标的阶级组合。
>
> 极权主义运动利用并且滥用民主自由，以便废止它们。

希特勒有名言："民主将摧毁一个民族的真正价值"；"经济生活中应树立个人权威，政治领域同样如此。"

1922年12月，《人民观察家报》第一次把希特勒称为特殊的领导人——德国所等待的真正的领袖。希特勒的追随者在慕尼黑举行了游行，声称"已经找到了数百万人所渴望的领袖"。

希特勒在1923年5月4日的一次演讲中，严厉指责议会体制导致了"德国的堕落和灭亡"，他提到了腓特烈大帝和俾斯

【1】［美］汉娜·阿伦特著，林骧华译：《极权主义的起源》，生活·读书·新知三联书店，2008年。

麦，在比较了这两位"巨人"与共和国的那些"德国的掘墓人"的差异后，希特勒不打自招地坦言了自己的观点："能拯救德国的是对国家意志和命运的独裁统治。问题是是否有合适的人选？我们的任务并不是寻找这样的一个人。他是天堂的礼物，或者根本就不存在。我们的任务是造出一把当他到来时需要使用的宝剑。我们的任务是为将来的独裁者准备好在他到来时追随他的民众！"

德国在第一次世界大战战败后，国力的衰弱以及在国际社会受到的羞辱，使德国人渴望出现俾斯麦式的伟大"政治家"。于是救亡意识不断增长。人们将国家的复兴寄希望于出现一个"伟大的领导人"，他将恢复德国昔日的"伟大与神奇"。

恩斯特·荣格认为："未来的伟大政治家"是个"工业时代"的"有力量的现代人物"——"有杰出智慧的领袖"，他可能从某个政党产生，但能"超越党派"，他天生的本能就能找出正确的道路，他天生有意志能克服所有困难。不论出现何种情况，对一盘散沙"无领袖的民主"总是持否定的态度。他们要的是一个天生的领袖，不由选举产生，不被通常的法律法规所束缚，是一个"坚强不屈、勇往直前、冷酷无情"，在行动中实现上帝意志的人。"上帝给我们领袖并帮我们真正地追随他。"对于追随者的要求，就是献身、忠诚、忍耐和责任。

时代呼唤着"弄潮儿"，"英雄式领袖"应运而生。

希特勒的巧舌如簧信口雌黄蒙蔽了德国，征服了德国。一个崇尚民主自由理念的国家，一个有着清醒哲学思维的民族，饮鸩止渴，病急乱投医，用自己手中的选票，把一个专制独裁的魔头，一步步推上了权力的巅峰。

失败成为成功的垫脚石

我们一行进入皇家啤酒馆的夜晚，能容纳3000人的大厅拥挤得人头攒动水泄不通，几乎没有我们的下脚之处。有一支爵士乐队正在兴致勃勃地演奏。德国是一个盛产音乐家的国度，从古典音乐的先驱作曲家巴赫，到近代伟大的音乐大师贝多芬；从创作德国第一部浪漫主义歌剧的天才韦伯，到世界最负盛名的钢琴家、作曲家舒曼；从古典主义的集大成者勃拉姆斯，到圆舞曲之王施特劳斯，再到沃尔夫、威恩伯等，在德国的音乐史上群星灿烂，是闻名遐迩振聋发聩的一长串名字。据介绍，啤酒馆的乐队会轮流演奏世界各国的著名乐曲，如今中国游客大增，常常也会奏起中国游客所熟悉的《中国人民解放军进行曲》《游击队之歌》等曲目。

我知道，希特勒不喜欢死板的巴赫和轻松的莫扎特的作品，而对德国的音乐奇才理查德·瓦格纳情有独钟。据汉夫施坦格尔介绍，希特勒经常在德尔希大街41号的住所那架老掉牙的钢琴上让他演奏瓦格纳的曲目。汉夫施坦格尔说："他能真正理解和欣赏瓦格纳的作品。对我演奏的《特里斯坦与伊索尔德》和《罗恩格林》的各种多姿多彩的版本，希特勒真是百听不厌。"也许是因为瓦格纳讴歌的古日耳曼的内容同希特勒对日耳曼种族的纯洁性的病态想象相吻合，希特勒与瓦格纳的家族一直保持着亲密友好的关系。即使在1936年7月希特勒忙于插手西班牙内战的紧张日子，他仍会忙里偷闲赶去参加拜罗伊特的瓦格纳音乐节。希特勒以狂热崇拜者的身份聆听瓦格纳的歌剧《瓦尔库拉》。瓦格纳的儿媳妇温尼弗雷德将希特勒叫作"狼"。希特勒显然很喜欢把他与这种嗜血动物作比较。希特勒后来把自己设立在东线指挥入侵苏联的大本营叫作"狼穴",大概正是寄寓了他的"狼"心态!

希特勒正是在霍夫勃劳豪斯啤酒馆初试牛刀,发动一场政变展开他的第三帝国的"狼图腾"。

1923年11月8日,希特勒认为革命的时机已经成熟,于是,趁巴伐利亚军政首脑都在霍夫勃劳豪斯啤酒馆参加集会的时机,把邦长官卡尔、驻巴伐利亚德国国防军司令洛索夫、邦警察局长赛塞尔三巨头"一网打尽"。希特勒在前一晚上的准备会上说:"这是天赐良机。三政治巨头以及其他政府要员都将同集于一主席团。为什么不能将他们引入一室,说服他们就范,参与政变,或者若他们冥顽不化,将他们监禁?"

《希特勒编年纪》中有对这次政变的记载:

> 1923年11月8日,寒风透骨,那年,巴伐利亚冷得早,在市南山区已飘起了雪花。在希特勒生活中最重要的一天,他却头痛牙疼,他的同事劝他去医院看牙,但他回答说:"我没有时间,一切全盘改观的革命在即。"
>
> 约8点30分,头戴钢盔的冲锋队终于抵达并包围了贝格勃劳凯勒啤酒馆[1],数量上处于劣势的警察,见此情景,一个个被弄得目瞪口呆,戈林率领的冲锋队则带着连发手枪涌进了啤酒馆内。
>
> 之后,在衣帽间里等待冲锋队前来的希特勒的保镖乌布里希·格拉夫走近希特勒,在他耳旁嘀咕了几句后,希特勒便把手中的啤酒撂在一边,拔出自己的勃朗宁手枪,在冲锋队的"希特

【1】 即霍夫勃劳豪斯啤酒馆。

勒万岁"的喊声中率领曾当过屠夫的格拉夫、施勃纳·里希特、汉夫施坦格尔、梅克斯·阿曼以及鲁道夫·赫斯走进了啤酒馆大厅。

这群衣着混杂的好汉，挥舞着手中的武器，从人群中推开一条路，径直朝讲台走去。此时，冲锋队已封锁了大门并架好了机枪。在混乱中许多桌子被打翻。一内阁成员钻到桌子底下藏身，有些内阁成员被吓得目瞪口呆，连忙朝大门涌去，但被警告回来，反抗的则遭到鞭打或挨了踢。

希特勒一伙在前往讲台途中被挡住了去路，在混乱中他的声音也无法被人听到，希特勒便急中生智站在了一张椅子上，一边挥舞手枪，一边喊道："安静！"

但秩序仍然大乱，接着希特勒便朝天花板开了一枪……人们吓得不敢作声，安静后希特勒便叫喊道："全国革命已经爆发了！这个地方已经由600名武装人员占领。任何人都不许离开大厅。大家必须肃静，否则我就在楼厅上架起机关枪。巴伐利亚政府和全国政府已经被推翻，临时全国政府已经成立。国防军营房和警察营房已被占领。军队和警察已在卐字旗下向市内挺进。"

……………

等把巴伐利亚三巨头带进隔壁房间后，希特勒激动地说："没有我的许可，谁都别想活着走出这个房间。请原谅我们这种做法，但本人没有别的法子……"

《第三帝国的兴亡》一书在"啤酒馆政变"一节中写道：

这三人起先连话也不愿同希特勒说，但他继续向他们发表宏论。他们三个都必须同他一起宣布实行革命，参加新政府；他们都必须接受他——希特勒——派给他们的职务，谁要不干"谁就别想活"。卡尔将担任巴伐利亚摄政者；洛索夫将担任国防军部长；赛塞尔将担任国家警察局长。可是这三个人一个也没有被这种高官显爵打动。

他们继续保持沉默，这使希特勒焦躁起来。最后他向他们挥动着手枪说："我的手枪里有四颗子弹，如果你们不跟我合作，三颗留给你们，最后一颗就留给我自己！"他举着手枪对着自己的前额嚷道："如果明天下午我还没有成功，我就不要这条命了！"

《第三帝国的兴亡》一书中，描写了希特勒的演讲天才再一次起了神奇的作用。希特勒走上讲台，向大厅里的人宣布：

隔壁房间里的三巨头已经同他一起组成了一个新的全国政府。

"巴伐利亚政府，"他叫道，"已经撤换……十一月罪人的政府和总统也已经被宣布撤换。新政府将在今天在慕尼黑这个地方宣布成立。德国国防军将立刻组成……我建议，在同十一月罪人算清总账以前，由我接管全国政府的政策指导工作。"

大厅里的人群兴奋得都跳上了椅子和桌子，希特勒高兴得合不拢嘴来……

希特勒再次登上讲台，向在场的人们说了他最后的几句话："我现在要履行我五年前在军事医院里一时成了瞎子时所立下的誓言：要不倦不休地努力奋斗，直到十一月罪人被推翻，直到在今天德国的悲惨废墟上建立了一个强大的自由的光荣的德国。"

完全控制了局势后，希特勒便在一阵阵欢呼声中与众人一一握手告别。由于激动，加上啤酒作怪，听众禁不住高兴起来，早些时候的讥笑甚至愤怒已忘得一干二净，听众全场起立，高唱《德意志高于一切》。许多人泪流满面，有些人甚至感情大动，无法唱歌。冷峻刻板的德国人竟然也会让希特勒撩拨得像热情豪放的法国人那样忘乎所以。

那一刻，希特勒似乎已经是胜券在握。

然而，"其兴也勃焉，其亡也忽焉"，夜晚建筑在沙滩上的冰雕，经不住第二天的旭日东升。《第三帝国的兴亡》一书中记载：

> 这天晚上在希特勒看来是唾手可得的胜利，第二天日出后都迅速化成泡影了。他一直坚持的政治革命要成功所必需具备的基础——诸如陆军、警察、执政的政治集团这种地位确立的机构的支持——现在已经垮了。

挣脱希特勒冲锋队控制的卡尔，第二天就在慕尼黑各处张贴了这样的告示：

> 一些野心勃勃的同志的背信弃义和欺骗行为，已经把一次符合民族觉醒利益的表示变成了一场令人作呕的暴行。我、冯·洛索夫将军和赛塞尔上校在枪口威胁之下被迫发表的声明一概无效。国家社会主义德国工人党以及高地联盟和德国战旗这两个武装团体勒令解散。
>
> 邦长官 冯·卡尔

柏林政府第二天就发出了镇压政变的指令。希特勒的冲锋队几乎没做什么抵抗便宣布投降。戈林受伤逃到奥地利，希特勒、赫斯、罗姆等主要人物锒铛入狱，纳粹党徒"树倒猢狲散"。

对许多人来说，监狱意味着失败，甚至是生命的终结。然而对于希特勒来说，监狱反而成为他人生的新起点。在做囚犯的日子里，希特勒"因祸得福"，反而声名鹊起赢得了前所未有的声望。

从 1924 年 2 月 26 日开始，巴伐利亚地方政府对政变的纳粹党进行了为期 24 天的审判，希特勒敏锐地抓住时机，充分发挥他演讲的天才，把审判变成了宣传纳粹思想的讲坛。

希特勒在多次庭审、辩护、申诉中，面对成千上万的听众，说了这样一些话："我一个人负全部责任，鲁登道夫将军仅与我合作。但是我并不因此而成了罪犯。如果我今天以一个革命者的身份站在这里，我是一个'反对革命'的革命者。反对1918年的卖国贼，是根本谈不上叛国罪的。……我活着的任务是要率领德国重获旧日的荣誉，重新确立德国的世界地位；我怎么能被作为罪人对待？"

对于指控希特勒发动政变是为了寻求一个部长的位置时，希特勒轻蔑地驳斥道："小人的眼界是多么狭窄！请相信我，我认为谋得一个部长官职并不是什么值得努力争取的目标。我认为以部长身份载入历史，并不是值得一个伟大人物努力争取的事。假使真是如此，你很有同其他部长葬在一起的危险。从一开始，我的目标就比当一名部长高出一千倍。我要的是粉碎马克思主义。我要完成这一大业，部长这个头衔与之相比是何等荒唐可笑。当我第一次站在理查德·瓦格纳的墓前时，我对他不禁肃然起敬，因为，他不许墓碑上刻写'枢密顾问、音乐指导理查德·冯·瓦格纳男爵阁下之墓'。我尊敬他，因为他和德国历史上许多别的人都对历史贡献了他们的名字而不愿有任何头衔。我在那些日子里愿意充当一名鼓手并不是出于谦虚。这是最高的追求——其余都是不足道的。"

从表面看，霍夫勃劳豪斯啤酒馆的政变以失败告终，然而，"塞翁失马，焉知非福"，慕尼黑的审判使希特勒成了全国的知名人物，在许多人的心目中成了一个爱国志士和英雄。《第三帝国的兴亡》一书，对希特勒的审判做了这样的评价：

受审判不仅不会断送他的前程，反而能为他提供一个新的讲坛，他不仅能够在这个讲坛上败坏本身也不清白却把他逮捕起来的当局的名誉，而且，更重要的是，也能够第一次使自己名震巴伐利亚一邦之外而传到整个德国。他完全知道，除了德国各大报以外，世界各国的报纸都派了记者前来慕尼黑采访这次审判。到24天后审判结束时，希特勒已经转败为胜，毁了卡尔、洛索夫和赛塞尔的前程，使他们在公众的心目中同他一样有罪，以他的滔滔雄辩和民族主义热情打动了德国人民，使得世界各国报纸都在第一版上登载了他的大名。

关于审判对希特勒产生的积极影响，伊恩·克肖说："审判使希特勒成了政治明星，他的支持者中开始形成对他的领袖崇拜，在这些事实的冲击影响下，希特勒开始深思他的政治理念，他的'使命'，并思索政变中的教训。……在他经历了失败的政变和成功的庭审后，希特勒就会转而认为他自己就是那个'英明的领袖'。"

当年纳粹党的宣传，立刻把这次政变说成是纳粹运动中的伟大传奇。每年，在希特勒当政以后，甚至在第二次世界大战爆发以后，希特勒都要在11月8日晚上回到慕尼黑的啤酒馆里来，同当年跟随他参加了那场滑稽戏般政变的老战友叙旧。

1935年11月8日，已经成为德意志第三帝国元首的希特勒，命令把在霍夫勃劳豪斯啤酒馆政变中亡命的14名纳粹党徒的尸体挖掘出来，改葬在慕尼黑一个装修华丽的墓室中。关于这些人，希特勒在纪念碑落成典礼上说："他们现在已是德国永垂不朽的人。他们站在这里捍卫德国，监护我国人民，他们躺在这里，是我们运动的真正证人。"希特勒以迷人的声调称，他有权在"人民战争的祭坛上"祭祀流血牺牲的烈士。希特勒歇斯底里地以一声"祝您幸福"的高喊结束他的演讲，离开那群胸佩"血勋章"的"老战士"。他脸色通红，大汗淋漓。他的嗓子在吼叫中彻底沙哑了，几乎发不出声来了。他颤抖着手拉正腰带，褐色衬衫粘在背上……

次日，11月9日，庆祝12年前诞生于慕尼黑霍夫勃劳豪斯啤酒馆里的国家社会主义德国工人党的活动达到了巅峰。在沉闷的鼓声和礼炮声中，"啤酒馆政变"的老成员们高举旗帜，大步穿过慕尼黑的街道。走在第一排的是身穿褐色衬衫的希特勒、戈林、罗森堡和希姆莱，他们全都佩戴着"血勋章"。慕尼黑城装饰着赤褐色的三角旗，它象征着流淌的鲜血，上有三个金色的卢尼文字母，是纪念古日耳曼神沃坦的。从许多盛有油、放在吊架上的烛台里升起的火焰象征着日耳曼教士的祭火。根据北欧传说，英雄们从这祭火里升向瓦尔哈拉——古日耳曼人的乐土。

国家社会主义德国工人党就这样让一个消逝于数千年前的崇拜神话重新复活在慕尼黑……

霍夫勃劳豪斯啤酒馆里受到酒精刺激的人们处于高度兴奋状态，一向冷静刻板的德国人变得狂放起来。那支爵士乐队仍在演奏着热烈奔放的旋律，一切似乎都在还原着一个历史场景。我独自一人围绕着霍夫勃劳豪斯啤酒馆各处漫步，一一辨认着那次重大历史事件的"遗址"，陷入了久久的沉思。

狼群中羊的命运

霍夫勃劳豪斯啤酒馆的啤酒桶好比炸药桶，助推着纳粹党横

阿尔卑斯山远眺

空出世，如同出膛的炮弹离弦的箭，以后的事件就是惯性下的延伸线。

慕尼黑成为希特勒的发祥地。在慕尼黑，希特勒达到了他威权的巅峰：不战而屈人之兵，兵不血刃而达到了梦寐以求的领土要求。

早在霍夫勃劳豪斯啤酒馆政变之前，美国驻柏林副武官杜鲁门·史密斯在 1922 年给国内写的调查报告中就指出："希特勒在德国的政治中将是一个重要的因素，我们的文明与马克思主义的决战，与其在美国或英国土地上进行，不如在德国土地上进行，这对美国和英国更为有利。我们[1]若不支持德国的民族主义，布尔什维主义就将征服德国。这样一来，赔款便不复存在，而俄国和德国的布尔什维主义，出于自恃之动机，必然会进攻西方国家。"

这一潜台词成为西方政治家在慕尼黑问题上所持立场的心理因素。

---

[1] 此处"我们"代指美国。

1938 年 9 月 29 日，在英国首相张伯伦的提议下，英法德意四国在慕尼黑德国国家社会主义工人党所在地"褐色大厦"，就希特勒对捷克斯洛伐克提出的领土新要求举行会议。慕尼黑的街头平静如常，没有任何迹象显示这里将有一件"遗臭万年"的事件发生。希特勒下令这几天里禁止一切的公开欢迎。他这样做是要让外国的政要们明白，纳粹德国蔑视国际性会谈。希特勒只使用一个词"聊天室"来形容会谈。

　　会场按希特勒的指令布置：英国、法国和意大利的政府首脑们，在壁炉旁的圆桌周围就座。希特勒则背对窗户坐着，好让他的脸留在阴影里。张伯伦坐在左首，他忧心忡忡，不知所措。达拉第和墨索里尼在希特勒左首的沙发上坐下来；两人都摆出一脸庄重、果决的神情。慕尼黑会议就这样开始了。

　　经过一番拉锯扯锯的交锋，到傍晚时分，一切都达到了希特勒的预期目标：保护捷克斯洛伐克领土主权的国际条约成了一纸空文。捷克斯洛伐克把苏台德地区割让给德国。德国则保证捷克斯洛伐克在割让苏台德地区后新边境的安全，并一再承诺，这是德国对西方的"最后领土要求"。

　　捷克斯洛伐克的代表们未被允许参加决定他们国家命运的会议。他们在雷吉娜酒店里等候大国的"裁决"。

　　法国与捷克斯洛伐克之间存在盟约，慕尼黑协议四国达成一致后，希特勒不无担心地问法国外相达拉第："如果捷克人不同意怎么办？"达拉第果决地回答："阁下，您问如果他们不同意怎么办？他们必须同意！"英法两国认为，这是捷克斯洛伐克为了"国际利益"必须做出的牺牲。只有这样，才能把纳粹希特勒"祸水东引"。

慕尼黑协议签署后，英法都以为从此万事大吉。张伯伦满面春风回到唐宁街，伦敦市民举行了盛大欢迎仪式。张伯伦自信地对群众说："在我国历史上，这是第二次把光荣的和平从德国带回到唐宁街来……我相信这是我们时代的和平……我建议你们安然睡觉去吧。"

然而，以后的史实证明，这只是西方短视政治家们的一厢情愿、"一枕黄粱"。

赫斯曾把慕尼黑大学教授、地缘政治学创始人卡尔·豪斯霍弗介绍给希特勒，豪斯霍弗持这样的观点："国家的存亡有赖于其所控制之疆域。德国之所以受包围，受窒息，最后蒙受战败的耻辱，其原因就在于它缺乏生存空间。救国之途在于自给自足，为此，德国不仅需要自给自足[1]，还需要生存空间。"豪斯霍弗的地缘政治学显然影响了希特勒。

《希特勒档案》中记载了希特勒与德国企业界巨头们的一次宴会。出席宴会的有垄断资本家克虏伯、勒希林、基尔多夫、弗格勒、珀恩斯根、施亭奈斯、施罗德和普费尔德门格斯等，都是资助希特勒上台的德国大财团的巨头：

> 希特勒向大家深深地鞠躬，欢迎他们。随后他向客人们发表了一番演讲。演讲中提到了他在上台前保证资本家地位的许诺。
>
> "现在，可以肯定的是，"希特勒接着说道，"国家成了实业界最重要的客户，关心它的发展。现在，对于我来说，扩充军备位于首位。我将带给德国举世无双的权力。大炮——这就是我的外交政策！"
>
> ……………

【1】指国民经济独立。

站在希特勒身后的林格听到克虏伯向希特勒耳语说："我听沙赫特讲，眼下外汇有麻烦，它会影响对瑞典钢铁的进口……"希特勒自信地回答："枢密顾问先生，进口钢铁的外汇会有的，哪怕我得从地里将它刨出来。我们同样会得到可以开采铁矿和煤炭的土地。您知道，我指的是什么土地。您只要想想，在我们家门口向东延伸的空间里生活的是一个什么样的人种就行了。那是二等人。必须帮这些人解决这么大空间和如何正确使用它的问题。"[1]

狼总是要吃羊的。狼会为自己的吃羊寻找各种借口。

汉娜·阿伦特在《极权主义的起源》一书中，对希特勒现象做了极为深刻的剖析：

> 极权主义独裁者像一个外来征服者，将每一个国家（包括自己国家）的自然财富和工业财富看作作战利品，当作准备下一步侵略扩张的准备。由于这种系统地掠夺的经济是为了运动而不是为了民族而进行的，所以作为潜在受惠者的人民和领土都不可能成为这一过程的饱和点。极权主义独裁者像一个不知从何处来的外来征服者，他的掠夺不能使任何人受惠。到处造成的破坏也不是为了加强本国经济，而是一种暂时的策略手段。

暮色苍茫中，我站在霍夫勃劳豪斯啤酒馆门外，久久地注目着这座雄伟的建筑。也许德国人民通过对希特勒惨痛教训的反思，亡羊补牢，未为晚矣。

世界各国人民，对于任何专制独裁者的崛起，一定要保持高度的警惕性。不要成为东郭先生！

【1】［德］亨·埃伯利马·乌尔著，韩梅译：《希特勒档案》，金城出版社，2005年。

圣彼得大教堂：

十字架与金钥匙的纠结

恺撒的归属恺撒，上帝的还给上帝

2012 年 10 月 24 日我们来到罗马。

罗马为意大利首都，是古罗马帝国的发祥地和世界著名的历史文化名城。从公元前 753 年 4 月 21 日罗马建城，距 21 世纪的今天已有 2700 多年的历史。罗马城在罗马时代就被称为"永恒之城"，是罗马人的自豪的说法，也是一种期许。

罗马城的建立有着一段意味深长的传说：战神马尔斯和女祭司西尔维亚生下一对双胞胎儿子，崇武好斗的罗马人自豪地宣称自己是"战神马尔斯之子"。罗马国王阿穆利乌斯似乎有"先见之明"，预感到这对双胞胎对自己政权的威胁，于是未雨绸缪，令人把刚出生的兄弟俩抛弃在台伯河畔任其自生自灭。然而吉人自有天相，一头母狼用狼奶喂养大了这对双胞胎，兄弟俩后来被一个牧羊人收养回家，长大后果真推翻并处死了阿穆利乌斯国王。随后，两兄弟在建造新城的选址问题上发生了争执，这对喝

梵蒂冈圣彼得广场

狼奶长大的兄弟，最终"兄弟阋于墙"手足相残，哥哥杀死了弟弟，在景色秀丽的七座山丘上建成"七丘之城"，并以自己的名字命名这座城市为罗马，成了新城市的最高统治者。

这段关于双胞胎兄弟的神奇传说，似乎成为罗马的一个预兆、一个谶言和一个宿命。战神与祭司的混合基因，使得罗马自建城之日始，世俗皇权与宗教教权的"争权夺利"就没有止息过。

在罗马城内，有一个"国中之国"——梵蒂冈。在这个世界上最小的国度里，却耸立着世界上最大的圣彼得大教堂。

历史上的梵蒂冈城，是指台伯河右岸的沼泽地带。古罗马帝国时代，卡里古拉皇帝[1]在其上建造了一个小竞技场，用以训练战马车的驾驭。罗马史上最残暴的皇帝尼禄弑父杀母后，为

【1】 公元 37—41 年在位。

了维护和延续自己的统治，以恐怖为手段，把卡利戈拉竞技场改建成"杀一儆百"的行刑场。据基督教的说法，尼禄皇帝对基督教的迫害是空前绝后的。他曾制造了一起类似于希特勒的"国会纵火案"，然后嫁祸于基督徒，开始了大清洗。公元64年，耶稣十二门徒之首的彼得就是在梵蒂冈城被倒钉在十字架上惨烈殉道的。《教宗典籍》中有这样的记载："在梵蒂冈、尼禄皇帝宫对面的奥雷利亚路上"，"在众多认定殉道地点的证据中，有这么一段引据盖友这位神职人员写给朋友普罗克洛的信：'在梵蒂冈和奥斯提恩塞路上，你将发现奠定这个教会者的纪念碑。'"就因为这一重要见证，确立了以后建造圣彼得大教堂的位置。

君士坦丁皇帝继位后，基督教"时来运转"，君士坦丁皇帝颁布了《米兰诏书》，承认了基督教的合法地位，并进而把基督教确立为国教。公元324年，君士坦丁皇帝以圣彼得的坟墓为整座建筑的核心，着手兴建圣彼得大教堂。初期的大教堂有五个中殿和一个十字形的耳殿，大殿外面是名为天堂的内院，中央有个喷水池，上面是一颗铜制的大松果。但丁在他的经典之作《神曲》中提起过这颗大松果。无数的基督徒为了与圣彼得亲近，便在这里寻求自己的葬身之地。久而久之，这里形成了一片公墓区。君士坦丁皇帝建造的圣彼得大教堂，覆盖了这块陵墓，将它作为地下层。此后，历代教皇的圣骨也埋葬于圣彼得大教堂的地下层，这里成为世界上最大的殡葬纪念馆。自1870年以来，每年的重要宗教仪式几乎都是在这里举行，这里成为世界各地基督徒朝圣的地方。

公元4世纪开始，罗马城主教利用罗马帝国的衰亡，乘机鲸吞蚕食扩展自身的土地。至6世纪时，教会已经拥有了罗马城的实际统治权，其教主开始被称为"教皇"[1]。此后，有过皇权与教权领地的反复争夺和"犬牙交错"。756年，征服了欧罗巴大陆的法兰克国王丕平，为回报教会对其称霸的支持，将罗马城和附近的拉文纳总督区等地划给罗马教皇管辖，从此奠定教皇国的领土范围。1305年，法国人当选新教皇，称克莱门特五世[2]，他宣布前任教皇卜尼法斯八世"强加于法国国王的一切罪名"不成立，并把教皇国驻地迁往靠近法国边界的阿维农。教皇国迁往阿维农的时期（1305—1378），有一个专用术语，叫"阿维农之囚"。圣彼得大教堂被遗弃了一百多年。1377年罗马教皇才重新返回罗马。1870年意大利王国吞并教皇国，教皇退居梵蒂冈城。1929年意大利墨索里尼政府同教皇签订条约，正式承认以教皇为首的罗马教廷，梵蒂冈城国的主权属于教皇。教皇国可以拥有自己的货币、邮政、电信及民政机构，成为拥有独立主权的政教合一的国家，教皇就是国家元首，梵蒂冈成为国中之国。

我们有句耳熟能详的话：恺撒的归属恺撒，上帝的还给上帝。这句话反映了绵延两千年的皇权与教权的争夺，经过"两败俱伤"后，化干戈为玉帛的"两相其安"。

《圣经》中记载了这样一段情节，含蓄地表达了"恺撒的归属恺撒，上帝的还给上帝"的寓意：

几个法利赛人和希利党人被打发到耶稣那里，他们小心试探地说："先生，我们知道你是个诚实的好人，老老实实传上帝的道，在什么人面前都不徇情面。我们想请教你一个问题，我们纳

【1】 基督教一向并不认可"教皇"这一称呼，大概是因认为它有别于世俗的皇权而称其为"教宗"，即传教的一代宗师之意。

【2】 又译克立门五世或克雷芒五世。

税给恺撒，究竟可以呢还是不可以？"

　　耶稣一眼就看出来了，他们请教是假，试探是真。

　　耶稣识破了来人的诡计，感到这个问题很棘手，说"不可以吧"，马上就会被犹太上层加上反叛罗马皇帝的罪名；说"可以吧"，又会让耶稣失去人心，损害他作为先知的形象，因为一般的犹太老百姓纳税给恺撒都是被迫的，甚而是反抗的。

　　耶稣想了一下，对他们说："拿一个银钱来给我看看。"耶稣翻着看了看，说"这像和号都是谁的？"来人们想都没想说："恺撒的呀，难道有谁连钱币都不认得吗？"

　　耶稣说："恺撒的物应当归还给恺撒，上帝的东西应当归还给上帝！"耶稣的回答很机智，表面看，似乎并不反对向恺撒纳税；但更主要的是说明，上帝的百姓、上帝的圣城耶路撒冷和上帝的圣殿都应该归还给上帝，而不应该由恺撒来占领和统治。[1]

　　是追求铸造有统治者头像的金币，还是皈依象征着宗教信仰的圣殿，几千年来，一直是困扰人类灵魂价值取向的两极。

"十字架" 与 "金钥匙"

　　圣彼得大教堂是祭祀和纪念耶稣圣徒彼得的场所。彼得（希腊语 Petros），也有译法作"伯多禄"。彼得是基督教《圣经》中的人物，原名叫西门，生于加利利的伯赛大，父亲是个渔夫，以捕鱼为生。彼得与弟弟安德烈一起追随耶稣，在耶稣的众使徒中居于首位。耶稣赐其名为彼得，意为"磐石"。一开始彼得的意志并不是像磐石一般坚定，在罗马专制的恐怖阴影下，也曾有过

─────────────
【1】 邹斌主编：《圣经的智慧》，远方出版社，2009 年。

圣彼得大教堂内的雕像

"三次不认主"的动摇。后来，亲历了耶稣的殉难与复活，彼得终于超越了世俗的恐怖，从容殉道。当彼得被尼禄捉起来准备钉死在十字架上时，彼得慷慨陈词说："十字架的名啊，你是隐藏的奥秘！说不出来的恩典啊，就是借着十字架的名被说了出来……我已经来到了结局。我要向你宣告，我不会隐瞒这一直收藏于我灵魂以外的十字架的奥秘。彼得啊，现在是荣耀神的时刻，是为主殉道的时刻，交出你的身体，给那些要取你命的人吧。"彼得只提出了一个要求："你们是受尼禄的命令而行刑，我会求神赦免你们，你们只管来钉我好了。这十字架，对你们罗马人来说，不过是处死犯人的卑微的刑具，但是对我们信仰基督的来说，却是一个荣美圣洁的象征，因为我们的主耶稣基督就是在十字架上成就了人类的救赎。我彼得是耶稣的仆人，我不配跟他那样钉十字架。你们把我倒过身来钉上十字架好了。"

十字架源于拉丁文 Crux，意为"叉子"，是古罗马帝国执行死刑的工具。一般只用于处死奴隶和没有罗马公民权的人。作为徽号，十字架有四种基本形式：希腊式十字架，四臂等长；拉丁式十字架，下垂之臂长于其他三臂；三出十字架又称圣安东尼十字架，呈丁字形；侧置十字架又称安德烈十字架，状如罗马数字X。

古罗马帝国对犯人行刑时，将受刑者的两手分别钉于横木的两端；将其双足叠合在一起钉于直木的下方，然后将木架竖起，直至受刑者断气为止。尼禄的兵丁们把彼得按他的要求倒置上十字架，然后将硕大的刑钉一根一根钉入彼得的四肢。彼得痛得晕厥过去，他在十字架上倒挂了起来，受折磨达数日之久……

圣彼得大教堂内壮丽辉煌

我们在西方电影中经常看到这样的镜头，基督教徒们双手在胸前做画十字的手势，表示一种信仰的虔诚及祈祷"上帝保佑"。由于耶稣是被钉上十字架为世人赎罪，也因为基督徒们前赴后继以身殉道，于是，行刑的工具十字架在基督徒的心目中升华为"信仰的标记"。据圣彼得大教堂的建造资料显示："这个建筑蓝图要表现出一个明显的象征，按照拜占庭世界的古老传统，它包含在一个立方体[1]里面，这个立方体有四只手臂[2]，立方体上面放置一个圆顶，象征高天。最初的设计蓝图是形成一个希腊式十字，后来考虑到彼得是被倒钉在十字架上，所以最后圣彼得大教堂完工后，整体建筑造型呈拉丁十字形。

【1】 指地球。

【2】 象征世界的四部分。

圣彼得大殿于 1614 年竣工，大殿正面宽 114 米，高 48 米，一排科林斯式的巨大石柱支撑起中楣，中央有一个三角面的山墙，上面一字排列着 13 尊石雕像。

走进圣彼得大教堂的大殿，令人不得不为大殿的宏大壮观而叹为观止。大殿中央是教宗的祭台，祭台上方是最为著名的贝尼尼的杰作——铜制华盖。这个壮观的华盖，填补了大殿巨大圆顶下的空旷状态，它使人产生向上升动的感觉。华盖由四根巨大的螺旋形柱支撑，柱上的螺旋纹由橄榄树枝和桂树枝装饰。华盖四角各有一尊造型优美的天使雕像，盖顶是一颗铜质镀金的大圆球。华盖内有一只鸽子，是圣神的标志。华盖的祭台下是圣彼得的陵墓，传说这里安放着彼得的遗骸。在圆顶弧线的底处，刻有拉丁文字，其意为"你是盘磐伯多禄，在这块磐石上，我将建立我的教会，我要把天国的钥匙交给你"。显然，它取自《新约·马太福音》上记载的耶稣"圣言"："你是彼得，我要把我的教会建造在这磐石上，阴间的权柄不能胜过它，我要把天国的钥匙给你……"[1]。这句"圣言"，确立了彼得承继的合法性。彼得成为耶稣基督的代言人。彼得在耶稣"复活"后，召集门徒，建立教会，召开第一次宗教会议，巡视各地教会，裁决教会内部争讼，成为众望所归的基督教第一任"教宗"。后历任教皇都自称是彼得的继承人，是天国钥匙的掌管者。现在梵蒂冈城国的国徽图案是两把交叉的金钥匙上托着教皇的三重冠冕，国玺以渔夫彼得撒网为图案。

在《新约·马太福音》中，耶稣还对门徒们说："若有人要跟从我，就当舍己，背起他的十字架，来跟从我。因为凡是要

【1】 译文按中国基督教协会采用"上帝版"印制的《新旧约全书》。

救自己生命的，必丧掉生命；凡是为我丧掉生命的，必得着生命。"背负起命运的十字架，为主献身而获得永恒生命，成为基督徒身上的弥赛亚情结。

使徒马可与彼得关系密切，曾作为随员同彼得到世界各地去传道行善，马可根据自己的所见所闻，记载下《马可福音》的文字，所以《马可福音》也有《彼得回忆录》之称。《马可福音》是《圣经·四福音书》中成书最早的，被认为是《马太福音》《路加福音》的重要资料来源。书中因多有耶稣及使徒们的奇迹记录，所以又被称为"奇迹福音"。《马可福音》里记载：彼得是使徒中最著名的神迹施行者，他曾先后在安提阿、罗马等地传道行善：有一天晚上，彼得和约翰去圣殿祷告，圣殿门口有一个瘸腿的人正向进殿的人行乞。彼得望着他说："金银我没有，只能把我所有的给你。我奉拿撒勒人耶稣基督之名，叫你站立起来行走！"说罢，彼得拉着瘸子的右手，扶他起来，这人的脚和踝骨立刻健壮得可以走路了。瘸子跳起来，和彼得一起走进了圣殿。有一次，彼得到吕大传教，碰到一个叫以尼雅的瘫痪人，已经在褥子上躺了 8 年，彼得见他是个虔诚的信徒，于是对他说："以尼雅，耶稣基督医治好你了，起来吧。"这个瘫痪人果真奇迹般地站立了起来。离吕大不远，有个地方叫约帕，这里有个叫大比大的女门徒，刚刚生怪病死了。她生前广行善事，多施周济，她的死很使周围的信徒们伤悲。有人找到彼得，问他能不能救活这个女圣徒？彼得立刻赶去，先跪下祷告，然后转身对死去的女圣徒说"大比大，起来吧！"彼得嘴里还念着，大比大果真睁开眼睛，坐了起来。彼得行神迹的事，一传十，十传百，名气越来越大。耶路撒冷周围的城邑到处都有人抬着病人赶到这里，求彼得

圣彼得大教堂内圣母
与耶稣雕像

医治；凡赶来的病人，都得到了彼得的医治，就是不医治，他的
影子照到病人身上，病人也能好……

这类"神奇的传说"在各类教堂几乎成为一种宣传定式。初
期的宗教都是以悬壶济世治病救人为号召，以赢取民众的信仰。
但这并非宗教的本意，耶稣就一再宣称，这一切神迹只不过是用
来向世人证明上帝的存在。

圣彼得大教堂中殿的左方，供奉着圣彼得的铜雕像。我看
到，圣彼得铜像的足部，已被信徒们亲吻得表面呈磨损状态。由
此可见基督信徒之虔诚。

站立在这肃穆庄严的殿堂，我的思绪在"十字架"与"金钥
匙"，人间与天堂，拯救与献身，世俗享乐与宗教救赎等的两极
间"归去来兮"……

任何一种宗教，都是人类意识的产物，都是人们对自己生
存环境的思索。哪一个民族的古老文化中，没有造神运动？没有

神话传说？在远古时代，人们还完全不知道自己身体的构造，并且受梦中景象的影响，于是就产生一种观念：他们的思维和感觉是寓于人体中的，当人死亡时灵魂就离去，所以有了"阴魂附体"和"灵魂出窍"这样的词语。从这时候起，人们不得不思考这种灵魂与外部世界的关系，产生了灵魂不死的观念。由于人类思维阶段性的局限，自然力被人格化，最初的神应运而生。所以说，信仰的虔诚和崇拜的忘我，就起源而言，难免与愚昧和无知结缘。

但是，随着现代科学技术的发展，以神为核心的宗教遭受了致命的打击。科学在任何领域所取得的重大成就，都意味着在这个领域内自然规律的发现和对超自然力量的否定，意味着把神秘的作用和无知的影响从这个领域中清除出去。17世纪以来，近代实验科学所开始的从自然界各个领域中清除上帝主宰作用的进程势不可当。从17世纪到19世纪，由笛卡尔、康德、拉普拉斯、达尔文所代表的进化理论在天体物理学、地质学和生物学中取得了重大成就，形成了与上帝创世纪信仰直接对抗的天体演化说、地质发展观和生物进化论。19世纪以来，自然科学的重大发展导致对自然规律更完善的表述，进一步证明了神学世界观的臆测成分。自然规律的新发现、自然科学的新进展，必然导致对宗教神学更进一步的再认识。上帝作为基督教所认定的宇宙间的独一真神，随着科学的发展，其存在受到越来越严重的挑战。当今之世，蛋白质的人工合成和试管婴儿的诞生不再是"奇迹"；天文望远镜已把人类的视野扩及上百亿光年之遥；地球、太阳乃至众多星体形成的履历也逐渐脱出混沌；地球人不但可以在太空飞行中一览故乡这颗独闪蓝光的小星球，而且人类的健足早就踏破了

圣彼得大教堂内象征和
平的和平鸽与橄榄枝

月宫的千古独寂；从基本粒子到夸克模型使所知的微观世界，与
宏观世界一样深不可测没有疆域；超级电脑的运算次数已达每秒
几十亿乃至上百亿……总之，从自然界到人体本身，从宏观到微
观，从理论到应用，科学的强光足以消泯上帝创世、造人、主宰
万物的神话幻影。

　　巴尔扎克在小说《无神论者做弥撒》中，借皮安训医生的口
说："他从年轻时起便习惯于解剖人，从人有生命以前，到有生
命期间，以至生命消失以后，他都解剖过，他搜遍了人体的一切
组织，却找不到在宗教理论上占唯一重要地位的灵魂。"于是，
巴尔扎克问：上帝在哪里？谁见到过上帝？

　　尼采则更明确地喊出那句惊世骇俗的名言："上帝死了。"

　　曾被称为宗教"陪侍女仆"的科学，杀死了上帝。

宣扬"博爱"的宗教被血腥所淹没

　　我这一代知识分子，在经历了狂热的个人崇拜之后，产生物极必反的"逆反心理"，对宗教抱有本能的反感和警惕。对《圣经》中宣扬的上帝是天地万物的创造者、上帝是世界的主宰、上帝要审判人类、上帝是拯救万民于水深火热之中的救世主等教条，我这个"文化大革命"的过来人油然而生拒意。耶稣不停地以神的名义要求人们信奉他，并总是不停地教训人说："我就是羊的门。凡在我前先来的都是贼，是强盗"。把《圣经》当作像"红宝书"一样的宣讲方式，"天天讲，月月讲，只让少数人知道不行，要让广大的人民群众都知道"。这种专断的语调，让人听来总会产生"似曾相识燕归来"的联想。因为上帝是唯一的，所以对其他各种宗教都必须以排他性来保证上帝的唯一。这种"唯我独尊"的排他性，自然而然地产生了镇压与血腥。

基督教在创建初期，也曾受到罗马专制独裁者的残酷迫害。然而一经君士坦丁皇帝将其确立为罗马帝国的国教之后，马上把持不同教义的其他派别定为"异端"，进行残酷迫害无情打击。我在《约翰福音》里看到，法利赛人和犹太人也都是信神和信基督的。只不过他们对教条理解的分歧，便成了罪大恶极的"异教徒"。因为《圣经》信奉圣父圣子圣灵"三位一体"，所以早在公元 2 世纪，就把反对三位一体的阿里乌派斥为异端，取缔阿里乌派，流放阿里乌；公元 4 世纪，君士坦丁堡大主教聂斯托利建立基督"二性二位"说，认为应该把基督的神性与人性区分开。于是，把聂斯托利派裁定为异端，聂斯托利被革职流放，其信徒遭到迫害；公元 7 世纪，罗马教皇马丁召开宗教会议，宣布基督有两志——人志与神志，结果马上遭到罢免和放逐；此外，还有反对"原罪"说的彼拉久派，主张教会与帝国政府分开的多纳特派，以及兴盛于 10 世纪的鲍格米勒派，流行于 11 世纪、12 世纪的阿尔比派，13 世纪晚期活跃于意大利的"使徒兄弟会"，15 世纪的胡斯派，16 世纪的"再洗礼派"等，无一例外地遭到残酷迫害无情打击。

从 1096 年的第一次十字军东征始，到 1291 年第八次十字军东侵的彻底失败，前后折腾了近两个世纪，更让人对这类"宗教战争"充满了憎恨。

翻开 1000 多年的宗教史，宣扬博爱的宗教却为了维护所谓教义的"纯洁性"，犯下了众多罪恶与血腥。

我们所熟悉的布鲁诺事件，就是典型的宗教对科学家的迫害。

布鲁诺 9 岁的时候，前往那不勒斯城学习人文科学、逻辑和辩论术。17 岁时进入修道院隐修，得教名乔尔达诺。布鲁诺学习亚里士多德学派哲学和托马斯·阿奎那的神学。24 岁时获任命为多明我教会神父。1575 年获得神学博士之衔。布鲁诺也曾是"虔诚的教徒"，只是通过自己刻苦学习和潜心研究，对教会所持的"亚里士多德—托勒密的地心说"提出质疑，宣扬哥白尼的"日心说"宇宙观，认为宇宙是无限的，太阳系只是宇宙中的一个天体系统，认为自然界即神，宣扬人文主义和泛神论思想，著有《论无限、宇宙和众多世界》及《挪亚方舟》等质疑教会理论的书。布鲁诺却被教会指控为"离经叛道"的异教徒，革除了教籍。1576 年，年仅 28 岁的布鲁诺不得不逃出修道院，开始了长达 16 年的流亡生涯。他漂泊在日内瓦、图卢兹、巴黎、伦敦、维登堡等许多城市，始终不渝地捍卫哥白尼的日心说。布鲁诺到处做报告、写文章，还经常出席一些大学的辩论会，用他的笔和舌无情地抨击经院哲学的陈腐教条。

布鲁诺以勇敢的一击，将束缚人们思想达几千年之久的"球壳"捣得粉碎。布鲁诺在天主教会的眼里，被视为极端有害的"异端"和十恶不赦的敌人。天主教会施展狡诈的阴谋诡计，收买布鲁诺的朋友，将布鲁诺诱骗回国，于公元1592年5月23日逮捕了他，把他囚禁在宗教裁判所的监狱里。由于布鲁诺是一位影响很大声望很高的学者，所以教会企图迫使他当众悔悟，以起到"浪子回头"的示范警醒作用，所以接连不断地审讯和折磨他达8年之久！但他们万万没有想到，一切的恐吓威胁利诱都丝毫不能动摇布鲁诺的信念。一些神父找布鲁诺交谈，说依他的天资，倘若重新回归罗马的教廷，苦心钻研教条，肯定会有一个锦绣前程。布鲁诺"死不改悔"地坚定回答说："我的思想难以跟《圣经》调和。"

罗马教会对布鲁诺绝望了，他们凶相毕露，建议当局将布鲁诺活活烧死。布鲁诺似乎早已料到这些，当他听完宣判后，面不改色地对这伙凶残的刽子手轻蔑地说："你们宣读判决时的恐惧心理，比我走向火堆还要大得多。"布鲁诺还豪迈地宣称："高加索的冰川，也不会冷却我心头的火焰，即使像塞尔维特那样被烧死也不反悔。"

1600年2月17日，意大利罗马的百花广场上，52岁的布鲁诺被绑在广场中央竖起的火刑柱上。他在教皇克莱门特八世的监视之下被活活烧死。但是直到临刑，他仍毫无惧色地向世人宣告："火并不能把我征服！未来的世纪会了解我，知道我的价值！"

经过文艺复兴疾风骤雨式的涤荡，中世纪教会的理论已经是"千疮百孔"，受到越来越严峻的挑战。1229年在土鲁斯会议上，正式决定成立"异端裁判所"，即我们所说的"宗教裁判所"或曰"宗教法庭"，用以专门侦查、搜捕和审判异端。教廷为镇压异端，事先总要先将其描述为"洪水猛兽"。教皇格列高利九世首先建立由教皇管理的异端裁判所，指定多明我会教士任裁判官。该会的会旗上绘有一条狗，下面的文字说明为"主的猎犬"，与该会的拉丁文名称谐音。由于异端裁判所成为教皇镇压异端的帮凶，所以被称为"教皇的猎犬"。

异端裁判所主要设立在法、意、西等国。1259 年教廷正式规定，除教皇外，裁判官不受任何教会控制，并有权解释国家和教会的法规。异端裁判所后来常借"维护上帝的尊严"为名，疯狂迫害对基督教理论提出质疑的思想家和科学家。那个成立于 1479 年，以滥施火刑而臭名昭著的西班牙异端裁判所，据统计，1483—1820 年间，受该所迫害的人达 30 多万，其中被以火刑处死的人多达 10 万。

15 世纪后半叶的欧洲，文艺复兴的思潮奠定了宗教改革的思想基础。一股宗教改革的大潮风起云涌。我们回首宗教改革的历史，可以发现一个耐人寻味的现象：宗教改革家们，最初在冲破旧教会的禁锢和专制方面，他们受到过残酷无情的迫害，然而一旦改革获得成功，他们的地位发生变化，随着其角色由"革命党"转变为"执政党"，也完成了"被迫害者"向"迫害者"的转变。

德国的宗教改革家马丁·路德，1517 年 10 月 31 日在维滕贝格城堡教堂大门上公布《九十五条论纲》，对罗马教廷发起猛烈攻击。恩格斯在《德国农民战争》一书中，曾赞扬说："路德放出的闪电引起了燎原之火，整个德意志民族都投入运动了。"马克思也曾有一比，把他与恩格斯合著的《共产党宣言》比作马丁·路德的《九十五条论纲》。马丁·路德的改革思想，"四个星期内飞传整个基督教世界，好像天使传送它们。"1520年，路德号召人民"运用百般武器"讨伐教皇、枢机主教等蛇蝎之群，"用他们的血来洗我们的手"，并发表《致德意志民族的基督教贵族书》《关于基督教的自由》《教会的巴比伦之囚》等著作，揭露说："罗马教会是打着神圣教会与圣彼得旗号的人间最大的巨贼和强盗。"1520年6月，教皇宣布路德的学说是"异端"，路德是"魔鬼""猛兽"，下令开除路德的教籍，焚毁他的著作。而马丁·路德则毫无畏惧，针锋相对地宣称：教皇才是"怙恶不悛的异教徒"，其命令是"反基督的"，写下《反对基督者的教谕》，并且当众烧毁了教皇谕令和一些教律，说："像你折磨基督上帝一样，永恒之火将折磨你烧毁你。"路德从此与教廷彻底决裂。1521年1月3日，教皇终于予以"绝罚"，神圣罗马帝国皇帝秉承教皇旨意下令逮捕路德，马丁·路德面临上火刑架的险境。马丁·路德前半生的表现，无疑可称之是旧教义的叛逆者，英勇无畏的宗教改革家。

然而，就是这样一个宗教改革家，一旦确立了自己"路德宗"的正统地位，马上反过来迫害和禁绝后来的改革者。当1524年农民起义的领袖闵采尔提出反封建的"十二条纲领"时，路德马上连续发表《为反对叛逆的妖精致萨克森诸侯书》和《反对杀人越货的农民暴徒》，恶狠狠地向统治者提议："应该把他们戳碎、扼杀、刺死，就像打死疯狗一样。"马丁·路德一旦确立了自己的权威地位，马上意识到旧教当局当年对他们采取镇压行动的逻辑：没有武力就不能保持权力。为了为其铲除异己维护自己的权威寻找借口，路德极力试图把"异端"和"煽动分子"加以区别，将"规劝者"和"叛逆"加以区分。路德有些自欺欺人地分辩说："前者是与宗教改革教会在精神和宗教事务上存在不同意见；后者则是那些对业已建立的宗教秩序提出挑战，希望改变现有秩序的真正秩序破坏者。"路德声称："应毫不迟疑地使用武力作为镇压手段，把后者消灭于萌芽状态。"

另一个与马丁·路德堪称"宗教改革双雄"的著名宗教改革家加尔文，大致也走过一条与马丁·路德相类似的人生轨迹。

加尔文生于一个律师家庭，在巴黎读书时受宗教改革的影响，从 1531 年起参加巴黎新教徒的活动，因而被控为"异端"，被迫于 1535 年逃亡到瑞士马塞尔。1536 年，加尔文发表其神学著作《基督教原理》，否认罗马教会的权威。此后，加尔文抵达日内瓦，参加在法雷尔领导下摆脱萨伏依公爵控制的自由市政权，不久后成为该政权的实际领导人。加尔文在日内瓦进行了全面的宗教改革，彻底改变了日内瓦人的政治、宗教和道德生活。加尔文强烈攻击专制主义、暴虐政治，主张主权在民。他制定《日内瓦法规》，强调日常生活的宗教意义，谴责散漫、轻浮，并通过政府强制取缔赌博、跳舞、酗酒、奇装异服、卖淫等丑陋社会现象。这都是其光辉的一面。

然而另一面，加尔文又是一个固执己见的神学家。他与罗马教廷和马丁·路德一样，极端仇视哥白尼的学说，他严禁信徒自由选择教会和自由研究教义，把日内瓦建成一座"只需一个头脑，只要一种信仰"的政教合一试验场，其加尔文宗是唯一合法的宗教信仰。

伊汀内·多莱特曾因出版加尔文主义的著作和柏拉图的对话而被索邦神学院定罪，1546年被烧死在火刑柱上。如今，加尔文一旦成为新教的权威，马上对敢于挑战其权威的塞尔维特"如法炮制"，无情地把他送上火刑柱。

茨威格在评议到塞尔维特事件时说了这样一番话："没有武力，专政无法想象，也守不住阵脚。要想维持权力，必得掌握权力的工具；要想进行统治，必得有权施行惩罚。加尔文首先掌握了对《圣经》的解释权。唯他有资格解释上帝的言语，唯有他才掌握了真理。上帝是立法者，而他的传教士，这般独占阐释神圣律法权威的人，某种意义上便是摩西天命的裁判官，也是凌驾国王与民众之上的裁判官，对抗他们的权力，便是自蹈罪恶。除去宗教法庭的解释，旁的解释概无效力；唯有这样的解释，才是日内瓦立法的基础。唯有这样的解释，才能裁定什么应该允许，什么该当禁行；有谁胆敢挑战它们的统治，便活该倒霉。否认教士独裁的正当，便是向上帝挑战；对《圣经》品头论足，会立即付出血的代价。"

茨威格说："对塞尔维特的审判，从初始便带着浓厚政治色彩。这是关系到加尔文是否能够统治的问题，这是关系到他是否能够作为精神独裁者推行自己意志的竞争。"茨威格还说："在加尔文看来，对塞尔维特施以惩戒，不是一个手段，倒是一个目的，可借以明确表明他的教规不容侵犯。塞尔维特算不上个人，只是一个象征。"

在火刑柱上以文火烤杀，是所有死刑当中最为痛苦的一种。用文火把一个人慢慢熬烤，可以类比于我国的千刀万剐凌迟处死。中世纪纵然以残酷著称，也很少让这种惩罚发展到极致。处刑时多半并不用火烧死。犯人先给绞杀，或用旁的方法叫他失去知觉。然而这还是第一次，由新教徒给异端判处了这样可恶的死刑。

加尔文确曾提议以一种较为"温和"的方式处死塞尔维特，但前提条件是塞尔维特必须在最后时刻宣布改变信仰，才能换取用利剑先砍下脑袋再绑上火刑柱的死法。这当然是加尔文纯粹出于自己的政治需要。如若塞尔维特在走上火刑柱之前，能承认自己错误，这对日内瓦的教条将是何等的胜利。他也必得在全体民众的面前承认，只有加尔文的教条，才是世界上唯一正确的教条。

加尔文在《基督教原理》一书中，曾写下这样的白纸黑字："把异端处死是罪恶的。用火和剑结束他们的生命是反人道的所有原则的。"但当加尔文一旦取得了至高无上的权力，就迫不及待地从他的书中删除了人道的要求。在《基督教原理》刊行第二版时，前面我所摘引的那句话已经被加尔文做了"技术性处理"。

曾经是加尔文的忠实拥戴者的卡斯特利奥，在塞尔维特事件发生后说了一句流传后世的不朽名言："我们不应用火烧别人来证明我们自己的信仰，只应为了我们的信仰随时准备被烧死。"

纵观1000多年的基督教兴衰沧桑史，也曾留下斑斑劣迹。别林斯基曾说过这样一句名言："一个人是很容易变成连自己过去都不喜欢的那种人。"